POLICE PUBLIC CALL BOX

VIAJES EN EL TIEMPO

Redbook

VIAJES EN EL TIEMPO

Un libro de Doc Pastor

LOOK

Diseño de cubierta: Daniel Domínguez / Regina Richling

Diseño de interior: Regina Richling

Fotografías: Wikimedia Commons / Archivo APG

ISBN: 978-84-18703-16-4

Depósito legal: B-16.546-2021

Impreso por Sagrafic, Passatge Carsi 6, 08025 Barcelona

Impreso en España - *Printed in Spain*

Dedicado a la memoria de mi padre,
que me descubrió los viajes en el tiempo.

«El sueño va sobre el tiempo,
flotando como un velero,
nadie puede abrir semillas
en el corazón del sueño.»
Federico García Lorca

Gracias a Marta Beren por toda su ayuda en este y el resto de mis libros, por su tiempo, correcciones y sugerencias, que incluyen muchos de los títulos de mis publicaciones.

A Martí y Bárbara de Redbook Ediciones, por confiar en mí una vez más, darme libertad total para desarrollar mi propuesta y respetar al máximo la esencia de esta.

También a todos los que hacen posible que un libro vea la luz, desde los trabajadores de la imprenta, al diseñador, distribuidor, librerías y, por supuesto, a los compañeros de los medios por sus entrevistas y reseñas.

Y, finalmente, gracias a todos los lectores que me han seguido en cada parte de mi camino, a los que han leído mis trabajos anteriores, a los que me siguen en redes sociales, a los que me escriben y comparten sus momentos conmigo, a los que acuden con una sonrisa y palabras amables a las firmas y presentaciones.

Esto solo es posible gracias a vosotros.

ÍNDICE

60
10
20
30
0
50

Bienvenido, viajero

Prólogo de Vito Vázquez

Lo que sostienes entre tus manos no es solo un libro, es una máquina del tiempo, una llave a una puerta que te permitirá realizar un viaje que muchos científicos tacharían de imposible. Un viaje al pasado y al futuro de la mano del escritor y periodista Doc Pastor —quién sabe si familiar directo de algún Doctor Who—, a través de películas como *Men in Black 3*, *Terminator 2: El juicio final*, *Timecop (Policía en el tiempo)*, *X-Men: Días del futuro pasado* o *El planeta de los simios*.

El físico Stephen Hawking decía en su hipótesis conocida como «la conjetura de protección de la cronología», que las leyes de la física impiden los viajes en el tiempo en cualquier escala que no sea submicroscópica. Por suerte para nosotros, lectores y escritores, no existe ninguna ley, a fecha de publicación de este libro, que nos impida viajar a través de la imaginación. Y eso incluye cualquier punto del espacio-tiempo al que la mente nos pueda trasladar.

Doc Pastor tiene ese don, esa capacidad para transportarnos, con un estilo claro y sencillo, a tiempos pasados y probablemente mejores, que nos harán rememorar *esa* película, *esa* serie o *ese* juguete que antaño nos marcó y que tan felices nos hizo. Ya lo logró anteriormente con sagas como *James Bond, Doctor Who* y *Star Trek*, y nos devolvió parte de nuestra infancia, rescatando directamente del pasado, aquellas maravillosas figuras de acción en su volumen *De Spider-Man a G.I. Joe: la acción hecha figura.*

Por eso, cuando Doc me propuso escribir un prólogo para el que, quizá, sea su último libro de divulgación —puede que me esté adelantando en el tiempo—, no lo dudé. Y más aún tratándose de un tema tan fascinante como este.

Viajes en el tiempo.

Un concepto que hace soñar tanto a científicos como a niños —pequeños y grandes—. Y todo lo que me haga soñar como un niño se merece mi completa atención.

Querido lector, te invito a ponerte cómodo y disfrutar de este viaje.

Pasado.

Presente.

Futuro.

Todo es cuestión de tiempo.

Vito Vázquez es novelista y diseñador, conocido principalmente por su trabajo en *Cómo sobrevivir al apocalipsis zombi con tu madre* y la novela *Zombie Superstar.*

Un viaje a través de las eras

Si preguntas al azar qué película de viajes en el tiempo es la favorita, es posible que muchas respuestas sean que *Terminator 2: El juicio final*. Es entendible, ya que hablamos de una de las más icónicas y mejor llevadas. Un producto que cambió el cine de acción, con una estela y un legado que sería seguido por décadas. James Cameron marcó con este producto un antes y un después en la industria del cine y en el género, pero no fue el primero en tratarlo. Ni de lejos.

Ha habido muchos autores que han tocado el tema, desde Goethe a H.G. Wells pasando, por supuesto, por nuestro Enrique Gaspar y Rimbau, también Mark Twain y otros tantos. La lista de escritores, cineastas y creadores en general que se ven atraídos por los periplos cronales son muchos, una lista imposible que no deja de aumentar día a día. En mayor o menos medida, todos hemos soñado con surcar el tiempo.

Así que disfrutad mucho de estas páginas, escritas durante el confinamiento del 2020 (revisadas y ampliadas posteriormente). Una situación que ha marcado por completo el estilo y la intención de este *Viajes en el tiempo: películas del pasado, presente y futuro*, que tan solo pretende ser un homenaje a algunos grandes títulos, un divertimento para el lector, un tomo para ser disfrutado bajo un árbol en otoño.

De noche soñamos con viajar al pasado en un Delorean, en surcar las estrellas para llegar a un mundo dominado por simios, sabemos que a bordo de una cabina azul podemos ir donde queramos y puede que si entramos en un armario, y cerramos los puños y los ojos, al abrirlos hayamos vuelto a algún momento de nuestra propia vida.

Todo eso y más, mucho más.

¿O acaso me equivoco?

¿No os encantaría poder hacerlo?

Abrochaos el cinturón, cargad el depósito, fijad la fecha de destino. El viaje da comienzo en…

...tres…

...dos…

...uno…

Doc Pastor, marzo de 2020. Barcelona

Para entender este libro

Seguimos avanzado en este *Viajes en el tiempo: películas del pasado, presente y futuro*, pero antes de seguir y entrar realmente en materia, quiero hacer un par de aclaraciones. No tanto sobre qué hay dentro de este libro, comentarios sobre diversas películas, sino más bien sobre la organización de las mismas y del volumen en general.

La selección de filmes se ha distribuido siguiendo el patrón del título de este tomo, es decir por filmes sobre viajes en el tiempo al pasado, al presente y al futuro. Pero esto se ha hecho siempre desde la visión subjetiva del estreno, es decir, que la fecha de referencia es cuando el filme llegó a las pantallas de cine.

Así, en el caso de *Los pasajeros del tiempo* los protagonistas se trasladan al presente, es decir al 1979 en el que el título se estrenó, aunque para ellos sería el futuro, puesto que su trayecto comienza en la época victoriana; igualmente sucede con *Galaxy Quest*, que si bien viajan al pasado relativo, lo hacen tan solo unos segundos, por lo que la época sigue siendo su tiempo, que es también en el que la película llegó al cine.

Lo mismo se ha hecho con todas las demás y, por tanto, *Regreso al futuro* se situará en las que van al pasado, dado que es del año 1985 y, como todos sabemos, la trama sucede tres décadas antes, en 1955; en cambio, *El tiempo en sus manos* estará en el apartado dedicado al futuro, puesto que allí es donde se dirige el viajero del tiempo llamado George. Y, así, con cada uno de los títulos, siguiendo siempre estas coordenadas de situación temporal.

Hay una excepción a esta regla: la genial adaptación de la obra de Charles Dickens que es *Los Teleñecos en Cuento de Navidad*. Esto es debido a que por las características del relato original nos encontramos con que Ebenezer Scrooge es llevado por los espíritus al pasado, al presente y al futuro, que, en realidad, en todo caso, son las sombras de lo que fue, es y será. En este caso, se ha situado en las que hablan sobre el porvenir, ya que es el último lugar al que va y, por otro lado, porque desde un comienzo tenía claro que era el título con el que quería culminar esta obra.

Cada película se abre con un pequeño relato en el que he recreado algún momento imprescindible de cada cinta, otras veces he expandido uno en concreto o ido más allá para mostrar algo que en realidad no se había visto. Una forma diferente de dar comienzo, pero que espero que os guste.

Igualmente, en el capítulo dedicado a cada filme, se han dado explicaciones y citado otros productos relacionados con el mismo o con el viaje en el tiempo. Siempre conectados de una u otra forma con la cabecera que se trata, bien sea por temática, actores o director.

Finalmente, para enriquecer el volumen y ampliar ciertos contenidos, tenéis un apartado de apéndices con algunas críticas y otro material. Temas que se mencionan en su momento concreto cuando se habla de tal o cual producción, pero que merecían una atención mayor de la que se podía dar en el escrito general de cada película.

Y eso es todo. Disfrutad del cine, disfrutad del libro, disfrutad del tiempo.

POLICE PUBLIC CALL BOX
FREE
FOR USE OF
PUBLIC
ADVICE & ASSISTANCE

UN VIAJE AL PASADO

«La distinción entre el pasado, presente y futuro es solo una ilusión obstinadamente persistente.»

Albert Einstein

Una cuestión de tiempo

Una historia muy humana

Cuando mi padre me llamó para ir a su estudio, no estaba ni de lejos preparado para lo que iba a decirme. Según él, todos los hombres de nuestra familia tenemos la capacidad de viajar en el tiempo, solo tenemos que meternos dentro de un armario o algo así, cerrar los ojos, apretar los puños, pensar a cuándo queremos ir y ya está.

No le creí, claro, era una de sus patochadas. Intentaba tomarme el pelo igual que otras tantas veces. Además, todo parecía demasiado fácil para ser verdad, había visto suficiente cine como para saber eso.

Había truco, él ya había pensado en eso. Me explicó que solo podemos viajar hacia atrás en el tiempo, nunca hacia adelante, y tan solo dentro de nuestra propia vida. Sí, igual que el tipo de A través del tiempo, aunque al contrario que Sam Beckett parecía que nosotros sí podíamos volver a casa.

Le pregunté por los peligros, por el efecto mariposa, por todo lo que podía salir mal y solo respondió que nunca había pasado nada, se encogió de hombros y lanzó una risita. Así era mi padre, el mejor tipo del mundo, solo podía competir en humor con mi hermana Kit Kat. Debía de ser para compensar la seriedad de mi madre.

Solo para que se callara le dije que lo haría, que iría al armario más cercano, cerraría los ojos, apretaría los puños y pensaría en un momento al que ir. Entonces, cuando no pasara nada, volvería a su estudio para reírme con él por cómo había picado.

Pero no fue así. Por sorprendente que parezca, todo era cierto, podía viajar en el tiempo y volver a instantes de mi vida. Quizás hasta encontraría una novia.

Un filme sobre el amor

Una cuestión de tiempo, o *About Time* en inglés, es una película estrenada en el año 2013, escrita y dirigida por ese artesano que es Richard Curtis en un intento de hacer una historia sobre qué hace felices a las personas. Y no puede negarse que lo logre. Al menos la extraña y entrañable familia que protagoniza la cinta parece haber encontrado la auténtica fórmula para la tan esquiva felicidad.

Esta no se basa en la posibilidad de viajar en el tiempo, ya que tan solo dos de los personajes (los interpretados por Domhnall Gleeson y Bill Nighy) son capaces de hacerlo y no se trata más que de una excusa argumental, sino la aceptación de lo cotidiano y la capacidad de asombro ante los pequeños detalles. Paladéalos, ya sean un día de lluvia, una cena con amigos, un paseo de camino a casa o un beso en el metro justo antes de perderlo.

Siendo sinceros, como película cronal es bastante endeble y en más de un punto las propias reglas establecidas sobre cómo se debería viajar por el tiempo se rompen con alegría y salero. Eso sí, siempre en pos de la historia y la trama, ya que las vivencias de los personajes son mucho más importantes que ese toque de fantasía. Y viendo el resultado final que logró el realizador, no se le pueden sino perdonar las pequeñas incoherencias que podamos encontrar.

Aquí lo que importa es el amor, y si bien en muchas ocasiones y escritos se habla de la relación del protagonista con su esposa, Tim y Mary, o Domhnall Gleeson y Rachel McAdams, en mi opinión, la realmente importante y la que hace avanzar todo es la que sucede entre el joven y su padre, al que da vida el magnífico Bill Nighy. No hay más que fijarse: es la presencia de fondo desde el comienzo de la historia y hasta el final de la misma; es lo que define al protagonista y es, sin duda, el amor de su vida.

Por supuesto, hay un todo mayor. Un número de personajes que se cruzan y cuyas vidas están relacionadas, siendo las acciones de unos importantes para las de los otros, aunque sin llegar al nivel de tramas entremezcladas que fue *Love Actually* pero consiguiendo llevar al espectador la misma sana alegría y una buena dosis de positividad.

«¿Es *Cuento de Navidad* una película de viajes en el tiempo?
Es probable que lo sea.
Pero *¡Qué bello es vivir!* es sin duda una película de viajes en el tiempo.»

Richard Curtis

Disfruta de la vida

Es curioso que en un inicio se llegase a plantear que la película fuera más espectacular, más fantasiosa y visual, en vez del viaje en el tiempo de corte intimista que es. Seguramente de haberse seguido ese camino se habría ganado en fastuosidad, pero se habría perdido parte del mensaje que se quería dar. Una reflexión muy sencilla, pero que requiere de personajes reales que no se pierdan por máquinas complejas o portales dimensionales. Y es esta: disfruta de la vida y sé quien eres, disfruta de ello, y para ello debes cambiar, para encontrar tu auténtico yo; hazlo y no mires atrás.

Puede que el motivo por el que las tres películas dirigidas por Richard Curtis sean especiales es que salen desde el corazón. No hay más que verlas para notar que está volcando en la pantalla todo su ser y, de hecho, en el caso de *Una cuestión de tiempo*, también tiene algo de biografía propia. La idea le vino charlando con un amigo, el tema era la felicidad, cómo alcanzarla, cuál sería su día ideal y todo eso le hizo pensar en su vida, en el día a día y en cómo unirlo todo en un solo filme.

Hay que decir que no es la primera vez que bebe de su propia experiencia. En varias ocasiones ha reconocido que *Notting Hill* se inspira en un suceso de su vida (la boda de su expareja Anne Strutt con sir Bernard Jenkin) y es innegable que sus filmes, en esencia, son todos una búsqueda de la felicidad. Si uno se para a pensarlo verá que los tres títulos presentan a diferentes personajes que, en realidad, solo intentan encontrar el motivo que les haga sonreír, que les apasione, que haga que despertarse cada mañana valga la pena.

En el caso de Richard Curtis parece ser que es su familia, la formada con la locutora Emma Freud, con la que tiene cuatro hijos, incluyendo a la escritora Scarlett Curtis. Este amor que siente por ellos ha sido comentado en ocasiones por colegas profesionales, como Rachel McAdams, quien explicó que en el rodaje de *Una cuestión de tiempo* Emma iba todos los días al rodaje a llevarles pasteles y cada viernes boletos de lotería.

En cierto sentido, la idea y la propuesta no dista tanto de lo que la también muy recomendable *Pleasantville* hace. En la película escrita y dirigida por Gary Ross, autor tam-

bién de *Seabiscuit, más allá de la leyenda* y *Ocean's 8*, la idea presenta a dos hermanos (Tobey Maguire y Reese Witherspoon) que llegan hasta una vieja serie en blanco y negro, una ficción en la que tendrán que encontrar su lugar y aprender sobre ellos mismos por el camino.

En ambas películas el mensaje mostrado es muy similar, aunque con sus matices. Los personajes deben crecer y evolucionar, dejar atrás quienes eran y en todo momento disfrutar de los dones que tienen delante de ellos, ya que quizás más tarde no puedan hacerlo. Es, ya sabéis, una cuestión de tiempo, de aprovecharlo o de perderlo.

¿Dónde te he visto antes?

Una cuestión de tiempo tiene la suerte de contar con un gran plantel de intérpretes, ya sean protagonistas, secundarios e incluso cameos. Esto es algo que podría dar para un capítulo entero, pero que sería excesivo para este pequeño homenaje a películas de viajes en el tiempo, aunque sí hay algunos nombres que conviene rescatar.

Un dato curioso:

Domhnall Gleeson encarnó al general Hux por primera vez en 2011 como parte de la atracción *Star Tours: The Adventures Continue*, casi un lustro antes de hacerlo en el cine!

Los primeros son Domhnall Gleeson y Rachel McAdams, los dos adorables y muy naífs protagonistas de la película. Él lleva en activo desde 2001 pero fue en 2010 cuando empezó a ser reconocido por su (breve) papel como Bill Weasley en *Harry Potter y las Reliquias de la Muerte 1* y *2*, tras las que llegarían tiempo después la prestigiosa serie *Black Mirror*, la tercera trilogía de la *Saga Skywalker*, como el tenso general Hux, o Peter Rabbit y su secuela, que adaptan las historias de Perico (o Pedrito), el conejo de Beatrix Potter. Por su parte, McAdams es una talentosa actriz que empezó en el mismo año, 2001, y que no ha dejado de crecer, participando en producciones de muy diverso tipo como *El diario de Noa*, *Chicas malas*, *Sherlock Holmes: Juego de sombras* o la televisiva *True Detective*.

La madre del joven protagonista, la fría y firme mujer que alberga también un gran corazón, cuenta con el talento de Lindsay Duncan. Esta veterana actriz dio sus primeros pasos en 1975 en el telefilme *Further Up Pompeii!*, que marcó en parte su camino, que ha estado vinculado principalmente a televisión. También ha hecho sus pinitos en el cine, en películas como la elogiada *Birdman o (La inesperada virtud de la ignorancia)*, *Bajo el sol de la Toscana* y otras; además, fue la voz del androide TC-14 en *Star Wars: Episodio I - La amenaza fantasma*.

Tom Hollander interpreta al irascible, pero con buen fondo, Harry. Un excéntrico dramaturgo que no pasa por su mejor momento, debatiéndose toda la película entre la genialidad y la depresión (y cayendo en ambas). En activo desde comienzos de la década de 1980, ha pasado a partes iguales por la pequeña y la gran pantalla con títulos de todo tipo, con papeles en *Un buen año*, *Valkiria*, *Misión imposible: Nación secreta*, o la irreverente *In the loop*, secuela cinematográfica de la televisiva y todavía más irreverente *The Thick of It*. Ah, y es Alfred en la serie de animación *Harley Quinn* que protagoniza Kaley Cuoco.

Y, finalmente, Margot Robbie, actriz que dudo que necesite presentación alguna pero que quizá haya pasado bajo el radar de más de uno, ya que participó en *Una cuestión de tiempo* antes de saltar a la fama por su trabajo en *El lobo de Wall Street* o por haber sido Harley Quinn en el cine. ¿Seguís sin daros cuenta? Era Charlotte, la amiga de Kit Kat, la hermana del protagonista.

«Realmente disfrutamos mucho del rodaje, porque de eso trataba la película. Esa idea siempre estuvo presente y Richard también marcaba ese camino. Él saca los mejores momentos de la vida y les presta especial atención, los rodea de humor pero sabe valorar las cosas buenas. Creo que ese es un gran talento y una forma de vivir verdaderamente admirable.»

Rachel McAdams

La relación con Doctor Who

En los años en que *Doctor Who* estuvo en suspenso hubo un corto paródico oficial de la BBC, titulado *Comic Relief: Doctor Who - The Curse of Fatal Death*, del que Richard Curtis fue productor ejecutivo, con dirección de John Henderson y escrito por Steven Moffat. En el mismo aparecían diferentes versiones del Doctor nunca vistas antes, con el rostro de Rowan Atkinson, Joanna Lumley, Richard E. Grant o Hugh Grant, entre otros.

Es curioso pensar que posteriormente a Hugh Grant le fue ofrecido el rol del noveno Doctor

Un dato curioso:

Richard E. Grant también aparece en *Una cuestión de tiempo*, como el actor que se queda en blanco en la obra teatral.

para la etapa actual, que comenzó en 2005, mientras que Richard E. Grant lo interpretó en la miniserie de animación *Doctor Who: Scream of the Shalka* (además de aparecer en la serie con el doble papel del doctor Simeon/la Gran Inteligencia) o que Steven Moffat terminase siendo uno de los *showrunners* de la producción.

Pero quizá para muchos Richard Curtis sea más recordado en *Doctor Who* por el precioso y muy querido episodio titulado «Vincent and the Doctor», que él mismo escribió, y que fue emitido por primera vez en el año 2010. Aquí, el viajero del tiempo, interpretado por Matt Smith, y su amiga Amy Pond (Karen Gillan) se topan con el conocido pintor Vincent van Gogh, al que interpreta Tony Curran, siendo un capítulo con dos de los momentos más bellos de toda la serie. El primero, cuando explica su forma de ver el mundo y el firmamento cambia para convertirse en *La noche estrellada* y, el segundo, cuando rompiendo todas las normas y reglamentos llevan al artista hasta el futuro (suyo, presente para ellos) para que vea cómo su obra perdurará y marcará al mundo entero; un momento que más tarde fue homenajeado en *El ministerio del tiempo* con la figura del gran Miguel de Cervantes.

También en este capítulo hará aparición Bill Nighy como el doctor Black, el conservador al que el viajero del tiempo elogia por sus pajaritas. En otro episodio también estará presente Lindsay Duncan como Adelaide Brooke, en *The Waters of Mars*, que corresponde a la etapa en la que David Tennant encarnó al protagonista de la longeva serie.

Richard Curtis, un artesano del cine

Richard Curtis es principalmente conocido por su labor como escritor y productor, y lo es por derecho propio. No en vano en una y otra posición ha estado tras películas maravillosas e inolvidables como *Cuatro bodas y un funeral*, *Notting Hill*, *Agu Trot de Roald Dahl* o *Yesterday*, que en vez de un viaje en el tiempo lo tenemos a otra dimensión.

Su camino ha estado, además, muy ligado al de Rowan Atkinson, buen amigo y habitual colaborador ya desde 1979 en la serie *Éstas no son las noticias de las nueve,* tras la que llegaría la conocida *La víbora negra*, con sus varias secuelas y especiales televisivos y, por supuesto, la genial creación de ambos que fue Mr. Bean. Un personaje que logró ser todo un icono internacional gracias a sus ingeniosos guiones y el simpar talento del actor para la comedia física, llegando a hacerse películas, dibujos animados, muñecos e incluso un videojuego.

Y, por supuesto, hay que mentar las tres películas que han salido directamente de su mente y sus manos, encargándose él tanto del guion como de la dirección. Tres joyas que fueron muy bien acogidas por el público y la crítica debido a su propuesta, sus actores, el gran cuidado de los detalles y la factura final de todo el producto. Me estoy refiriendo, claro está, a *Love Actually*, *Radio encubierta* y *Una cuestión de tiempo* que, si sus palabras son ciertas, será la última vez que se ponga tras la cámara como realizador, aunque por suerte no tiene pensado dejar de escribir.

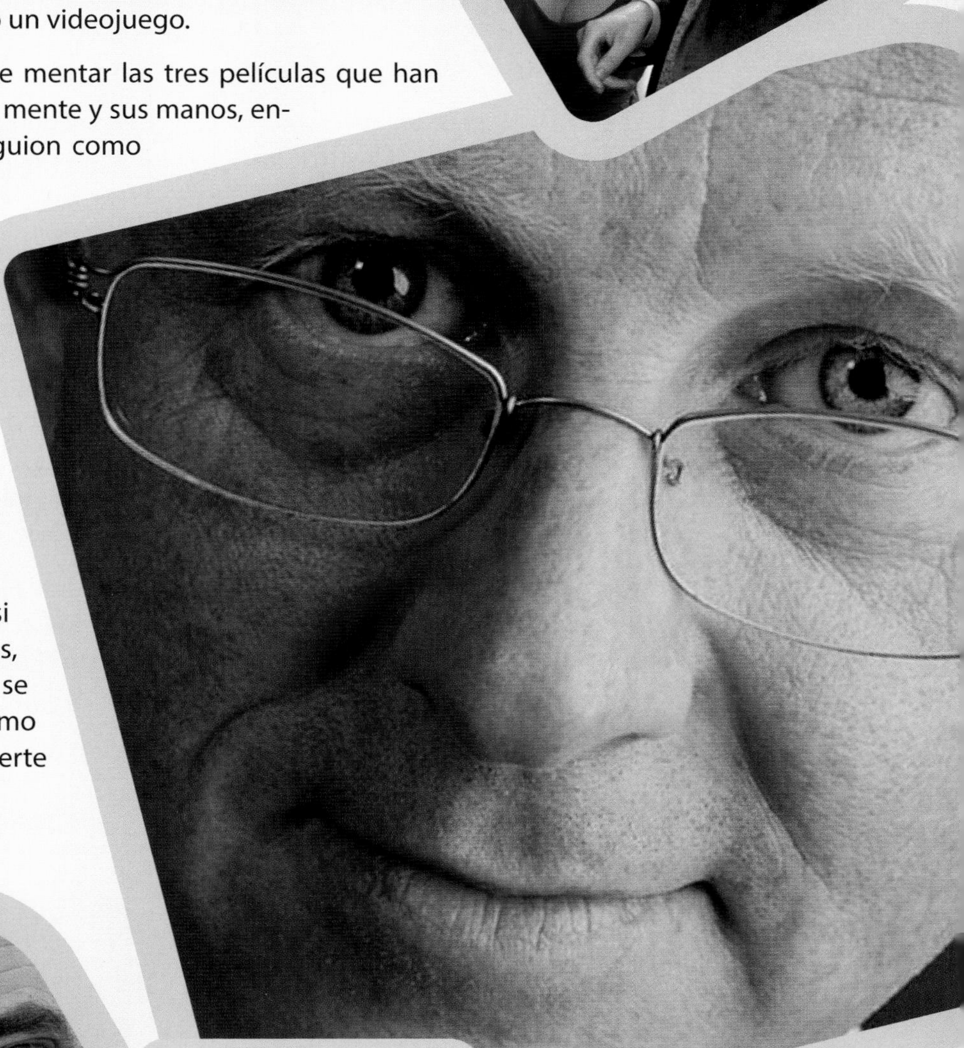

Un dato curioso:

Rowan Atkinson es la voz en inglés de Zazu en *El rey león.*

Bill y Richard

Hay directores y actores que han nacido para entenderse, para trabajar juntos y dar al mundo auténticas obras maestras. Son amigos y colaboradores, al punto de que no se puede entender la carrera de uno sin la presencia del otro. Algunos ejemplos bien conocidos serían el de Tim Burton y Johnny Depp, Todd Haynes y Julianne Moore, Pedro Almodóvar y Carmen Maura o Quentin Tarantino y Samuel L. Jackson, entre otros tantos que cualquier aficionado al cine podría citar de memoria.

Justo en este punto, y en esta situación, es en el que están Bill Nighy y Richard Curtis (y Rowan Atkinson, del que se ha hablado ya). Es imposible pensar en el uno sin el otro. Y eso es algo estupendo, ya que ambos son grandes profesionales en sus campos, con lo que su colaboración conjunta solo puede dar lugar a grandes personajes, escenas memorables y aplausos de todos, ya sean críticos o espectadores.

Sus caminos se cruzaron a comienzos de los 2000 (2003, para ser exactos) con la comedia romántica definitiva, *Love Actually*. La primera película que Curtis dirigía, hasta el momento solo había guionizado, y en la que Nighy interpretaba «al travieso abuelo del rock» Billy Mack, que pasó a ser la figura más recordada de todo el filme. Ambos contaban ya con una larga trayectoria de años, pero la chispa mezclada de sus dos talentos creó auténtica magia.

A partir de entonces se volvieron habituales y el realizador contó con él también en *Radio encubierta*, *Doctor Who* y, por supuesto, en *Una cuestión de tiempo*. A tal punto confían el uno en el otro, que el actor ha llegado a declarar que cuando él le llama dice que sí, da igual de qué se trate.

«Me encantan todas las películas de Richard y he estado en la mayoría de ellas. Eso no significa que tengan que gustarme pero, aun así, me gustan de verdad.»

Bill Nighy

Otros amantes del tiempo

El mundo del cine ha sido muy prolífico en lo que a filmes de viajes en el tiempo se refiere y este libro es una clara muestra de ello. Los ha habido de todo tipo y con tantas premisas como uno pueda imaginar, de igual modo que ha habido películas centradas en el romance y en dos personas que se aman a pesar de los avatares de Cronos.

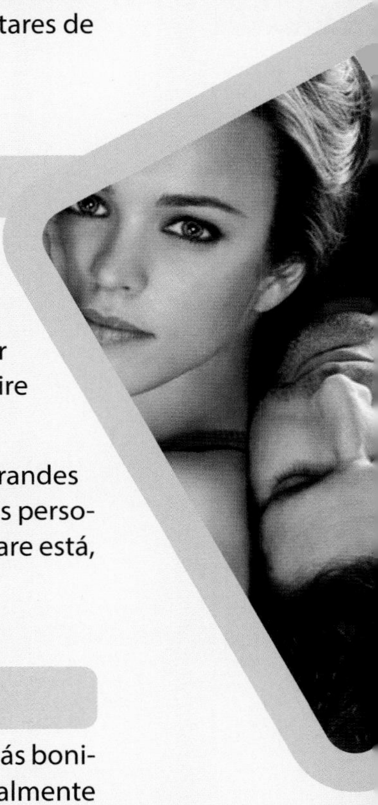

Más allá del tiempo

Esta adaptación a cine del libro *La mujer del viajero del tiempo*, novela de Audrey Niffenegger, narra la trágica historia de amor entre dos personas cuyos tiempos van descordinados. En este caso la explicación es una alteración genética que provoca que Henry DeTamble se mueva por el tiempo de forma aleatoria, lo que hace que su relación con Clare Abshire comience y evolucione de forma distinta para cada uno de ellos.

El papel de Henry recayó en Eric Bana, un actor que ha trabajado con grandes directores, con mucho talento y que siempre se mete en profundidad en sus personajes, pero que a pesar de ello no ha logrado despegar del todo; y como Clare está, precisamente, Rachel McAdams.

Kate & Leopold

Personalmente creo que esta es una de las películas de viaje en el tiempo más bonitas que se han hecho, con la historia de Leopold, el duque de Albany (parcialmente basado en un personaje real) al que da vida Hugh Jackman, y Kate McKay, que interpreta Meg Ryan, quien en 2001 jugaba en casa en el terreno de las comedias románticas.

Como secundario, y provocador inconsciente del romance, se encuentra Liev Schreiber como el científico casero Stuart Besser, y dirigiendo y firmando el guion, con una historia de Steven Rogers, está James Mangold. Curiosamente, los tres hombres estarán conectados posteriormente al personaje de Lobezno, Hugh Jackman como su intérprete, Liev Schreiber será Victor Creed en *X-Men orígenes: Lobezno* y James Mangold será el realizador de *Lobezno inmortal* y *Logan*, esta última siendo además una trama ideada por él mismo.

En algún lugar del tiempo

Si en una película juntas a Christopher Reeve, Jane Seymour, Christopher Plummer y un guion de Richard Matheson, basado en su propia novela, lo que tienes es una joya, una película preciosa y bella a la par que agridulce con un sencillo viaje en el tiempo gracias a la autohipnosis. Si bien en su momento no fue valorada, ha ido ganando adeptos con los años; tiene su pequeña pero potente legión de fans y su propio evento, el *Somewhere in Time Weekend* en el Grand Hotel de Mackinac Island Michigan.

Matheson ha tenido una larga carrera como escritor y guionista, pero en varias ocasiones ha unido ambas, como en el caso de *En algún lugar del tiempo*. Otros de sus relatos que él mismo ha adaptado han sido *El increíble hombre menguante*, *The Young Warriors*, *La leyenda de la mansión del infierno* o *El último hombre sobre la Tierra*, con el pseudónimo de Logan Swanson.

Timecop (Policía en el tiempo)

El mejor Van Damme posible

Igual que cada día llegó a su oficina sin llamar la atención, en esos momentos era lo mejor. Pasar desapercibido siempre era una buena idea, y más en esos tiempos convulsos en que la economía estaba sufriendo. Era 1929 y no todos sus compañeros de edificio estaban soportando lo que sucedía. Esa mañana otro más había decidido saltar por la ventana y terminar con todo.

Él no pensaba hacerlo. Mientras todos estaban perdiendo sus inversiones y se enfrentaban a lo incierto, su cuenta no dejaba de crecer y de aumentar. En ocasiones hacía inversiones sin sentido en compañías en las que nadie confiaba, o que apenas eran conocidas.

Para algunos era puro instinto, para otros casi brujería y para unos pocos olía a asuntos turbios pero que no podían llegar a distinguir con claridad. Eran estos últimos los que tenían razón, aunque jamás hubieran creído la razón de todo ello: era un viajero del tiempo.

Provenía de varias décadas adelante y hasta hacía poco había sido un Time Cop, uno de los encargados de vigilar que la historia siguiera siendo la misma, que nadie sacara provecho de ella. Se cansó de luchar, y decidió sacar partido a sus conocimientos.

Ya estaba en su despacho, se había sentado tras su escritorio y puesto música en su walkman. Desplegó un periódico yendo directamente a las páginas de economía, para compararlas con las de otro. Uno era de este tiempo y el otro del suyo. Una información privilegiada que le haría ganar mucho dinero, así podría volver a su época y retirarse. «Que sean otros los que persigan a delincuentes, esto me lo merezco», se dijo a sí mismo.

En ese momento sucedió algo. Una pequeña distorsión en el mundo, parecía que este se combaba y se abría. El efecto se parecía a una gota de agua que cae en un estanque, era algo complejo de explicar pero muy fácil de reconocer. ¡Le habían descubierto! Pero todavía podría escapar.

Un hombre con melena y sienes plateadas atravesó el pliegue entre tiempos, llevaba el uniforme que él había abandonado pero de una forma más casual, más por costumbre que por obligación. «Mierda, es Walker», pensó. Ahora solo podía volver o morir, y regresar no era una opción.

Un hombre fuera del tiempo

Jean-Claude Van Damme tuvo su mejor momento a finales del siglo XX, algo que se refrenda al mirar su filmografía y encontrar en esa década títulos como *Soldado universal*, *Sudden Death (Muerte súbita)* o *Street Fighter: La última batalla*, además de cameos en otras producciones como *El último gran héroe* y *Friends*, donde salías si eras alguien, igual que en *Los Simpson* en cualquier época.

Su popularidad estaba en la cima, se había convertido en uno de los rostros más conocidos de todo el mundo cinematográfico y si bien la crítica no solía estar precisamente a su favor, sí lo hacía la taquilla y una creciente legión de fans. Y en el universo que es Hollywood, eso es lo que realmente cuenta.

Parte de su fama vino de la mano de *Timecop (Policía en el tiempo),* que en inglés es tan solo *Timecop,* filme estrenado en 1994, y ambientado en 2004, que dirigió Peter Hyams. Interpreta a un veterano oficial llamado Walker cuyo trabajo es muy sencillo: evitar que los delincuentes usen la tecnología temporal para cambiar la historia a su favor. Su papel es el de un hombre atormentado por la pérdida de su mujer, algo que ha roto su vida y le ha hecho refugiarse por completo en su profesión, siendo el mejor agente de todos, quizá en exceso.

Un dato curioso:

Walker masca chicles Black Black, una marca real que el actor promocionó en televisión.

La producción supo no hacer recaer todo el peso de la trama en Van Damme, que tiene aquí una de sus mejores interpretaciones. Se da espacio para que el resto de personajes (interpretados por actores de vertiente principalmente televisiva) puedan ser algo más que simples comparsas del héroe. Todos tienen su momento, su historia personal, sus motivaciones y ayudan a que la trama avance, mientras el plan del villano se va completando.

La puesta en escena es funcional y práctica, principalmente con escenarios urbanos y alguna vieja fábrica, pero también buena y efectiva. Sin caer en los artificios de una realización compleja, que solo habría entorpecido la trama, se prefiere una forma muy sencilla de viajar en el tiempo: tan solo un simple vehículo sobre unos raíles que se lanza a toda velocidad contra un muro para romper los feudos de Cronos, y a su paso deja el efecto de una gota de agua que se extiende por la realidad (o, al menos, por la pantalla).

Es cierto, y a nadie se le escapa, que en ciertos puntos el argumento presenta incoherencias, además de que la forma de llevarlo todo adelante puede recordar parcialmente a *Terminator* y *Terminator 2: El juicio final*. Esto fue atacado sin piedad en más de una ocasión por críticos ávidos de sangre, incluyendo al reconocido Roger Ebert, que se refirió a ella como «*Una* Terminator *barata. De ese tipo de películas que es mejor no darle vueltas.*»

Sea de la forma que fuere este filme es una de las obras más valoradas de un Jean-Claude Van Damme en su mejor momento, y que a pesar de contar una historia que es bastante simple te atrapa sin dejarte escapar. Sí, claro que todo terminará bien, pero quizá no en esta línea temporal, ¿quién puede asegurarlo?

«Era una historia realmente inteligente, y pensé que era la oportunidad de hacer la mejor película que Van Damme hubiera hecho. Dije que sí y lo hicimos, estaba claro que iba ser un éxito (…) . Todavía es su mayor éxito.»

Peter Hyams

No es bueno que un Timecop esté solo

Aunque Jean-Claude Van Damme es el protagonista de esta historia, no está solo. Como se ha dicho hace unas líneas se le dotó de un grupo de secundarios que también tenían su peso en la trama, lo que solo enriqueció el producto final haciendo que fuera más atractivo para el espectador y que él resultara más creíble que en otros de sus papeles protagónicos.

El primero a mentar sería Bruce McGill, que interpreta a Matuzak, el jefe de los policías temporales, superior directo de Walker y, por lo que parece, el único amigo de verdad que tiene. Un hombre incorruptible en cualquier realidad, según lo que se muestra en el filme, que confía totalmente en su subalterno y que hará todo lo que esté en su mano para proteger a su gente. La lista de trabajos de McGill es realmente extensa: en 1994 llevaba casi dos décadas en activo, ha pasado por el cine y la televisión y seguramente sea recordado por muchos gracias a haber sido Jack Dalton en la *MacGyver* original y Walter Hagen en *La leyenda de Bagger Vance*.

Parte de este equipo también son la agente Fielding y el excéntrico científico Ricky, responsable de asegurar que los viajes en el tiempo salgan bien. La primera es interpretada por Gloria Reuben, quien ya había participado en otra adaptación de un cómic a la pantalla al ser Sabrina en *Flash, el relámpago humano* y, posteriormente, Adina Johnson en *Capa y Puñal*. Para el colorido genio se contó con Scott Bellis, quien ha tenido una carrera bastante discreta pero que le ha valido participar en títulos de éxito como *Smallville*, *Dark Angel* o *Expediente X*.

Un dato curioso:

Bruce McGill y Gloria Reuben coincidirían años después de nuevo en la gran pantalla en la película *Lincoln* de Steven Spielberg.

Como villano total y absoluto tenemos a Ron Silver como el senador McComb, un hombre hecho a sí mismo (más literalmente de lo que suele ser esta expresión) que no duda en abusar de su poder para sus propios fines. El actor crea un personaje avieso que en ocasiones llega a ser aterrador por lo templado de su carácter. Por aquel entonces gozaba ya de una larga carrera (al igual que McGill llevaba veinte años en activo), que no decayó en ningún momento y le hizo seguir en pantalla hasta el momento de su muerte en 2009, siendo su último título *My Father's Will*.

Y, finalmente, hay que hablar de Mia Sara o Melissa en la ficción, la fallecida esposa de Walker. Una actriz a la que la fantasía y los viajes en el tiempo no le eran ajenos, ya que en 1985 tuvo su primer papel como Lili en *Legend* y en 1993 participó en la serie *Misión en el tiempo*, con la que *Timecop (Policía en el tiempo)* tiene un cierto parecido. Es, además, la primera actriz en interpretar a la popular Harley Quinn en acción real, entre 2002 y 2003, en la serie *Birds of Prey* que protagonizó Ashley Scott como Helena Kyle/la Cazadora (y que volvió a este papel en un breve cameo en el macroevento televisivo *Crisis on Infinite Earths* de The CW).

Peter Hyams, el director

Timecop (Policía en el tiempo) es lo que es gracias a la conjunción de muy diversos factores, entre los que destacan en buena lógica la elección de su director y de sus guionistas. La labor conjunta de todos ellos fue la que hizo funcionar un producto que podría haber sido olvidable, basándose en un cómic que ha quedado bastante relegado al olvido y sobre el que se construyó una de las películas clave de la ciencia ficción de los noventa del siglo XX.

Peter Hyams fue el hombre detrás de las cámaras, un profesional que llevaba en activo desde comienzos de 1972 combinando tareas de realización y escritura tanto en televisión como en la gran pantalla. Entre los títulos que ha realizado de forma integral, es decir, que se ocupaba tanto de la dirección como del guion, se cuentan obras bien conocidas como *Capricornio Uno*, sobre un falso aterrizaje en Marte; *Atmósfera cero* con Sean Connery y Peter Boyle; o *2010: Odisea dos*, que es una secuela directa de la obra de Stanley Kubrick *2001: Una odisea del espacio*.

«Creo que Jean-Claude valora un buen guion y una buena coreografía y la buena coreografía.»
Peter Hyams

El sonido del trueno, el otro viaje en el tiempo de Peter Hyams

Peter Hyams volvió al terreno del periplo cronal pasada una década de su experiencia en *Timecop (Policia en el tiempo)* y lo hizo con la película *El sonido del trueno*, estrenada en 2005. Un filme bastante irregular que contó con guion de Thomas Dean Donnelly y Joshua Oppenheimer, también autores de *Dylan Dog: Los muertos de la noche* y de *Conan el bárbaro* en la versión de 2011, con el protagonismo de Edward Burns y la participación de Ben Kingsley. Es curioso pero *Dylan Dog: Los muertos de la noche* y *Conan el bárbaro* están protagonizadas respectivamente por Brandon Routh y Jason Momoa, es decir por Superman y Aquaman.

La historia se basa de forma directa en el cuento *El ruido de un trueno* de Ray Bradbury, uno de los nombres más importantes que existen dentro de la literatura de la ciencia ficción. En este relato publicado en 1952 el autor narra cómo una empresa realiza safaris en el tiempo, en concreto en la era de los dinosaurios, para que sus clientes puedan cazar a uno que ya esté a punto de morir.

Por supuesto, para evitar problemas y paradojas hay varias normas a seguir, pero estas son incumplidas y a su regreso al presente descubren que las cosas no son iguales a las que recuerdan. ¿El motivo? Una pequeña mariposa que ha sido aplastada por una bota, tan solo eso hizo falta para que la realidad misma se rompiera en mil pedazos.

Dos guionistas de cómic

Además de la implicación de Sam Raimi, *Timecop (Policía en el tiempo)* contó en su hacer con el trabajo de Mike Richardson y Mark Verheiden, también escritores del cómic original. En concreto el creador fue Richardson y supieron hacer un muy buen trabajo al llevar su historia a la gran pantalla. Se basaron en la idea preexistente, de la que se hablará en breve, pero ampliándola significativamente y desviándose también de la misma cuando fuera necesario.

Mike Richardson es uno de los fundadores de la editorial Dark Horse Comics, tras la experiencia como vendedor en su propia tienda e, incluso, contando con una pequeña franquicia. Pero en 1986 todo cambió al lanzar el primer número de la antología *Dark Horse Presents*, que fue un éxito, y poco a poco se convirtió en una empresa de referencia que ha publicado personajes tan conocidos como Hellboy o The Mask, creado también por él pero llevado al papel por Mark Badger, ambos también con exitosas adaptaciones cinematográficas en las que Richardson ha estado involucrado en tareas de producción.

> «Estuvimos hablando con Universal, tenemos algunas sugerencias. Realmente queremos revivir la franquicia.»
>
> *Mike Richardson*

Por su parte, Mark Verheiden comenzó en Dark Horse en 1987, ocupándose de *Aliens* y posteriormente de *Predator*, además de pasar también por DC Comics, donde trabajaría con Superman (con el personaje, claro, no volando y rescatando gente). Pero para este libro quizá resulte más interesante su vertiente de la pantalla, ya sea grande o pequeña, y es que fue guionista de diversas adaptaciones de cómic. Además de *La máscara* y *Timecop (Policía en el tiempo)* ha puesto sus letras al servicio de *Smallville*, *Constantine*, *Daredevil* y *Swamp Thing*, e incluso en otras producciones de fantasía y ciencia ficción como *Ash vs. Evil Dead*, *Falling Skies* y el telefilme *Dark Shadows* de 2005, en el que Alec Newman interpretaba al vampiro Barnabas Collins en una revisión del clásico televisivo *Sombras en la oscuridad*, en el que fue Jonathan Frid el encargado de dar (no) vida al espectro de ultratumba.

El cómic original

Fue en 1992 cuando llegó a las tiendas *Time Cop: A Man Out of Time*, una historia seriada en forma de trilogía dentro de la antología *Dark Horse Comics* a lo largo de tres meses, de agosto a octubre. Así se presentó al público al personaje de Max Walker, el policía del tiempo, en una recopilación que también llevaba historias protagonizadas por RoboCop y Predator, casi como un presagio de que el destino del agente estaba en el cine.

La trama lleva a este oficial hasta el pasado por un robo en una mina en la Sudáfrica de la década de 1930, pero debe regresar otra vez en un segundo viaje para detener al guardaespaldas robótico del delincuente que perseguía en origen, ya que se ha quedado atrás y está causando problemas. Visto así, los parecidos con el filme son pocos, pero las bases del mismo ya están sentadas.

El protagonista se comporta de forma bastante similar, totalmente entregado a su trabajo, y ya hace aparición la agencia y los posibles inconvenientes que conlleva el poder hacer trayectos a lo largo de las épocas. De igual forma, el nombre del policía, Walker, se mantiene en ambas versiones, así como el diseño del vehículo usado para desplazarse por la historia, que es igual en las viñetas y en la versión cinematográfica.

Sin duda alguna, de los diversos personajes de Dark Horse Comics que han tenido su versión en el séptimo arte, este es uno de los que mejor salida tuvo, al punto de que su origen real prácticamente se ha perdido. No fue así en el caso de los mentados The Mask o Hellboy, puesto que sus aventuras de papel se han extendido mucho más y han tenido una popularidad bastante mayor.

Debido al éxito de la película tuvo su propia versión en cómic, cerrándose así el círculo, ya que, además, los responsables del mismo volvieron a ser, precisamente, Mark Verheiden y Ron Randall, con portadas de Denis Beauvais. Esto mismo sucederá también con *Men in Black*, pero no corramos, ya se hablará de ello en su momento, tenemos tiempo de sobra.

Más allá del tiempo: la secuela y la serie

El éxito de *Timecop (Policía en el tiempo)* sorprendió a todos, ya que aunque el esfuerzo y la intención de hacer una buena película estuvieran ahí, funcionó mucho mejor de lo esperado. Por este motivo hubo dos proyectos más que continuarían con la franquicia, una secuela de la cinta y una serie televisiva. Aunque ninguna de las dos cumplió, ni de lejos, con las expectativas.

Timecop 2: La decisión de Berlín

Esta secuela, lanzada directamente a televisión, apareció en 2003 con Jason Scott Lee (sí, Bruce Lee en *Dragón, la vida de Bruce Lee*), una trama más compleja que la anterior, un aire constante de capítulo piloto de serie y algunos cambios estéticos sobre lo visto anteriormente. A los mandos de la cinta se encontraba Steve Boyum, habitual de películas y series para televisión entre las que se cuenta *Escudo humano*, que también tiene sus bases en el mundo del cómic. Escribiendo estuvo Gary Scott Thompson, que ya había trabajado en la ciencia ficción en *El hombre sin sombra* y su secuela, aunque seguramente sea más conocido por haber firmado la historia de *The Fast and the Furious (A todo gas)*.

Timecop 2: La decisión de Berlín tiene algún punto a su favor, no todo es terrible, como el situar la acción en el año 2025 y así evitar problemas de continuidad. Esto permitió que la agencia luciera diferente, al igual que el sistema de viaje en el tiempo o las consecuencias de tocarse a uno mismo (en vez de desaparecer de la existencia, te conviertes en un horrible ser mezcla de ambas versiones de ti, que sigue vivo mientras agoniza), también se juega más con el tema de realidades paralelas como consecuencia inevitable del trabajo de los policías y aparece la misteriosa Sociedad para la legitimidad histórica, que vigila muy de cerca a los agentes.

> «En ningún momento se planteó hacer TimeCop 2, nunca hubiera accedido a ello. Lo último que quieres hacer es repetirte, eso sería horrible.»
>
> *Peter Hyams*

Timecop

Titulada simplemente *Timecop* y con tan solo una temporada, emitida por la ABC entre 1997 y 1998, esta serie tuvo un total de tan solo nueve episodios (y otros cuatro que nunca vieron la luz) de los que tres fueron escritos directamente por Mark Verheiden, entre ellos el piloto, que presentaba a Jack Logan como protagonista en lugar de al viejo conocido Walker.

La producción cumple, aunque no termine de funcionar, pero supo aprovechar su vertiente de juego temporal al aparecer en la misma H. G. Wells (Matthew Huffman), Al Capone (John Kapelos) e incluso Adolf Hitler (Tony Papenfuss) y pudo continuar su historia en forma de una trilogía de novelas de Daniel Parkinson. Lo cierto es que ni esta propuesta, ni la secuela del filme, llegan a estar a la altura del mismo y han pasado totalmente al olvido, en ocasiones ni siquiera siendo conocidas por los admiradores de la película original.

Van Damme y la ciencia ficción

Jean-Claude Camille François Van Varenberg, que tomó su nombre artístico por un amigo de su padre (el mismo que le mandó a Hong Kong para ser modelo fotográfico), comenzó su carrera en el mundo del cine en 1979, sin acreditar, pero su popularidad empezó a despegar a partir de la mitad de la década posterior y gozó al máximo de la misma hasta la llegada del año 2000, fecha a partir de la cual no ha logrado realmente volver al estrellato de su pasado.

Principalmente, ha estado vinculado a películas de acción y aventuras, pero en ocasiones estas han ido por el camino de la ciencia ficción, como es el caso de *Timecop (Policía en el tiempo)*. Otros títulos de este género en los que ha participado son *Cyborg* de 1989, que tuvo dos secuelas bastante olvidables; *Replicant* de 2001, que se adentra en el tema de la clonación con el actor en un doble papel (original y copia); o *U.F.O.* de 2012 que reúne al intérprete con su hija, Bianca Brigitte VanDamme (o Bianca Bree).

«Sí, soy yo el que hace todos esos movimientos. Empecé a entrenar cuando tenía once años, la naturaleza no me dotó de un gran físico.»
Jean-Claude Van Damme

Soldado universal, Van Damme vs Lundgren

Pero seguramente dentro de esta temática, lo más recordado sea la saga *Soldado universal*. La primera entrega se estrenó en 1992 de la mano de Roland Emmerich, compartiendo el belga el protagonismo con Dolph Lundgren en los papeles de Luc Deveraux/GR44 y Andrew Scott/GR13, y tuvo buena acogida. A fin de cuentas, no deja de ser la historia de un soldado que lo único que quiere es volver a casa, y consiguió convertirse en una larga franquicia que se extendió hasta 2012, con un total de seis entregas (entre telefilmes, cinematográficas y vídeo bajo demanda).

Jean-Claude Van Damme solo participó en cuatro de ellas, que fueron la primera de todas, *Soldado universal,* seguida por *Soldado universal: El retorno* en 1999, una década más tarde *Soldado universal: regeneración* en la que volvía también Dolph Lundgren y, finalmente, *Soldado universal: El día del juicio final*, lanzada tres años después, estas dos últimas dirigidas por John Hyams, hijo de Peter Hyams.

En los dos filmes para televisión, que forma una trilogía con la original, pero son ignoradas por las demás, el actor elegido para interpretar a Luc Deveraux/GR44 fue Matt Battaglia, un habitual en la larga serie *Days of Our Lives* o *True Detective*. Estas dos entregas se titularon *Soldado universal 2. Hermanos de armas* y *Soldado universal 3. Desafío final*, ambas lanzadas en 1998 con dirección y guion de Jeff Woolnough y Peter M. Lenkov de forma respectiva, y la participación del gran Burt Reynolds, algo que siempre es de agradecer.

Otras agencias del tiempo

Los viajes en el tiempo han sido un tema que siempre ha interesado a la ciencia ficción, ya sea en el cine, el cómic, la literatura e incluso en los musicales. De hecho, este libro que tienes entre las manos, este *Viajes en el tiempo: películas del pasado, presente y futuro*, es un ejemplo de ello. Por eso mismo han sido muchas las agencias que se han ocupado de vigilar que la gente no rompa la historia y saque provecho de ello.

Sería muy largo, y excede en mucho a estas páginas (dado que podría dar para todo un volumen), hacer un repaso de todas ellas, pero al menos hay que recalar en algunas y he seleccionado tres que provienen de medios diferentes.

La autoridad de la variante temporal

Marvel Comics no ha sido ajena a este tipo de viajes, de hecho el principal villano de los Vengadores (y uno de mis malvados predilectos) es un conquistador temporal llamado Kang. A lo largo de las historias han ido apareciendo otros tantos, como «la ultraburocrática autoridad de la variante temporal» en palabras de Autu, el vigilante.

Esta organización apareció por primera vez en 1986 en la colección *Thor*, como un pequeño homenaje y parodia de Mark Gruenwald (el guardián de la continuidad de la casa, hasta su inesperado fallecimiento en 1996 con tan solo 43 años de edad).

Sus miembros vigilan el multiverso en busca de problemas, llegando a eliminar líneas temporales completas si las consideran peligrosas, pero a su vez intentan evitar que otros seres puedan alterar el tiempo para sus propios intereses. Uno de estos sería el profesor Justin Alphonse Gamble, que es en toda regla una parodia del Doctor de *Doctor Who* y, a su vez, un renegado de la agencia.

Los Eternos

Los Eternos son una creación de Isaac Asimov, presentados en su obra *El fin de la eternidad*. En esta historia se habla de este grupo de viajeros del tiempo que son reclutados de diferentes puntos de la historia, como suele pasar en este tipo de organizaciones. El protagonista, Andrew Harlan, es un Ejecutor, uno de los responsables de modificar los hechos a fin de proteger a la humanidad, que empieza a tener dudas sobre sí mismo, su labor y la de toda la sociedad de la que forma parte, llamada Eternidad.

Asimov es bien conocido por su trabajo como escritor, con un gran número de obras populares y reverenciadas como *Fundación e imperio*, *Las bóvedas de acero*, *El sol desnudo* o el episodio «I, Tobor» de *El capitán Vídeo y los guardianes del universo* de 1953. El título de este capítulo es un guiño a su volumen recopilatorio *I, Robot* (*Yo, Robot*), que a su vez fue una referencia al cuento de mismo nombre de Eando Binder, publicado en 1939 en la revista *Amazing Stories*.

Un dato curioso:
Eando Binder es hermano de Otto Binder, guionista y cocreador de Supergirl.

El ministerio del tiempo

Sin duda alguna esta fue la serie española revelación en su momento, una producción creada por los hermanos Olivares que, por derecho propio, fue la primera que realmente consiguió tener un fandom en toda regla. A pesar de ello, de su alta calidad y el buen trabajo de sus guiones, no logró tener un buen trato en su emisión, lo que no impidió que fuera reconocida y premiada, e incluso plagiada fuera de nuestras fronteras (con *Timeless*, para ser más exactos, tema que se saldó con un acuerdo extrajudicial).

El ministerio del tiempo es justo eso, un ministerio del gobierno español que controla y vigila los viajes al pasado a través de unas puertas que comunican con lugares y momentos diferentes. Varias patrullas se ocuparán de esto, siendo la protagónica la formada por Julián, Amelia y Alonso, tres personas de distintos tiempos, siendo el primero posteriormente sustituido por Pacino y la segunda por Lola Mendieta. El buen hacer delante y detrás de las cámaras, además de un constante agradecimiento a sus admiradores (denominados genéricamente «ministéricos»), ha hecho de ella un producto de referencia que solo mejora a cada una de sus temporadas.

Men in Black 3

El negro siempre está de moda

J y el joven agente K, que para tener tan solo 29 años estaba bastante gastadito, entraron en el estadio. Era de noche, estaba vacío, salvo por una sola persona… o alienígena. Se llamaba Griffin.

Estaba de pie, apoyado en una barandilla, mirando atentamente hacia el campo de juego en el que no había juego alguno. Animaba con fuerza a un equipo que no estaba allí y sonreía al ver unos pases que en realidad no existían.

Los Hombres de Negro llegaron hasta él, se pusieron a su lado, uno a la derecha y otro a la izquierda, pero fue Griffin el primero en hablar.

—Este, es mi momento favorito del universo.

Sus palabras estaban llenas de pasión, de una emoción que resultaba extraña viniendo de alguien cuyos ojos estaban pendientes de un montón de hierba.

J y K se miraron, y entonces uno de ellos puso en palabras lo que ambos pensaban.

—Griffin… Ahí no hay nada; el partido no se juega hoy.

Sonrió, estiró sus brazos tocando así a sus dos nuevos amigos, a sus protectores, guardianes del universo y también de la historia. Sus blancas manos se apoyaron en sus hombros y ante ellos la realidad se rasgó, se abrió una brecha que dejaba entrever el futuro, o al menos uno de los futuros.

K se quedó como hipnotizado, no podía dejar de mirar a un campo ahora lleno de vida, de jugadores, de acción y de magia. J se apartó, a su alrededor todo seguía igual, vacío, de noche, calma y quietud. Volvió con ellos.

—Entonces, así es cómo ves.

Le parecía totalmente increíble, algo maravilloso. Griffin rió.

—Es un jaleo de mil demonios, pero tiene sus momentos.

Cada porvenir era un milagro en sí mismo. Al tocar a sus dos compañeros también pudo atisbar su futuro, el suyo y el de toda la humanidad. Quizá dentro de poco tendría un nuevo momento favorito.

El final de la trilogía

Men in Black 3 llegó a los cines en el año 2012, un año muy rico en estrenos que han perdurado, como *Los miserables*, *¡Rompe Ralph!*, *La vida de Pi*, *El chef. La receta de la felicidad* o *Skyfall*. Solo son unos pocos de los diferentes títulos que dieron esos doce meses, y fue en mayo (el 25) cuando se estrenó la tercera y última parte de la aventura que el agente K y el agente J habían comenzado en 1997.

Volvían así Will Smith y Tommy Lee Jones para meterse en la piel de dos de sus personajes más conocidos, solo superados en el primer caso por su Fresh Prince en *El príncipe de Bel-Air*, y, en el segundo, por tantos trabajos que sería imposible quedarse solo con uno (aunque si es por lo colorido del mismo, sería Dos Caras en *Batman Forever*), además de Barry Sonnenfeld, que también estuvo en las dos producciones anteriores y fue uno de los responsables de su éxito mundial.

En esta ocasión, se unían a la aventura Emma Thompson en el papel de la nueva líder de los *Men in Black*, O, al no estar Rip Thorne como Z (debido a problemas de tipo legal y judicial), y Josh Brolin para dar vida a una versión más joven del agente K, y, aunque tuvo una pequeña labor de maquillaje para lograrlo, hay que reconocer que de base tiene más que un parecido con el propio Tommy Lee Jones. Tanto Sonnenfeld como Brolin han hecho declaraciones sobre esta similitud física y más en concreto sobre el tamaño de sus cabezas, lo que para el director es un factor determinante para el éxito de un actor (claramente, un comentario humorístico).

Este rejuvenecimiento era posible debido a un salto en el tiempo (de forma totalmente literal), una idea que salió del propio Will Smith durante el rodaje de la segunda parte. Un periplo que no fue nada sencillo, debido a las complejidades que una historia de este tipo suele tener. Como ejemplo, podéis coger cualquiera de los títulos que aparecen en este libro, con un proceso de guion con varias reescrituras que contó como nombre principal con el de Ethan Cohen. Un profesional bien situado por su labor en *Madagascar 2* y varias produc-

ciones televisivas como *El rey de la colina* o *Beavis y Butt-Head*, lo que aseguraba que el tipo de humor adulto, algo negro y entremezclado con la sátira seguiría siendo el mismo.

Debido a este viaje al pasado se dio a la franquicia un toque de frescura que le era necesario, conservando todos sus elementos característicos pero trasladados a finales de la década de los sesenta del siglo XX, en concreto a 1969, alrededor del lanzamiento del Apolo XI (cuando el hombre pisó la Luna por primera vez); algo que, además, sería aprovechado para provocar algunos malentendidos temporales, y jugar con la tecnología espacial para que fuera totalmente retrofuturista, e incluso para que hicieran aparición los Panteras Negras y el mismísimo Andy Warhol, interpretado por el cómico Bill Hader, además de descubrirse que, en realidad, es un agente infiltrado de la organización secreta.

Un dato curioso:
Si nos atenemos a lo que se n
cuenta en el filme, las model
de pasarela son alienígenas.

Como director repetía Barry Sonnenfeld, aunque se ponderaron otras opciones que finalmente no se siguieron, para alivio de todos los admiradores de esta franquicia. El realizador ya se había encargado con gran acierto de la primera y segunda parte, además de haber sido el responsable de llevar con éxito a la gran pantalla las viñetas de Chas (Charles) Addams en *La familia Addams* y La *familia Addams: La tradición continúa.*

La fórmula funcionó, una vez más, si bien el experimento no era tan redondo como lo fue en su día *Men in Black (Hombres de negro)*, sí lograba superar a *Hombres de negro II*. Se daba así un buen cierre a la trilogía, aunque la idea de realizar una cuarta entrega siempre estuvo ahí y en cierta forma se haría en 2019.

«La leche con cacao alivia las jaquecas por fisura temporal.»
O (Emma Thompson)

Josh Brolin, de raza le viene al galgo

Uno de los peores y mayores aciertos de *Men in Black 3* fue la inclusión de Josh Brolin como versión joven del agente K. Es uno de los peores porque por esa razón Tommy Lee Jones aparece muy poco en pantalla, solo al principio y

al final, pero también uno de los mayores porque, así, se puede disfrutar de las grandes capacidades interpretativas de este actor.

Esto es algo que le va en la genética, ya que se trata del hijo de James Brolin, un muy reputado intérprete con una carrera realmente extensa, en la que se cuentan títulos como *Capricornio Uno*, *El ala oeste de la Casa Blanca*, *La vida en piezas* y por supuesto *Almas de metal*, que es el título con el que se conoció en España a la película *Westworld*.

Igualmente productivo ha sido su hijo, con una trayectoria que no tiene nada que envidiar a la de su padre, habiendo participado en *No es país para viejos* (en la que también aparecía Tommy Lee Jones), *El valle de Elah*, la irreverente *¡Ave, César!*, *Wall Street 2: El dinero nunca duerme* y *Los Goonies*, que fue su primer trabajo.

«Es cómo "¿Por qué yo?" (...)
Quizá sea por el tamaño de nuestros cráneos, o por tener un aire a lo Cromañón.»
Josh Brolin

Un rostro de cómic

En ocasiones, hay actores que se topan con un género y este les reclama en varias ocasiones, como el caso de Chris Evans con los superhéroes, dado que ha sido el Capitán América en el universo cinematográfico conformado por Marvel Studios y anteriormente ya había interpretado a otros héroes del cómic. Fue Jensen en *Los perdedores* en 2010 y Johnny Storm/Antorcha Humana en dos ocasiones, en *Los 4 Fantásticos* en 2005 y en su secuela *Los 4 Fantásticos y Silver Surfer* de 2007.

Esto mismo, y en el mismo campo, ha sucedido con Brolin, quien ha tenido varios papeles que venían directamente de las viñetas. El primero sería Jonah Hex en el filme de mismo nombre estrenado en 2010, dos años después como el agente K y siguió con Thanos, el temible enemigo de los Vengadores, al que interpretó en *Vengadores: La era de Ultrón*, *Vengadores: Infinity War*, *Vengadores: Endgame* y en la serie de animación *What If...?*.

Además, se ha metido también en la piel de Cable, el veterano soldado mutante que viaja por el tiempo, un antihéroe muy de moda en la década de los noventa del siglo XX. En este caso, fue en *Deadpool 2*, tras un intenso entrenamiento para darle el tono muscular adecuado,y un temperamento frío y serio, que era justo el opuesto del protagonista al que interpretaba Ryan Reynolds.

Will Smith y la ciencia ficción

La carrera de Will Smith como actor no ha dejado de crecer desde que en 1990 protagonizara la serie *El príncipe de Bel-Air* (*The Fresh Prince* o *El príncipe del rap*, dependiendo de dónde la hayas visto). Un éxito internacional que le hizo ser reconocido en todas partes, con el aliciente de que el personaje que interpretaba se llamaba igual que él mismo, de modo que, aunque pudiera quedar encasillado, sería con su nombre y esto es una gran ventaja.

Fue justo al terminar esta producción (se despidió en 1996) que llegó *Men in Black (Hombres de negro),* para terminar de catapultarle al más alto estrellato, del que nunca ha vuelto a bajar. Su carrera ha tenido de todo, comedia y drama, pasando por aventura y ciencia ficción.

Independence Day

Independence Day fue la película que empezó a convertir a Will Smith en una estrella en 1996, una producción de Roland Emmerich y Dean Devlin en la que participaron actores como Bill Pullman, Jeff Goldblum o Vivica A. Fox y que arrasó en taquilla. Si bien el argumento del filme es justito, la puesta en escena del mismo fue espectacular, con algunas escenas realmente impactantes y memorables.

La historia narra cómo los alienígenas quieren invadir la Tierra y la lucha de un grupo de militares y científicos para impedirlo, todo ello con toneladas de acción y adrenalina y la impresionante secuencia de la Casa Blanca explotando. Muchos años más tarde, en 2016, se estrenó una secuela titulada *Independence Day: Contraataque* que pasó por las pantallas sin pena ni gloria (y sin Will Smith, todo sea dicho).

Yo, robot

Fue en 2004 cuando llegó a los cines *Yo, robot*, película de Alex Proyas (el mismo tras *Dark City* y *El cuervo*), con guion de Jeff Vintar y Akiva Goldsman, que se inspiran de forma algo lejana en los relatos de Isaac Asimov, pero también se pueden apreciar referencias al trabajo de otros autores de la ciencia ficción, como Eando Binder. El filme se ve con agrado y soporta bien el paso del tiempo, aunque con los años ha quedado prácticamente olvidado por el público general.

Como protagonista total estaba un muy desubicado Will Smith en uno de sus peores papeles, a su lado un irreconocible Alan Tudyk bajo maquillaje digital para ser el robot Sonny y la actriz Bridget Moynahan como Susan Calvin, uno de los personajes habituales de Asimov.

Un dato curioso:

Si uno se fija, verá que en el Nueva York muerto de *Soy leyenda* hay un cartel de la cancelada película *Batman vs. Superman*, con guion de Akiva Goldsman.

Soy leyenda

De uno de los grandes de la ciencia ficción pasamos a otro, a Richard Matheson. Autor que, con este filme, sumaba ya hasta tres adaptaciones a la gran pantalla de su novela *Soy leyenda*. La primera fue *El último hombre sobre la Tierra*, en 1964, protagonizada por Vincent Price; la segunda, en 1971, con el título *El último hombre... vivo*, contando con el muy ecléctico Charlton Heston; y en 2007 con *Soy leyenda*, con dirección de Francis Lawrence y guion de nuevo de Akiva Goldsman, junto a Mark Protosevich.

Todas comparten la misma base, con sus modificaciones y licencias sobre la obra original, por lo que la historia nos lleva hasta un hombre que vive solo (o eso cree) en un mundo en el que la humanidad está casi extinta. Él intenta sobrevivir, luchar y seguir adelante lo mejor que puede. Un relato triste y oscuro con algunos toques de fugaz felicidad.

THE MEN IN BLACK

Men in Black, el cómic

De forma general, parece que solo existen los cómics de Marvel y DC, algo que viene dado por lo enorme y exitoso de sus adaptaciones cinematográficas, aunque en muchas ocasiones el público general (y por desgracia, también más de un periodista) no logra distinguir entre una editorial y otra.

Más se liarían de saber que, en realidad, hay muchas empresas que lanzan historietas, pero que muchas más. Una de estas es Aircel Comics, casa canadiense que sería adquirida por Malibu Comics y esta, a su vez, por Marvel Comics, que fue la responsable de publicar por primera vez las historias de los *Men in Black*.

Estos tebeos verían la luz en 1990 y 1991 de la mano de Lowell Cunningham y Sandy Carruthers con un total de seis números (posteriormente serían más) en los que se introducían al agente K y al nuevo agente J, junto con su mundo y sus misiones secretas. Al contrario que en las películas, su trabajo no se refiere solo a alienígenas, se ocupan también de demonios, sociedades ocultas y hacen todo lo que sea necesario para cumplir sus propósitos.

Las diferencias respecto a los filmes son notables: desde el carácter de K, que no es tan solo serio y entregado, a veces roza el fanatismo, pasando por el objetivo de su profesión hasta llegar a la esencia misma de la serie, que está muy alejada de ser un producto centrado en el humor y la comedia. En ocasiones, cuesta ver cómo los productores Laurie MacDonald y Walter F. Parkers reconvirtieron todo para ser la franquicia que es.

> «Por otro lado, ¿quién puede asegurar que los MIB sean solo una ficción? De adolescente viví el Watergate, así que entiendo la paranoia.»
>
> *Lowell Cunningham*

Las bases de un universo

Aunque por el camino de la adaptación se perdieron varias cosas como la palpable oscuridad de las viñetas y la sangre fría de los agentes, hay varios puntos más que sobrevivieron hasta llegar a la gran pantalla. No siempre lo hicieron de la misma forma, pero sí captaron su esencia.

Lo primero y más evidente son los trajes negros con gafas de sol, el atuendo típico de los hombres de negro de las leyendas conspiracionistas, junto con el elegante coche de mismo color en el que se mueven. De igual forma, Z es el jefe de toda la organización, una que tiene tecnología impensable para los humanos normales, como el neuralizador, el poder borrar las huellas digitales de las falanges y toda la información de una persona para que así esta desaparezca sin dejar rastro alguno.

Por supuesto, como ya se ha mentado, estaban presentes los agentes K y J, también como un veterano y un nuevo recluta que discuten y tienen puntos de vista distintos. Claro que en el cómic esto viene debido a que K es un hombre totalmente entregado a su misión, haciendo lo que sea preciso para finalizarla, mientras que J tiene serias dudas y no termina de ver con buenos ojos todo este nuevo mundo que se abre ante él.

Hay otras referencias directas, como el hecho de que el argumento básico de *Men in Black (Hombres de negro)* se base en el número dos del primer volumen del cómic, aunque llevando a la historia por otro camino, o que en *Men in Black 3* los bustos de los agente caídos se parezcan mucho al rostro de K en las viñetas.

Cerrando el círculo

Tras el éxito de la primera película, y ya con Malibu (y por lo tanto Aircel) en manos de Marvel Comics, se decidió lanzar una adaptación de esta haciendo así que el círculo se cerrara. Es más, se contó con el creador original, Lowell Cunningham, para hacerlo, aunque fuera en base a la historia de Ed Solomon para el cine (¡curiosa vuelta de la vida!).

Se lanzó también una secuela llamada *Men in Black: Retribution* con una historia completamente nueva, en la que repetiría Cunningham, y que supondría el regreso del agente K al servicio tras haberse retirado en la película. Es curioso pero en la serie de dibujos (se habla de ella en breve) también seguía en el cuerpo y en *Hombres de negro II* se seguiría esta misma idea, aunque ninguno de estos títulos realmente se relacionaba entre sí.

Se sumó a todo esto *Men in Black: Far Cry*, que puede entenderse como una secuela de todo y que está firmada nuevamente por Cunningham, sin tener las mismas restricciones creativas que venían por la película y bebiendo más en esencia de su propia creación original que de las versiones de Smith y Jones.

Men in Black, la saga

Los años noventa del siglo XX fueron muy ricos en lo que a la ciencia ficción cinematográfica se refiere, con franquicias que perduraron durante años y el regreso de alguna otra que llevaba tiempo esperando su momento para resucitar.

El caso de *Men in Black (Hombres de negro)* fue una de esas sorpresas que nadie se esperaba, con un argumento que no era realmente novedoso y actores que, si bien eran conocidos, tampoco eran grandes estrellas, no así tras estrenarse este filme, que los catapultó de forma directa al Olimpo (más en el caso de Will Smith, ya que en realidad Tommy Lee Jones era un actor de talento reconocido que tenía una larga trayectoria a sus espaldas).

Un guion sólido y bien trabajado apoyado por el talento de sus dos protagonistas y su director, eso fue todo, esa es la fórmula del éxito. Se añadían a la producción nombres como el de Rip Thorne (*Rockefeller Plaza*), Linda Fiorentino (*Dogma*), Tony Shalhoub (*Monk*) y Vincent D´Onofrio (*Daredevil*), profesionales que ya habían logrado tener su propio espacio en la industria del entretenimiento y cuya participación se traducía en algo tan sencillo de decir, y complicado de lograr, como la calidad.

Un dato curioso:
Lowell Cunningham tuvo su pequeño cameo como uno de los muchos agentes que aparecen en el cuartel general.

El éxito que tuvo conllevó de forma obligada realizar una segunda parte en la que todos volvieron, a excepción de Vincent D´Onofrio y Linda Fiorentino, y se amplió el reparto con la inclusión de Johnny Knoxville (*Jackass*), Rosario Dawson (*Clerks II*) y Lara Flynn Boyle (*El abogado*) como la villana de la función. En esta ocasión, la trama involucraba un caso del pasado del agente K, varios secretos que nadie quería contar y la misma dosis de humor con cierta mala uva que la anterior.

En el caso de Tony Shalhoub regresó para dar de nuevo vida al alienígena Jack Jeebs, algo más exagerado en formas y en maquillaje que en la anterior. También lo interpretó en la serie de animación y tuvo un cameo en *Men in Black 3*, como un vendedor de periódicos en el pasado. Hay que mentar también a Frank, el carlino que apareció en la primera y segunda parte interpretado por el perrito Mushu, pero el can falleció antes de la tercera entrega, motivo por el que en esta tan solo veremos una gran foto suya en casa de J y su rostro en el cartel de un circo de 1969 con la frase en inglés «*The Incredible Speaking Pug*» (que se podría traducir por «*El increíble carlino parlante*»).

La secuela logró funcionar bien en taquilla pero no tanto en opinión de la crítica, y lo cierto es que no llegaba a igualar a su predecesora. Le falta algo, aunque es complicado indicar el qué, aunque es un filme entretenido y divertido que engancha de principio a fin.

Rick Baker, la leyenda

Rick Baker es uno de esos nombres legendarios en Hollywood, un auténtico artesano que ha sido aplaudido y elogiado por su trabajo en *Batman Forever*, *El Grinch* o la estupenda *Ed Wood*, en la que se encargó del fantástico maquillaje que convirtió a Martin Landau en Bela Lugosi (lo que sumado al talento del actor, casi hacía creer que era el auténtico húngaro vuelto de entre los muertos), entre otras muchas películas en las que su toque casi mágico es más que evidente.

Su habilidad como artesano y creador de criaturas imposibles le ha valido varios premios, además de ser reconocido en numerosas ocasiones tanto por la crítica como por el propio público. Algunos de sus ingenios se han convertido en iconos por derecho propio, como la transformación de humano a lupino de *Un hombre lobo americano en Londres*, o el alegre y gigantón Harry de *Bigfoot y los Henderson*, llamada *Harry and the Hendersons* en el original (en los noventa se emitiría una serie de mismo nombre, que en España se conocería como *Harry y los Henderson*).

Es el responsable directo de los diseños alienígenas que aparecen en las tres primeras entregas de *Men in Black*, apostando por un tipo de maquillaje algo añejo que encaja perfectamente con el mundo que se crea y que le da un toque especial a ese universo. Esto es algo todavía más palpable en *Men in Black 3*, ya que gracias al viaje en el tiempo hasta 1969 pudo meterse de lleno en el retrofuturismo e incluso dejar más de un guiño a la ciencia ficción de la época (y un cameo, como el Brain Alien vestido con ropajes plateados que está al lado de J mientras K lee el panegírico por Z).

> «Así que Rick Baker, que diseñó los alienígenas, creó unos para el presente y tuvo la brillante propuesta de hacer otros retro para 1969, bajo la idea de que su tecnología era diferente cuarenta años antes.»
>
> *Barry Sonnenfeld*

La franquicia sigue viva

Men in Black también ha pasado por el mundo del videojuego, las figuras de acción y de los cómics (en origen y en adaptación), pero uno de los productos más populares y de mayor calidad que ha tenido ha sido *Men in Black: The Series*.

Una versión animada para televisión que tuvo cuatro temporadas entre 1997 y 2001, y que bebía tanto de la película como de los tebeos, con las voces de Keith Diamond y Gregg Berger como J y K. Todos los personajes del filme estuvieron presentes, algunos con un papel mucho más relevante que en el mismo, y se contó con el ilustrador español Miguelanxo Prado como diseñador de personajes.

Mucho más tarde, en 2019, llegaría la esperada cuarta parte fílmica, o más bien una continuación de la franquicia que pretendía resucitar a la misma. Sin aparecer J o K en ningún momento, aunque se deja entrever que fallecieron en acto de servicio, aquí los protagonistas son H y M o Chris Hemsworth y Tessa Thompson, dos actores que ya gozaban de ser conocidos por el gran público y de tener buena química juntos al haber compartido protagonismo en *Thor: Ragnarok*.

La película seguía dentro del mismo universo, la presencia de Emma Thompson en su papel de O lo deja claro, además de la reaparición de Frank (interpretado por otro perro), pero no llegó ni de lejos al nivel de humor y calidad que tenía la trilogía anterior, además de ser el peor estreno en resultados de taquilla de toda la saga.

El cruce que jamás ocurrió

Por una lado, tenemos *Infiltrados en clase* (*21 Jump Street*) y su secuela *Infiltrados en la universidad* (*22 Jump Street*), secuelas cinematográficas de la serie *Nuevos policías* (*21 Jump Street*), y, por el otro, la franquicia de *Men in Black*.

¿Qué sale si lo mezclas todo?

MIB23.

Es decir, las siglas por parte de una y el número por parte de otra.

Aunque pueda parecer una broma, no lo es. Fue un proyecto real ideado y confirmado por Sony, en un extraño giro que nadie se esperaba pero que podría haber dado una película realmente divertida en el caso de haberse llevado a cabo finalmente.

La idea estuvo varios años rodando, llegó incluso a contar con el guionista Rodney Rothman y el claro interés de Jonah Hill y Channing Tatum para hacerla. No estaba tan claro si se contaría con Will Smith y Tommy Lee Jones, aunque todo parecía apuntar a que serían otros agentes más jóvenes (como justo pasó en *Men in Black: International*).

Finalmente, en 2019 el productor Walter Parkes confirmó que a pesar de su empeño no lograban ver cómo unir ambas historias de una forma que fuera realmente funcional. Esto era debido a las diferencias de públicos de una y de otra, además de sus calificaciones por edades y a la intención de respetar todo lo posible los estilos de ambas franquicias.

Una lástima, ya que si bien el proyecto de primeras puede sonar algo enloquecido, cuando uno empieza a imaginar las posibilidades y qué podría haber sido, la boca se hace agua. Nunca lo sabremos, pero soñar es gratis.

Jacuzzi al pasado

Un viaje de locos

Los cuatro amigos, en realidad tres colegas y el sobrino de uno de ellos (que era entendido por todos como una mascota comunal) saltaron dentro del jacuzzi, mientras el frío de la noche se cernía sobre ellos y las estrellas empezaban a poblar el cielo.

La montaña en la que se encontraba el pequeño hotel estaba nevada, el local mostraba claros signos del paso del tiempo y de la poca preocupación de su dueño actual. En el recuerdo de ellos era un lugar casi mágico, el sitio en el que vivieron los mejores días de sus vidas.

Entretanto, el agua burbujeaba y ellos charlaban y reían, bebían sin parar y se metían todo lo que podían meterse. No había cerveza lo bastante gaseosa o porro demasiado cargado. Los minutos se convirtieron en horas, momentos borrosos y fugaces en los que nada tenía sentido. Parecía que un grupo de mujeres en bikini se había metido con ellos en el jacuzzi, otros invitados pasaron por allí para ser parte de la fiesta, incluso habrían podido jurar que había estado ese técnico de reparaciones tan excéntrico.

A la mañana siguiente se despertaron sin saber realmente qué había pasado, solo con la resaca como recuerdo de la desfasada noche anterior, que se había extendido hasta ese día. Era raro, pero se encontraban mejor que en mucho tiempo, como si volvieran a tener veinte años, al menos tres de ellos, los que los pasaban de lejos.

Ese jacuzzi tenía algo, algo mágico. No sabían bien cuánto.

Una película de colegas

Las películas de colegas (o *buddy movies*), en las que voy a incluir también las de viaje, ya que en general las *road trip* suelen ser protagonizadas por amigos, tienen algo especial. Quizá sea que en muchas ocasiones son productos destinados a la comedia, aunque no siempre, hechos para hacer reír al espectador y dejar en el mismo algo de alegría para llevarse a casa, como si pasara por el castillo del conde Drácula.

Un dato curioso:

En un momento de la película a John Cusack le dicen «eres un Señor del Tiempo», en clara referencia a *Doctor Who*.

Ejemplos hay muchos, desde los más clásicos, como *La extraña pareja*, que es una institución; la inolvidable *Granujas a todo ritmo* (que es lo mismo que decir *The Blues Brothers*); la estupenda y menos conocida de lo que debería *Súper empollonas*; e incluso *Toy Story*, una estupenda saga de la que os hablo en el libro *¡Hasta el infinito y más allá! Pixar a través de sus películas*.

Jacuzzi al pasado, o *Hot Tub Time Machine* en inglés y una oportunidad perdida de titularlo *El Jacuzzi del tiempo*, se inscribe totalmente en este género, al que se añade el viaje en el tiempo a través de algo tan llamativo como un jacuzzi (y no es la forma más extraña de hacerlo). El protagonismo recae en Rob Corddry, Craig Robinson, Clark Duke y John Cusack, que una vez más demuestra el buen tino que tiene a la hora de escoger sus papeles y proyectos (incluso queda todavía más claro al no estar en la secuela).

Ellos cuatro emprenderán sin saberlo un viaje hacia atrás en el tiempo, hasta la mejor semana de sus vidas, ocupando sus cuerpos más jóvenes y pudiendo revivir una vez más todo lo que hizo que esos días fueran memorables. Aprovecharán, además, para intentar solucionar los problemas que tuvieron tan solo para crear los mismos en un círculo vicioso eterno que, por otro lado, es muy común en este tipo de propuestas.

Al final, gracias al buen hacer del director Steve Pink y la historia de Josh Head, con la participación de Sean Anders y John Morris en el guion final y el talento de los actores implicados, tanto protagonistas como secundarios, se creó un producto divertido con el único propósito de entretener y hacer reír. Algo que consigue en todo momento.

«A veces haces películas por dinero,
otras por su componente artístico,
y en ocasiones las haces por el dinero
para pagar las que haces por su componente artístico.»
John Cusack

El gran búfalo blanco

Uno de los elementos más importantes en la película es el llamado gran búfalo blanco, que no llega a explicarse qué es y quizá habría sido necesario. De forma directa uno piensa en algún tipo de criatura sobrenatural que les marcó y viendo por dónde va el filme esto lleva a la lógica conclusión de que se trata de algún antiguo amor de los protagonistas.

Consultando el Urban Dictionary sobre este término (Great White Buffalo), se indica lo siguiente:

1. Término para "el que se ha ido" o "primer amor", se usa sin explicaciones en *Jacuzzi al pasado*. Es susurrado, y repetido, por el grupo de amigos.
2. El único y verdadero amor de tu vida. Llamado el Gran Búfalo Blanco por su rareza y su elusiva condición. Muchas personas pasan toda su vida sin llegar a encontrar al Gran Búfalo Blanco.

De *Regreso al futuro* a *Capitán América: El soldado de invierno* pasando por *Karate Kid*

En *Jacuzzi al pasado* hay dos personajes que, aunque sean secundarios, son importantes para toda la trama, bien por ser el nexo de unión entre pasado y presente o por el responsable de algunos de los peores recuerdos de la pandilla protagonista. Y además, son una conexión con otras sagas muy conocidas.

Por un lado, tenemos a Phil el botones, un malhumorado hombre que perdió un brazo de forma desconocida (hasta casi el final de la película), un rostro que seguramente haya resultado familiar a más de un lector. Y es lógico, ya que el actor que lo interpreta es Crispin Glover, el mismo que dio vida a George McFly en la primera parte de *Regreso al futuro*. Aunque esto no tuvo relación con su elección, al menos así lo comentó él mismo y el propio director, Steve Pink, que alabó sus dotes para la comedia e indicó que era uno de sus actores favoritos.

> «Disfruté rodando la película y me alegro mucho de ser parte de ella.
> Era un equipo muy agradable con el que trabajar.
> Fue divertido y notas que el filme tiene buen rollo.»
> *Crispin Glover*

Aunque su carrera ha sido ecléctica y no demasiado popular a niveles generales, tiene otros papeles a recordar como Willard en la película *Willard*, que es un refrito a la vez que secuela de *Willard* (*La revolución de las ratas*, en España), Sr. Mundo en *American Gods*, Willy Wonka en *Epic Movie* o el Hombre Delgado (Thin Man) en *Los ángeles de Charlie: Al límite*.

Otro rostro conocido es el de William Zabka, gracias a su papel de John Lawrence en *Karate Kid (El momento de la verdad)*, *Karate Kid II (La historia continúa)* y la serie *Cobra Kai* ambientada (y rodada) treinta años más tarde. Su participación en *Jacuzzi al pasado* es como Rick, el apostador con una preciosa esposa con el rostro de Diora Baird (que también está presente en *Cobra Kai*) y que, al igual que con Crispin Glover, aparece en el filme sin que haya referencia alguna a su popular pasado. Esta es una gran elección por parte del director, ya que, si bien los que lo sepan podrán disfrutar más con ellos, no se centra en eso y da a cada personaje su espacio real en el metraje.

Al otro lado, está el marrullero Blaine, el malote del lugar. Un joven al que le encanta discutir, fan de auténticos héroes americanos como Rocky y Maxwell Smart y que es ni más ni menos que Sebastian Stan. Sí, Bucky de Marvel Studios al que interpretó por primera vez en *Capitán América: El primer vengador* y al que ha vuelto en diversas ocasiones. Otros títulos en los que ha aparecido y que han gozado de éxito han sido *Gossip Girl*, como Carter Baizen; *Érase una vez*, como el Sombrerero Loco; y la intimista epopeya espacial *Marte*, como Chris Beck.

John Cusack y Steve Pink

Las dos entregas de *Jacuzzi al pasado* están dirigidas por Steve Pink, quien también ha participado en producciones como *Sirens* (en el refrito de 2015, no en la serie original de 2011); *Cobra Kai*, en la que también está Josh Heald; o la muy popular *Angie Tribeca*, entre otros títulos muy diversos y principalmente televisivos.

Pero quizá por lo que es más conocido es por su labor como escritor, aunque haya sido menos extensa que la de realizador, y más en concreto por sus dos primeros guiones, que fueron *Un asesino algo especial* y *Alta fidelidad*. Es decir, dos de las películas más aclamadas y populares de John Cusack en las que además de ser el protagonista es también uno de los escritores que hay tras cada título.

El primero está dirigido por George Armitage en base a una historia de Tom Jankiewicz, con la aparición de grandes actores como Alan Arkin, Minnie Driver, Hank Azaria o Joan Cusack, hermana de John que interpreta aquí a su secretaria. La segunda, *Alta fidelidad*, sale de las manos de Stephen Frears (sí, el de *Amistades peligrosas*) y se basa en el libro escrito por Nick Hornby, al igual que otras películas como *Fuera de juego*, *Un niño grande* o *Mejor otro día*.

Aunque esta confianza y camaradería no fueron suficientes para llevar de vuelta a John Cusack al jacuzzi en la segunda entrega, aun estando también dirigida por Steve Pink.

«Para mí, siempre, lo más importante es que de verdad gusten los personajes, porque cuanto más te gustan, más divertido es todo.»
Steve Pink

Chevy Chase, el maestro de la comedia

Uno de los mayores alicientes para ver *Jacuzzi al pasado* 1 y 2 es la aparición en las mismas del gran Chevy Chase, que, si bien no deja de ser más un invitado de honor que un personaje real, es siempre un placer verle en pantalla. Además, su actuación en el filme es capital para toda la trama, como ese extraño y misterioso reparador de jacuzzis que bien puede ser Lucifer, Puck, Dios o, sencillamente, algún ser menor de un panteón mágico. No se explica, tampoco hace falta, y queda a la imaginación de cada uno.

Este cómico y actor empezó su trayectoria gracias al programa *Saturday Night Life* y la revista *National Lampoon*, publicación gracias a la que en 1983 comenzó el papel protagónico de Clark Griswold en la larga odisea de *Las vacaciones de una chiflada familia americana*, junto a Beverly D'Angelo como su esposa Ellen.

Esta extensa epopeya consta de cinco aventuras, siendo la primera la recién mentada, tras la que vendrían *Las vacaciones europeas de una chiflada familia americana* (1985), *¡Socorro! Ya es Navidad* (1989), *Vacaciones en Las Vegas* (1997) y, finalmente, *Vacaciones* (2015), en la que Ed Helms interpreta al hijo Griswold (originalmente fue Anthony Michael Hall) y Chase regresa a su popular personaje.

A lo largo de su larga carrera, con su pico de éxito máximo en la década de 1980, se ha dedicado de forma principal a la comedia, con títulos tan conocidos como *Barrio Sésamo: Sigue a ese pájaro* (1985), *El club de los chalados* (1980), *Espías como nosotros* (1985), *El último gran héroe* (1993), la divertida e injustamente defenestrada *Pequeños grandes héroes* (2006), junto a Tim Allen, o *Memorias de un hombre invisible* (1992), con Daryl Hannah, en la que se adentra en el campo de la ciencia ficción.

Un dato curioso:

Clark Griswold ha aparecido también en *Padre de familia* junto a su esposa Ellen, ambos interpretados por sus actores originales Chevy Chase y Beverly D'Angelo.

> *«Es una película muy, pero que muy divertida y esa es la manera en la que me gusta trabajar (…) tú haces lo que está escrito en la toma, lo entiendes y después ya improvisas el resto del día.»*
>
> *Chevy Chase*

La fallida secuela

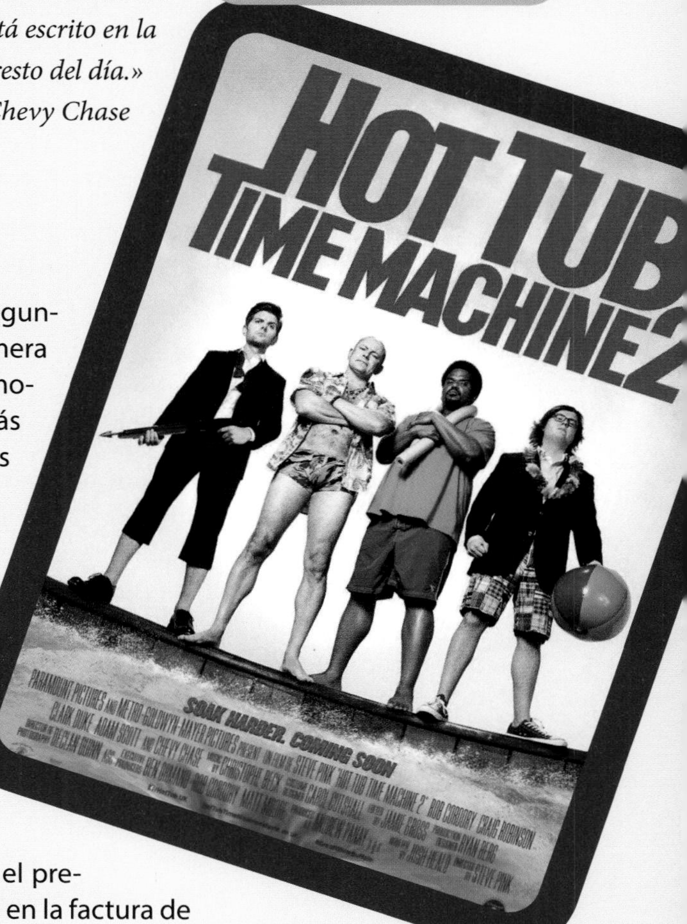

Un lustro más tarde, en 2015, se estrenó una segunda parte que nadie pedía. El resultado de la primera era redondo y dejaba todos los hilos cerrados, motivo por el que en esta ocasión se intenta liar más la madeja con un viaje al futuro, una trama más compleja y un círculo temporal mejor manejado, pero con un resultado por debajo de la anterior entrega.

John Cusack no quiso saber nada del proyecto, lo que ya era una señal, poniendo en su lugar a Adam Scott, que interpreta a su hijo, que si bien tiene sus momentos no llega a igualarle. A esto se suma que los diálogos no son tan ingeniosos y el resto de intérpretes no parecen gozar de la misma química que tuvieron cinco años antes. Además, el presupuesto fue menor, lo que se nota de forma clara en la factura de

todo el filme, tuvo también menos éxito de taquilla y la crítica no fue nada amable con la misma, aunque tampoco es que se mereciera otra cosa.

Como se ha comentado, el producto es más satisfactorio en lo que se refiere en sí al viaje en el tiempo, desplazando la acción hasta el año 2025 en lo que es un futuro alternativo (o quizá tan solo uno de los muchos posibles) «como en Fringe» , una de las frecuentes referencias a diferentes filmes imprescindibles de la ciencia ficción. Destaca por encima de todos *Terminator*, de forma literal, metafórica y explicativa por boca de los personajes.

Incluso se va un paso más allá. No solo se plantea que la posteridad a la que van puede ser cierta o no, sino que al final del filme se deja explicado de forma totalmente clara que hay diferentes líneas del tiempo, realidades y versiones de los personajes protagonistas. Algo que se quedará sin explorar, pero que abría la puerta a un universo mucho mayor.

Es más, en boca del reparador de jacuzzis, de nuevo Chevy Chase, se descubre que el aparato no les lleva al sitio que ellos quieran; les lleva al sitio al que deben ir, que es algo muy distinto. Esto plantea un universo mucho mayor, y en parte más místico que científico, dejando que sea el espectador el que intente averiguar los motivos de los viajes en la primera y segunda parte, e incluso que se elucubre sobre el porqué son ellos los elegidos.

Un dato curioso:

Durante una temporada se consideró titular a la segunda parte *Jacuzzi al pasado 3*, para jugar un poco más con el jaleo temporal. Se descartó la idea pensando que el público no entendería la broma (seguramente tenían razón).

Hace tiempo se decía eso de «segundas partes nunca fueron buenas», algo que no es (ni de lejos) cierto, pero en este caso en concreto lo es del todo.

El borrado regreso de John Cusack

Aunque hace tan solo unas líneas se ha comentado que John Cusack no estuvo presente en *Jacuzzi al pasado 2*, en realidad no es del todo cierto (¡inesperado giro de guion!). Desde un primer momento, en el filme te dejan claro que el personaje sigue vivo y que ha usado el jacuzzi para viajar en el tiempo; de hecho, se encuentran su americana junto al mismo, para dejarlo todavía más claro.

Pero salvo esto, y algunas referencias en algunos diálogos, no se vuelve a saber nada más del tema. Hasta el final, en una escena descartada que no llegó a verse en las salas de cine. En este pequeño cameo es él quien mata al personaje de Rob Corddry, en lugar de una versión alternativa de este, y les pide que vayan a través del tiempo hasta Cincinnati. La ciudad en la que sucedió algo, se asume que terrible, que involucró a los protagonistas y que realmente nunca se llega a saber qué fue.

¿Daba esto pie a una posible tercera parte? Quién sabe; los malos resultados de esta segunda abortaron todos los posibles planes para ello.

Referencias y guiños para todos

Uno de los puntos más atractivos que tiene la saga de *Jacuzzi al pasado* es que sabe que juega en casa, es decir, tiene claro que al ser una comedia sobre viajes en el tiempo el público que acudirá hasta ella es precisamente el conocedor del tema y amante de la ciencia ficción en general.

Por eso hay una gran cantidad de referencias y diálogos en torno a ello, mentando películas como *Timecop (Policía en el tiempo)*, *Stargate*, *ALF* (serie que se ve de fondo en una televisión), *Looper*, *Superman* o *El cortador de césped*; además de otras de distintos géneros como *Dos colgaos muy fumaos*, *Boogie Nights*, *Karate Kid III: El desafío final* o *Cerdos salvajes: Con un par... de ruedas*, entre otras.

Y, por supuesto, *Terminator*. Esta saga está muy presente a lo largo de los dos filmes, por motivos evidentes y derecho propio, pero más todavía en la segunda, en la que los protagonistas llegan a elucubrar que en esencia lo que están viviendo se asemeja a la trama del primer y segundo filme. En palabras de Nick (Craig Robinson) «es igual que en *Terminator*».

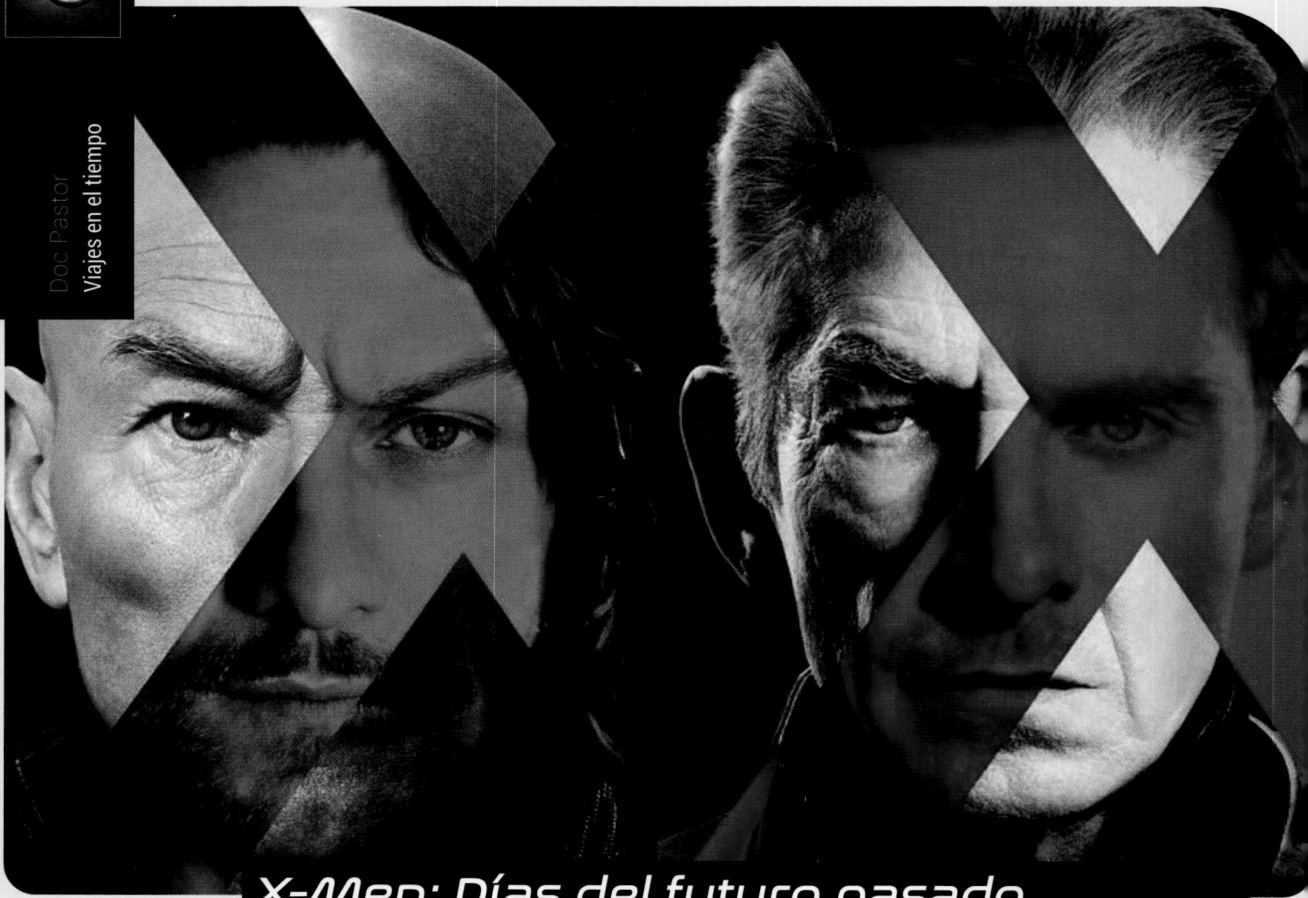

X-Men: Días del futuro pasado

Poniendo orden a la saga

Hace décadas el mundo cambió para siempre. El miedo de los humanos para con los mutantes provocó una guerra, la de los Centinelas. Creados para proteger al homo sapiens *de su hermano, el llamado* homo superior*; artífices de la casi extinción de ambos. La esperanza no existe, solo hay muerte y destrucción. Recuerdos aplastados bajo el eterno crujir de un férreo puño metálico.*

El Pájaro Negro atraviesa los cielos, oculto a los ojos inertes y rojizos de los guardianes del mundo. No hace ruido alguno, se sostiene en el aire por los increíbles poderes de Magneto; el antiguo criminal hoy es un rebelde. Para él su camino no ha cambiado: peleó por el bien de su especie y lo sigue haciendo.

Respira y mantiene los ojos cerrados.

—Charles, ¿de verdad piensas que tu idea funcionará?

Sentado en su silla está el hombre al que se dirige, su más antiguo amigo, líder del desaparecido grupo conocido como los X-Men. El telépata más poderoso de todos los que han existido y, hoy, el único que queda.

—No puedo saberlo, Erik —sonríe antes de continuar—. Pero tengo esperanza en el sueño. Y aunque te guste quejarte de mí, si estás aquí es que tú también la tienes.

Una mujer esboza una sonrisa. Tiene el pelo corto y blanco, el poder de invocar tormentas, de hacer que los cielos la obedezcan y de llenar de calor el corazón de todos los que luchan a su lado.

Se levanta de su asiento, camina hacia su antiguo mentor y coloca sus brazos en sus hombros en un gesto de confianza y amor.

—Un sueño que merezca ser vivido es un sueño por el que merece la pena luchar. ¿Era así?

Unas palabras que aunque Charles había hecho suyas habían sido dichas antes por Erik. Hace mucho tiempo, antes de la guerra, antes del dolor, antes de la escuela, antes de Magneto.

No dice nada. Se limita a ignorarlos, volviendo su atención al control de la nave. Delante de ellos, en el asiento del piloto está Logan; antes le llamaban Lobezno. Lleva un puro en la boca, lo encenderá según aterricen. Si Magneto se cansara o lo hirieran, de él dependería todo.

Está metido en sus pensamientos, oyendo a sus compañeros y recordando el plan del profesor. «Viajar en el tiempo, impedir que todo esto suceda antes de que suceda». Suena bien, en idea. «¿Y si no sirve? ¿Y si todo sigue igual?». Tiene muchas dudas, pero ha aprendido a confiar en él.

—Chuck, ¿de verdad no puedo encenderlo?

La respuesta fue una sincera risa de sus compañeros, alegres por un momento al ver que hay cosas que jamás cambian.

Arreglando el caos

X-Men: Días del futuro pasado, literalmente *X-Men: Days of the Future Past,* se estrenó en el año 2014 bajo la dirección de Bryan Singer, realizador que regresaba, así, a la saga a la que dio luz en el 2000. Una apuesta por volver a los orígenes, en cierto sentido, con una historia firmada a seis manos por Jane Goldman, Simon Kinberg y Matthew Vaughn que enlazaba el pasado y el futuro, con visos al presente y un buen número de guiños y referencias para los seguidores de estas películas.

Una propuesta que prometía mucho, ponía en la balanza todo el peso que podía y arriesgaba todo lo que tenía. Si salía bien la jugada podría convertirse en la mejor entrega de todas; pero, en cambio, si no se tenía cuidado quedaría como un desastre en toda regla. Por suerte, no fue esto último lo que sucedió y pasó a compartir el podio de los ganadores junto a *X-Men 2*, también de Bryan Singer, y la aplaudida *Logan*, de James Mangold.

Desde un comienzo había muchas expectativas en torno a este título por varios motivos: desde ser la adaptación de uno de los arcos más queridos del cómic original, seguido al hecho de que significaba ver en una misma película a las dos generaciones de actores que habían dado vida a los personajes en la gran pantalla, hasta la promesa de que esta película pondría orden a todo el caos e incoherencias que existían. Y hay que reconocer que logró cumplir todo lo que prometía, incluyendo o última, aunque se escaparon algunos detalles menores que pueden ser perdonados.

La trama propuesta de viaje a través de las épocas, transferencia de consciencias sería más correcto, logró conectar ambas sagas y recuperar a los actores clásicos que se cruzaban con los nuevos, aunque solo de forma metafórica (exceptuando a Lobezno, el nexo de unión, y un encuentro mental entre las versiones de Charles Xavier), ya que la aventura sucedía en dos espacios temporales diferentes. El primero en el futuro, en el 2023, un lugar sometido a la bota de hierro de los Centinelas, cuyos escenarios y estilo de vestuario se inspira de forma clara en los cómics de *La era de Apocalipsis*; y, el segundo, en 1973, once años después de los acontecimientos de *X-Men: Primera generación*, con la sociedad norteamericana en una crisis de valores como consecuencia de la larga Guerra de Vietnam (desde 1955 hasta 1975) y la presidencia del polémico Richard Nixon, al que interpreta Marc Camacho con una buena capa de maquillaje y caracterización.

Un dato curioso:
Si te fijas, verás que en 1973 Hank McCoy, entre sus muchas pantallas, tiene una en la que aparece la serie *Star Trek*.

La trama involucraba la presencia del doctor Bolivar Trask, el genio que en los cómics creó a los temibles robots en su primera aparición, en el número 14 de la colección original de 1965, y que pagó su osadía con la vida. Dejó tras de sí una dura lección, que sigue vigente hoy en día: «¡Cuidado con el fanático! ¡Su solución suele ser más mortífera que el mal que anuncia!», como rezaba el texto de la viñeta que albergaba su muerte. En la película fue interpretado por Peter Dinklage, quien realmente se metió de lleno en el personaje, como un científico preocupado que roza lo siniestro y para el que el fin justifica los medios.

De esta forma, *X-Men: Días del futuro pasado* consiguió el aplauso general de la crítica y el público, pasó casi de forma automática a ser uno de los títulos imprescindibles, ya no en la saga de los mutantes sino del género de los superhéroes que gozaba de su mejor momento, y dejó el listón bien alto para todo lo que los mutantes todavía debían contar en la gran pantalla.

Si los siguientes productos estuvieron o no a la altura, es algo que cada uno debe evaluar y ponderar.

«Esta es una historia sobre un futuro malo,
no una mala situación de un solo individuo,
es sobre un futuro malo y cómo volver atrás para cambiarlo.»
Bryan Singer

La bala mágica

Uno de los puntos más recordados de *X-Men: Días del futuro pasado* es que, en palabras de Magneto, el presidente Kennedy era un mutante al que él intentó salvar, aunque a ojos del pueblo americano lo que hizo fue sesgarle la vida el 22 de noviembre de 1963, motivo por el que desde entonces permanece encarcelado.

Esta es la explicación que en el filme dan a la denominada teoría de una sola bala, o teoría de la bala mágica. La misma que indica que fue tan solo un único proyectil el que causó las heridas no mortales del gobernante americano (y el senador John Connaly), siendo otro el que le causó la muerte al ser disparado directamente a su cabeza.

Todo esto plantea si en realidad Lee Harvey Oswald fue el único responsable del fallecimiento de John Fitzgerald Kennedy, si había alguien más, si fue un cabeza de turco… Hay conspiraciones y propuestas para todos los gustos; por supuesto, incluyendo algunas que incluyen a alienígenas y reptilianos.

Las teorías al respecto están ahí y, como otras tantas cosas, muy seguramente sea un tema que permanezca eternamente abierto a la elucubración y la leyenda negra.

The Rogue Cut

X-Men: Días del futuro pasado fue un gran éxito y un homenaje a la franquicia de la que formaba parte, con una historia propia con cuerpo y no un simple recorrido por lugares ya conocidos, como la muy exitosa *Vengadores: Endgame*, pero muchos espectadores, entre los que me incluyo, tenían una pregunta en mente: ¿por qué Pícara tan solo aparece en la escena final?

Esto resultaba llamativo, ya que aunque el Lobezno de Hugh Jackman era el protagonista total de la saga, algo lógico dada la popularidad del personaje, fue el papel interpretado por Anna Paquin el que sirvió de guía al público. Con ella da comienzo la primera película, y era uno de los miembros del equipo en toda la trilogía original. Además, se suma a que ella había hablado de su participación en el filme, e incluso había aparecido con su uniforme en alguna portada.

La explicación es muy sencilla, en el metraje estrenado en cines se recortaron sus escenas y toda la subtrama que había alrededor de ella que enriquecía todo lo narrado, pero también extendía su duración y, ciertamente, el filme podía funcionar a la perfección sin su presencia. No obstante, tiempo más tarde salió a la venta el denominado *The Rogue Cut* (Rogue es el nombre en inglés de Pícara), que contaba con un total aproximado de casi veinte minutos más de historia, con su regreso y participación directa en toda la propuesta.

Es cierto que la versión cinematográfica funciona y está bien montada, al punto de que no se aprecia esta falta de un personaje importante, pero tras ver esta otra versión hay que reconocer que el producto final es todavía más redondo, algo más complejo y más satisfactorio de lo que ya era en sí el estrenado en pantalla grande.

> «Durante la edición la secuencia se volvió superflúa. Es realmente buena , y seguramente irá en el DVD para que la gente pueda verla (…) simplemente, fue una de las cosas que tuvimos que cortar.»
>
> *Bryan Singer*

De Singer a Vaughn, pasando por Goldman y Kingber

Aunque pueda sorprender, Bryan Singer tan solo tenía tres títulos antes de *X-Men*, pero dos de ellos eran *Verano de corrupción* (en la que ya trabajó junto a Ian McKellen, quien sería su Magneto) y *Sospechosos habituales*. Ambos filmes muy aplaudidos que le valieron que Fox confiara en que era el candidato ideal para llevar a los mutantes al cine de forma adecuada, y si bien él y el filme que vimos estrenarse no habían sido realmente la primera opción, puesto que el proyecto llevaba mucho tiempo andando, sí demostró que había sido la elección correcta.

Si bien vista hoy hay que decir que la primera entrega no ha envejecido del todo bien y hay varios puntos que la hacen endeble, es innegable que esta película fue, junto con *Spider-Man* del 2002, la que realmente abrió la puerta a todo el cine de superhéroes que estaba por venir. Un género que todavía estaba naciendo, que tuvo su claro precedente con *Blade* en 1998 y que iba a ir creciendo a lo largo de dos décadas con títulos como *Iron Man*, *El*

caballero oscuro, *Capitán América: El Soldado de Invierno* o *Aves de presa (y la fantabulosa emancipación de Harley Quinn)*, por citar algunas de las más aplaudidas.

Pero todo empezó con este hombre, con Bryan Singer, que también dirigió la muy recomendable *X-Men 2*, inspirada por la estupenda novela gráfica *Dios ama, el hombre mata* de Chris Claremont y Brent Eric Anderson. Más tarde, se marchó de forma bastante precipitada de *X-Men: La decisión final,* película en la que se adentraba en la muy popular saga de Fénix Oscura, para rodar *Superman Returns: El regreso* con Warner Bros. Por esa razón, la dirección recayó por completo en Brett Ratner, que, aun obteniendo un resultado bastante irregular, logró hacer un producto entretenido y correcto.

Por su parte, Matthew Vaughn ha estado vinculado casi toda su carrera de director al mundo de las adaptaciones del cómic a la gran pantalla. Empezando por la preciosa *Stardust* estrenada en 2007, que se basa en la obra homónima de Neil Gaiman, para lograr un nombre reconocido con su versión de *Kick-Ass: Listo para machacar* en 2010, y tan solo un año después insuflar nueva vida a los mutantes con *X-Men: Primera generación*.

Un dato curioso:

Brett Ratner había sido contemplado como director de *X-Men* en su momento, además de haber estado implicado en un proyecto cancelado del hombre de acero titulado *Superman: FlyBy*. En ambos casos, Bryan Singer se le adelantó.

Una precuela en toda regla que era un encuentro con Xavier y Magneto en sus años mozos, conformando una primera agrupación de héroes y un buen número de errores de continuidad respecto a lo que había sido la saga hasta el momento. En parte, esto se debe a la idea descartada de un filme solo sobre Magneto, *X-Men Origins: Magneto*, de la que se aprovechó parte; o no, o sí, según hable uno u otro implicado, la historia cambia por completo. Personalmente, y en vista de que es precisamente Magneto el personaje más interesante y con más fondo de todos los que salen, creo que sí debió ser así. La polémica sobre este asunto nunca ha terminado de aclararse del todo.

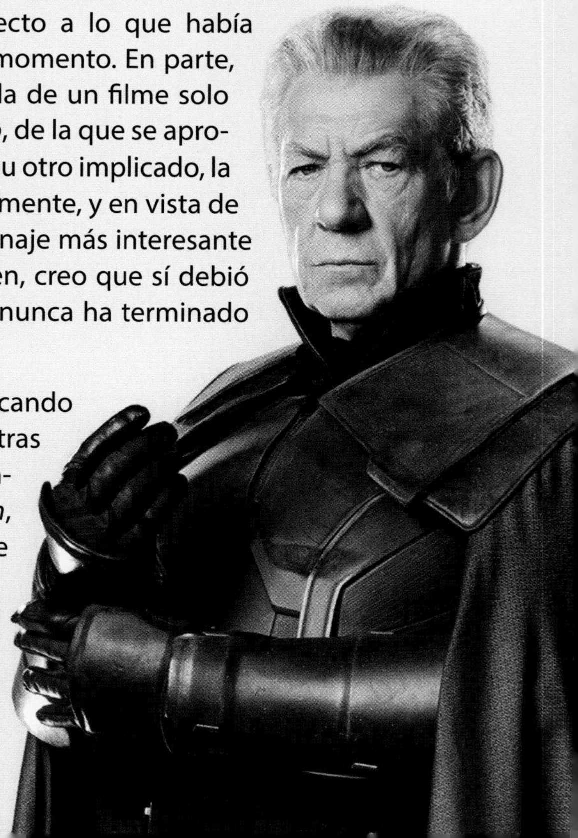

Tras esto, Matthew Vaughn siguió tocando el cielo, el éxito y la popularidad con otras versiones de viñetas en el cine, en concreto con la entretenida saga *Kingsman*, protagonizada por Taron Egerton, al que sí o sí debéis ver en *Rocketman*, la biopic de Elton John de Dexter Fletcher con guion de Lee Hall, a los que, además, debemos la realización de *Eddie el Águila* y la escritura de *Billy Elliot (Quiero bailar)*, respectivamente.

Este camino no puede entenderse sin el trabajo de Jane Goldman, escritora que ha estado a su lado en todos los títulos mentados además de ser la firmante de los guiones de *Los misteriosos asesinatos de Limehouse*, *El hogar de Miss Peregrine para niños peculiares*, de la que os hablé en el libro *Los mundos de Tim Burton: luces y sombras, mitos y leyendas*, o la revisión en acción real del clásico animado de Walt Disney *La sirenita* con Halle Bailey de protagonista.

Por último, pero no menos importante, tenemos a Simon Kinberg, quien ha estado implicado en la saga de *X-Men* desde la trilogía original, con *X-Men: la decisión final*, y en todas las siguientes hasta *X-Men: Fénix Oscura*. Pero también ha pasado por otros conocidos títulos como *Sr. y Sra. Smith*, la adrenalítica *Sherlock Holmes* de Guy Ritchie, la desastrosa *Cuatro Fantásticos* de Josh Trank y Stephen E. Rivkin y es uno de los creadores de *The Twilight Zone* en su etapa de 2019.

Días del futuro pasado: el cómic

De forma general, el universo del cómic de superhéroes suele estar acostumbrado a crear largas e interconectadas sagas que enlazan a un personaje con otro, exactamente lo que ha intentado hacer Marvel Studios en el cine con bastante éxito y, en ocasiones, de manera forzada. Pero hay que decir que esto no siempre fue así y en el mundo de las viñetas podemos encontrar muchos arcos argumentales, hoy míticos, que, en realidad, no fueron más que sencillas historias dentro de la serie regular.

Por predilección personal, mentaré *La última cacería de Kraven*, uno de los mejores momentos de Spiderman (para mí, el mejor), y que a pesar del impacto del mismo, su legado y secuelas, cumplía la premisa recién mencionada. Nada de una edición especial, una tapa dura, una trama que se extendía hasta el infinito…

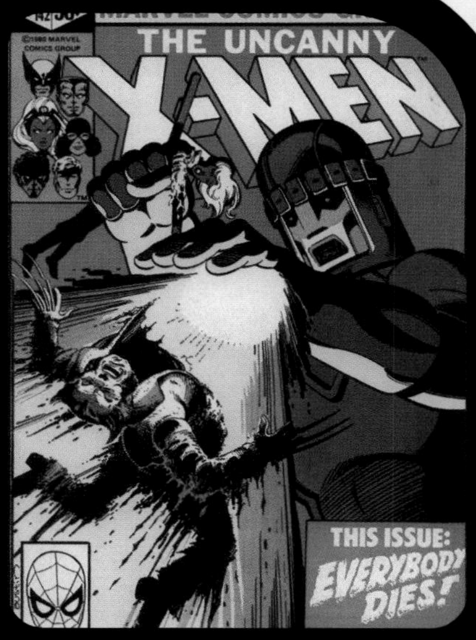

Lo mismo sucedió con *Días del futuro pasado*, que, en realidad, fueron tan solo…

¡DOS NÚMEROS!

En concreto los *Uncanny X-Men* 141 y 142, obra de Chris Claremont (quien tiene un cameo en el filme) y John Byrne, en los que se presentaba un futuro, el año 2013, en el que los Centinelas habían aplastado a los mutantes y un grupo de supervivientes, conformado por Magneto, irónicamente postrado en una silla de ruedas, Tormenta, Coloso, Franklin Richards, Lobezno, Rachel Summers y Kate (antes Kitty) Pryde, urdía el plan de un viaje en el tiempo para evitar el terrible presente en el que ellos vivían.

Al igual que sucede en el filme, es un periplo mental, haciendo que la consciencia de Kate Pryde ocupe su cuerpo más joven de 1981, Kitty, para sorpresa del resto de sus compañeros, que la ayudarán en su misión al darse cuenta de la verdad de sus palabras y su aviso sobre el terrible porvenir de todos. Logra impedir el momento en el que todo empezó a ir mal, pero si esto logró cambiar o no el futuro es algo que el lector desconoce al pasar la última página del cómic.

> «Nuestro mundo puede no cambiar. Los actos de Kate pueden crear una diferente línea temporal. Una tierra alternativa.»
>
> *Rachel Summers*

El éxito de este arco fue mucho mayor de lo que se podría esperar: dio el pistoletazo de salida para otros porvenires aterradores y realidades alternas temibles, como la ya citada *La era de Apocalipsis*, además de presentar al personaje de Rachel Summers (solo mentada como Rachel), la hija de Scott Summers (Cíclope) y Jean Grey (Chica Maravillosa), que dará mucho juego posteriormente en la mitología de los mutantes.

En dibujos animados

Los X-Men vivieron uno de sus mejores momentos en los años noventa del siglo XX debido a la gran popularidad que tenían sus cómics, con su propia colección de figuras de acción fabricada por Toy Biz y, por supuesto, a la serie de animación realizada por Fox Television, que fue un éxito a nivel mundial.

Fue precisamente en este último producto en el que se adaptó por primera vez *Días del futuro pasado*, en dos capítulos con ese mismo nombre. Sucedió al poco de dar comienzo la cabecera, en los episodios 11 y 12 de la primera temporada, bebiendo bastante de cerca de la idea original pero, al igual que en el filme, con varios cambios notables.

El más relevante es que en lugar de Kitty Pryde quien viaja en el tiempo es otro mutante, Bishop, pero con las mismas intenciones: lograr que su presente, el futuro, sea mejor. Y si bien su misión tiene éxito, al regresar a su época esta sigue inmersa en el caos…

X-Men, la larga saga

El cine de superhéroes ha tenido un claro ganador, Marvel Studios y su epopeya del *Guantelete del infinito*. Una larga lista de películas, mejores y peores, que durante una década han dominado a todas las demás, igual que el anillo único en la Tierra Media, dejando poco espacio para productos que se alejaran de su formato homogeneizado, con tanto éxito que otros como Warner Bros. intentaron imitar su fórmula y solo tras estamparse con todo el equipo se dieron cuenta de que debían seguir otro camino (y por eso tenemos la maravillosa *Joker* de Tod Phillips, protagonizada por Joaquin Phoenix).

Si hablamos de *X-Men* puede decirse que en todo momento Fox no ha caído en el error de emular a la otra productora, siendo fiel a sus ideas y estilo. Esto en ocasiones se ha saldado con malos resultados y, en otras, con grandes películas. También con productos que se alejan en realidad de la saga principal, o solo la rozan, como *Deadpool* (1 y 2), la eternamente retrasada *Los nuevos mutantes* o las series *Legión* y *The Gifted: Los elegidos*.

Un dato curioso:

En la línea de juguetes *Marvel Legends de Toy Biz* llegó a salir la versión de Lobezno de *Días del futuro pasado*, con su cazadora de cuero y sus canas.

La primera trilogía

En el 2000 *X-Men* llegó a los cines con una historia de Tom DeSanto y Bryan Singer, que también dirigía, como ya se ha comentado, y un guion final de David Hayter, firmante también del de *Watchmen* y *The Scorpion King (El rey escorpión)*. Se supo mantener la esencia del cómic, todos los personajes son claramente reconocibles y la historia bebía totalmente de las viñetas, pero adaptado todo para un público mayoritario que todavía no estaba preparado para los trajes de colores llamativos y la excentricidad habitual de los superhéroes.

Con *X-Men 2* se dio un paso adelante, igual que pasó con *Spider-Man 2*. Estrenada tres años más tarde fue recibida con muchas ganas por un público conformado por lectores veteranos, neófitos y profanos a partes iguales. Los mutantes ya eran un icono de masas, por encima de todos Hugh Jackman, que había hecho suyo a un Lobezno que en ocasiones se comportaba más como el Cíclope de los cómics que el propio Cíclope del cine. Se unía al equipo Rondador Nocturno, uno de los personajes más queridos, interpretado por Alan Cumming, y William Stryker, al que daba vida de forma soberbia Brian Cox.

Desgraciadamente, en 2006 con *X-Men: La decisión final* el resultado no fue tan bueno, debido a problemas con el guion, la precipitada marcha de Bryan Singer, el

desconocimiento de Brett Ratner de las historias clásicas... Con todo, el producto es muy disfrutable, permite vislumbrar por primera vez a un Centinela (que ya se ponderaron para la anterior entrega), además de la incorporación de otros personajes muy queridos como Kitty Pryde, con el rostro de Ellen Page, Hank McCoy, también conocido como Bestia, con las estupendas dotes interpretativas de Kelsey Grammer, entre otros, como el Juggernaut, interpretado por Vinnie Jones.

Un dato curioso:

Kitty Pryde y Bestia ya habían aparecido anteriormente, aunque de forma muy fugaz. La primera con los rostros de Sumela Kay (*X-Men*) y Katie Stuart (*X-Men 2*) y el segundo a través de un programa de televisión interpretado por Steve Bacic (*X-Men 2*).

Versión rejuvenecida

En 2011 se estrenó en cines *X-Men: Primera generación*, inspirada lejanamente por el cómic *X-Men: Primera clase*, dirigida por Matthew Vaughn, y que suponía una vuelta de tuerca a la historia al presentar versiones jóvenes de Charles Xavier y Magneto, los actores James McAvoy y Michael Fassbender, además de meter de golpe un buen número de errores de continuidad. Dejando eso de lado, tuvo un gran éxito de público y de crítica, con el acierto de poner de telón de fondo la crisis de los misiles de Cuba de 1962 y la promesa de que una nueva saga estaba por venir.

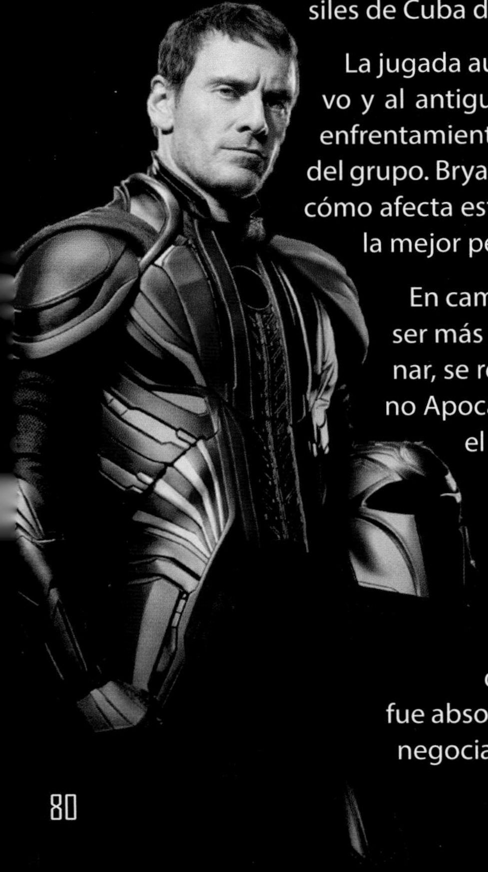

La jugada aumentó el riesgo con *X-Men: Días del futuro pasado*, uniendo al nuevo y al antiguo elenco en una historia de viajes temporales, errores humanos, enfrentamientos y pasiones, que arrasó en taquilla y validaba ambas versiones del grupo. Bryan Singer se reunió con James Cameron para hablar sobre el tiempo, cómo afecta esto a los personajes, las teóricas consecuencias, y poder escribir, así, la mejor película posible.

En cambio, *X-Men: Apocalipsis* no supo estar a la altura. Bryan Singer quiso ser más Bryan Singer que Bryan Singer, y se pasó. El filme no llegó a funcionar, se repetían errores del pasado y el total desaprovechamiento del villano Apocalipsis y de su actor, Oscar Isaac, hizo pensar que quizá se abortaría el proyecto de una película más.

No fue así. Tres años más tarde, en 2019, llegaba a las pantallas *X-Men: Fénix Oscura*, segunda adaptación de la historia al cine, que en este caso estaba dirigida y firmada por el propio Simon Kinberg, pero que tampoco logró ser lo que se esperaba de ella. Es entretenida y tiene cierto sabor a despedida, ya que en realidad es el final de la historia a manos de Fox, dado que la compañía fue absorbida por Walt Disney en marzo de ese año, tras un largo camino de negociaciones y un gran desembolso económico.

La historia de Lobezno

Es extraño pensar que, en realidad, Hugh Jackman llegó a *X-Men* como sustituto de Dougray Scott debido a su agenda con *Misión: Imposible 2* como Sean Ambrose. Gracias a este papel del superhéroe de las garras de adamantium fue lanzado al estrellato de Hollywood, y encontró el personaje por el que siempre será recordado. Es, sin duda alguna, el protagonista total de la saga, el más querido por los fans y ha sabido ganarse el corazón de todos los espectadores.

X-Men orígenes: Lobezno, en ocasiones llamada erróneamente *Lobezno: Orígenes* por confusión con el cómic de mismo nombre, fue su primera aventura en solitario. Un filme de acción bastante entretenido, pero que como posible comienzo de una nueva franquicia no se sostenía por ninguna parte y en el que el director Gavin Hood no supo dar con el tono adecuado. Tras la debacle que supuso, y las críticas, se canceló del todo una posible franquicia que fuera por ese camino.

Lobezno inmortal (*The Wolverine* en su país de origen) se estrenó en 2013 y supuso un regreso a la cronología iniciada en el año 2000, siendo una secuela de *X-Men: La decisión final.* El protagonista viaja hasta Japón, país muy importante en la figura del mutante, para encontrarse con su pasado y enfrentarse a él, además de contar con una escena postcréditos que servía de nexo de unión con *X-Men: Días del futuro pasado*.

La dirección corrió a cargo de James Mangold, también detrás de *En la cuerda floja* (biopic de mi idolatrado Johnny Cash), que cuatro años más tarde sellaría la despedida de Hugh Jackman de la saga con la mejor película de la misma, una joya titulada sencillamente *Logan*. Estaría también escrita por el realizador y se inspiraría parcial y lejanamente en la trama de los cómics de *El viejo Logan*, presentando un mundo futuro en el que los mutantes están prácticamente extintos y Lobezno cuida de un envejecido Charles Xavier. Un auténtico *western* crepuscular que fue la despedida perfecta para el personaje y el actor.

Debido al éxito de las fotografías en blanco y negro que el director hizo durante el rodaje, y la buena aceptación que tuvieron, cuando *Logan* salió a la venta en formato doméstico incluía la conocida como versión *noir*, que también se estrenó de forma limitada en cines. Es decir, el mismo filme pero en blanco y negro, el cual os recomiendo encarecidamente. Eso sí, jamás querréis volver a verla en color.

«Es un hombre cuya vida se ha basado en la violencia.»

Hugh Jackman

Regreso al futuro

La comedia por excelencia

La habitación se encuentra prácticamente a oscuras, tan solo un poco de luz se filtra desde las farolas de la calle, unas pocas gotas que no dejan vislumbrar más que algunas siluetas. Dentro del cuarto hay una joven llamada Lorraine, la dueña del mismo, que está sentada frente a su cama en la que hay un muchacho profundamente dormido.

Hace tan solo unas horas su padre lo atropelló justo delante de su casa, perdió el conocimiento por el golpe pero no parece estar herido. Rápidamente lo metieron dentro, le quitaron la ropa y lo dejaron allí para que descansara todo lo que su cuerpo necesitara.

«Hay algo extraño en él», piensa Lorraine mientras intenta averiguar qué es. Su rostro es a la vez familiar y desconocido, y al posar sus ojos sobre él siente algo que jamás había notado dentro de ella. No logra explicarlo, pero está ahí.

Todavía adormecido, el muchacho recupera la consciencia.

—¿Dónde estoy? —pregunta casi entre sueños.

Ella no deja de mirarle, le dice que todo está bien y él parece calmarse mientras se incorpora un poco, todavía más en el reino de Morfeo que en el real. Le habla como si la conociera de siempre, le cuenta un sueño que ha tenido, algo sobre viajes en el tiempo y coches imposibles.

Sonríe un momento, sus palabras le hacen pensar en ese chico tan raro, ese George McFly. Siempre en su mundo, con sus libros y sus cómics. No es igual que los otros, aunque no sabe todavía si eso es bueno o malo.

El muchacho sigue hablando, empieza a agitarse y ella presta de nuevo atención a qué está diciendo. Le responde, con delicadeza y suavidad, para que sepa que todo está bien, para que entienda que no debe preocuparse por nada.

Se acerca a él y le responde con suavidad.

—Ahora vuelves a estar a salvo, en 1955.

La película que todos adoramos

¿Qué se puede decir de este filme que no se haya contado ya? Nada, nada en absoluto. Menos todavía después de salir al mercado libros como *Regreso al futuro: La historia visual definitiva* de Norma editorial, en el que se desgrana con todo lujo de detalles el rodaje, secretos y anécdotas de la película. Por eso, no voy a intentarlo, y, sencillamente, me contentaré con rendir en estas páginas un pequeño homenaje a tan genial producto.

Hay que reconocer que *Regreso al futuro*, también *Back to the Future* o *Volver al futuro* según tu país, es perfecta, o casi. Personalmente, creo que en lo que se refiere a calidad, iconicidad y cariño por parte del público tan solo puede competir con ella *Terminator 2: El juicio final.* Todas las demás películas que hablan sobre viajes en el tiempo quedan siempre en un segundo lugar contra ellas.

Cierto es que nada de esto habría sido posible sin el gran carisma de sus dos intérpretes protagónicos, unos magníficos Christopher Lloyd y Michael J. Fox que se funden totalmente con los personajes de Doc Brown y Marty McFly, una de esas ocasiones en las que es totalmente imposible saber dónde empiezan unos y terminan los otros. Si bien al principio hubo dudas sobre cómo explicar su amistad, o los motivos de esta, la misma ha pasado a la historia del cine, al igual que sus personajes o el Delorean DMC-12, que se convirtió en todo un icono mundial, como el Halcón Milenario o el Batmóvil televisivo de 1966.

Una historia que empezó cuando Bob Gale, guionista del filme, encontró un viejo anuario del instituto de su padre y al ver allí su foto se preguntó si de haberse conocido entonces habrían llegado a ser amigos. Esta idea quedó y la compartió con Robert Zemeckis, el director de la película, amigo y colega profesional con el que llevaba tiempo queriendo hacer un cinta sobre viajes en el tiempo, pero sin que consiguieran encontrar el tema a tratar y el punto exacto por el que enfocarlo. Sin saberlo, estaban a punto de embarcarse en un éxito que perduraría por décadas, que atraería a millones de personas y que nunca dejaría de crecer.

Un dato curioso:

Aunque los dos actores fueron las primeras opciones, también se ponderaron otros como Jeff Goldblum para ser Doc Brown.

No todo fue un camino de rosas, ya que pasaron varios años y distintas productoras hasta que el proyecto cobró vida, ¡e incluso en el propio rodaje se llegó a cambiar al protagonista! Sumado a algunas diferencias creativas con ejecutivos y otros problemas, como suele pasar en todo producto de Hollywood, finalmente lograron ser superados para dar una de las mejores películas que existen de viajes en el tiempo.

«Es una película perfecta.»
J. J. Abrams

Cambios en la creación

Regreso al futuro presenta una historia que poco a poco va adquiriendo forma, con diversas situaciones y diálogos que solo cobran sentido según avanza la trama.

Todo lo que sale en pantalla se conecta, creándose un círculo casi perfecto en que la aventura termina siendo de la única forma en que es posible que sea. Si para ello ha habido que alterar los hechos y romper un poco el pasado, el presente, y el futuro, es algo que tampoco se puede juzgar con dureza.

Claro está que en el proceso de creación de cualquier producto se hacen muchos ajustes, tema que he comentado en otros libros y sesiones de firmas, y siempre se conciben las cosas de una forma que, en realidad, termina siendo bien distinta. Podrían citarse como ejemplos más representativos el cambio de mascota de Doc Brown, que originalmente tenía un simio en vez de un perro, la necesidad de energía nuclear para activar el dispositivo temporal y el viaje hasta un campo de pruebas de este tipo, que en lugar de un precioso y estiloso coche la máquina fuera hecha a partir de una nevera, que Marty McFly quisiera sacar algún dinero fácil apostando en el pasado con resultados deportivos que ya conocía o que este y Doc Brown (en el primer borrador era profesor) vendieran cintas de vídeo pirata.

Es llamativo que algunas de estas desechadas ideas terminaran cobrando vida en las secuelas y en otras franquicias, como en *Indiana Jones y el reino de la calavera de cristal.* ¿O no recordáis ver a Indy saliendo volando de una explosión nuclear dentro de un refrigerador de la época? Esto tiene una sencilla explicación, y es que Steven Spielberg, director de todas las entregas del arqueólogo, es amigo de Zemeckis y Gale, con el que consultaron aspectos del filme, e incluso tuvo interés e implicación en parte del proceso.

O el más sorprendente de todos...

Este Marty no es el mío

Es bien sabido que Michael J. Fox fue la primera opción para el personaje, pero aunque parezca imposible no el primer actor que lo encarnó. El rodaje de *Regreso al futuro* comenzó con Eric Stoltz, que si bien es un gran actor, algo que ya había demostrado en *Máscara* (basada en la historia real de Roy L. Dennis) y en otros trabajos, no tenía la vis cómica necesaria para levantar este papel. Esto es algo que se puede ver perfectamente en las escenas que se grabaron con él, fácilmente encontrables en DVD y en Internet, en las que no parece terminar de saber qué está haciendo en esta película.

«Ya sabes, fue hace veintitantos años y no suelo mirar atrás, si es que lo hago. En retrospectiva, creo que superar esa etapa difícil me hizo darme cuenta de lo liberador que en realidad fue.»

Eric Stoltz

La producción también terminó en ese momento para la actriz Melora Hardin, que interpretaba a su novia. El motivo no fue otro que su estatura, o más bien la del nuevo protagonista que, como todos sabemos, no es precisamente muy alto y según comenta el propio Bob Gale fue algo que le hicieron notar las mujeres del equipo. Si bien él no veía problema alguno pensó que si a ellas no les gustaba podría pasar lo mismo con las que estuvieran entre el público, así que se decidió dejar de contar con la joven actriz. En cambio, Lea Thompson, que da vida a Lorraine, es decir, a su madre, siguió a bordo a pesar de que fue elegida para el papel debido a su trabajo anterior junto a Stoltz, la película *Jóvenes alocados* escrita por Cameron Crowe, al que debemos la imprescindible *Casi famosos*. Aunque al principio ella no estaba conforme con la marcha de su amigo, eso no impidió que participara en toda la saga y diera una gran actuación.

Finalmente, a pesar de llevar varias semanas de trabajo, se impuso el criterio original, que fue contar con Michael J. Fox como protagonista, lo que a pesar del coste

Un dato curioso:

Lea Thompson existe de forma canónica en el universo de Marvel Comics como una actriz que fue secuestrada por el malvado Mojo para rodar una serie sobre Howard el pato (en nuestra realidad, fue la protagonista de la película). Es, además, la tía de Flash Thompson.

extra que conllevó fue un total acierto. Los tiempos y horarios de rodaje debieron modificarse para adecuarse a sus necesidades por su compromiso con la serie *Enredos de familia*, pero el cambio fue, sin duda, a mejor y es imposible pensar hoy en otro actor más adecuado para haber dado vida al joven viajero del tiempo (aunque según expresó el intérprete, compaginar ambas producciones fue una experiencia agotadora, tanto a nivel físico como mental).

Algunas referencias culturales

Uno de los mayores alicientes que tienen las películas de viajes en el tiempo, al menos para mí, es la gran cantidad de guiños y referencias que hay a la cultura pop, a otras obras e incluso a sí mismas en el caso de largas sagas, como sucede en *Terminator* y sus diversas secuelas (tema del que también se habla en este *Viajes en el tiempo: películas del pasado, presente y futuro*).

En el caso de *Regreso al futuro* hay tres que llaman siempre la atención, y que son las elegidas para comentar en este pequeño apartado. La primera es la canción *Johnny B. Goode*, la misma que interpreta Marty en el baile del instituto de sus padres. Es una creación de Chuck Berry lanzada a finales de la década de 1950, considerada uno de los primeros temas del rock and roll. ¿Cómo tuvo el compositor la idea para esta genial melodía? Si nos atenemos a lo que se ve en la película, fue gracias a la llamada de su primo Marvin, quien en plena actuación del joven le llama y enfoca el auricular hacia el escenario para que su pariente pueda escuchar «ese nuevo sonido» que estaba buscando.

«Para interpretar Johnny B. Goode conté con un gran profesor de guitarra que me enseñó a tocar.»
Michael J. Fox

La segunda sería la mención a otras dos muy populares franquicias de la ciencia ficción, *Star Wars* y *Star Trek*. Sucede en la escena en la que Marty visita a su padre, George, de noche con su traje antirradiación y le atormenta con *Out of the Window* de Eddie Van Halen a todo volumen a través de los cascos de un walkman. Es entonces cuando le dice que se llama Darth Vader y viene del planeta Vulcano, lo que para el pobre hombre es algo aterrador, pero para el espectador al otro lado de la pantalla es un simple y divertido guiño.

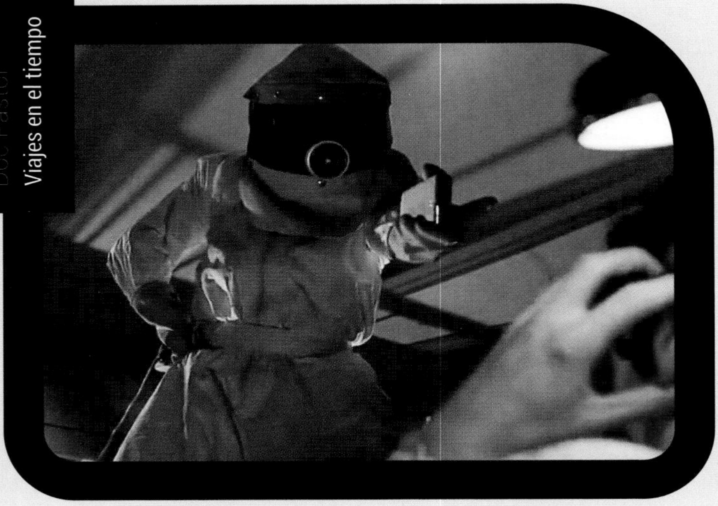

Y, finalmente, el momento de la ropa interior del protagonista, que aunque es bien conocido en ocasiones sigue sorprendiendo. Cuando Marty despierta en casa de Lorraine, su madre de joven (el trozo que se ha recreado al comienzo de este apartado), ella le llama Levis Strauss, lo que se asume que es en referencia a sus pantalones vaqueros y la etiqueta de los mismos. En realidad, en versión original, le llama Calvin Klein por sus boxers, lo que es algo muy distinto; además, deja entrever que, en contra

de lo que ella dice en el presente (en 1985), no fue una muchacha recatada, algo que por otro lado se explora en el filme. El cambio se debe a un sencillo hecho de localización y adaptación en la traducción, ya que en aquel momento la empresa no era muy conocida en Europa, por lo que en algunos países se cambió la broma para hacerla comprensible (en el caso de Francia fue por Pierre Cardin).

Robert y Bob, los padres del éxito

Robert Zemeckis es bien conocido por su faceta como director, también como guionista, en una carrera que comenzó a finales de la década de 1970 con éxitos como *Locos por ellos*, *Frenos rotos, coches locos* y *Tras el corazón verde*, tras las que llegó *Regreso al futuro* y su total lanzamiento a la más absoluta fama, trabajando desde entonces en grandes producciones al lado de muy reputados actores.

Ha firmado algunas de las más divertidas películas de los años ochenta y noventa, como la increíble *¿Quién engañó a Robert Rabbit?*, *La muerte os sienta tan bien*, que es desternillante, además de dramas sobre la vida como *Forest Gump* y *Náufrago*, ambas protagonizadas por Tom Hanks, y varios pinitos dentro de la animación gracias a *Polar Express*, de nuevo con Hanks, *Beowulf* o *Cuento de Navidad*, la versión de 2009 que contó con Jim Carrey como actor principal.

Por su parte, Bob Gale ha sido también el firmante del guion de los primeros éxitos de su amigo y de otros filmes como *Cuentos asombrosos*, *El club de los vampiros* o la preciosa y recomendable fábula que es *Interestatal 60: Episodios de carretera* (una película más desconocida de lo que debería), en la que también ejerce como realizador detrás de las cámaras, y en la que aparecen, precisamente, Michael J. Fox y Christopher Lloyd, aunque no compartan escena. No es esta la única ocasión en que lo ha hecho; se puede mencionar también *Historias de la cripta* o la serie de dibujos *Regreso al futuro,* de la que se habla brevemente en unas líneas.

Y lo que vino después

La fama y el éxito de *Regreso al futuro* dejaban claro que tenía que haber una secuela, y así fue, o más bien dos, para ser más exactos. Solo que, para ello, hubo que esperar casi un lustro, lo que conllevó que se notara algún año más en Marty, no en Doc, que parece no envejecer nunca.

Regreso al futuro. Parte II

La segunda entrega, *Regreso al futuro. Parte II*, comenzaba exactamente al final de la anterior, con Doc volviendo a buscar a su amigo y su novia para salvar a sus hijos en el 2015, ambos interpretados por Michael J. Fox. Partiendo de esta premisa en apariencia sencilla, la historia toma un giro radical para proponer una trama más compleja, mucho más oscura, convirtiéndose en una narración que transforma a Hill Valley en una auténtica distopía, siendo la película más completa e interesante de la trilogía y, según opiniones, la mejor (en mi caso, al menos, es así).

Hubo alguna ausencia, como Crispin Glover, quien fue George McFly, debido a temas salariales. En su lugar se usaron imágenes de archivo y al actor Jeffrey Weissman como su sustituto. Para que no se notara se le puso una gran capa de maquillaje y se usaron otros trucos, incluyendo el aparecer boca abajo cuando entra como un anciano en la casa del Marty del futuro, todo ello acompañado de una demanda por parte del intérprete original por el uso indebido de su trabajo a través de imágenes grabadas para la primera entrega.

Los años de espera también se llevaron por delante a Claudia Wells, en este caso por motivos familiares. Esta actriz interpretó a Jennifer Parker, la novia de Marty McFly, y el testigo lo recogió Elisabeth Shue, que encarnaría a la versión presente y futura del personaje, sin que gran parte de los espectadores se dieran siquiera cuenta del cambio.

Salvo ellos, todos los demás estaban a bordo. Desde sus dos protagonistas a los secundarios e incluso algunos terciarios, junto con Robert Zemeckis y Bob Gale a los mandos. Esto aseguraba que la calidad, buen hacer, esencia y, por supuesto, respeto a la idea original fueran primordiales a lo largo de todo el metraje. Algo que es muy fácil decir, pero no tanto de conseguir cuando empiezan a entrar más manos en el tema.

Un dato curioso:

En 2020, durante el confinamiento por la COVID-19, decenas de fans de todo el mundo recrearon la película bajo el nombre *Project 88 - Back to the Future Too*. El resultado es, cuanto menos, llamativo.

Hay que reconocer que el producto resultante es una maravilla, seguramente la mejor película de Robert Zemeckis y una de las mejores secuelas que ha dado la historia del cine. Se logró crear una trama que encajaba a la perfección con lo mostrado, incluyendo a Jennifer, ya que aparecía en la escena final de la primera y, por tanto, debía estar en la segunda, o el hecho de que George McFly esté muerto en el futuro alternativo para reducir las apariciones del personaje.

Regreso al futuro. Parte III

La tercera entrega fue parcialmente adelantada por la segunda, además ambas fueron rodadas a la vez, como ya sucedió con *Superman* y *Superman II* en su momento, por lo que no hubo que esperar apenas nada de tiempo para su estreno, que fue respectivamente en 1989 y 1990. En este caso, la historia se traslada al viejo oeste y se centra más en la personalidad de Doc que en la de Marty, dejándole crecer e incluso haciendo que se enamore de la inteligente y cándida Clara, a la que da vida Mary Steenburgen, por la que sin saberlo alteran el tiempo (que, a pesar de las quejas del científico, no es precisamente la única vez que lo hacen).

Llevar la trama a la época de los vaqueros americanos aporta frescura, ya que en la anterior habían revisitado la primera película, dando, además, hueco para nuevos gags y varios guiños autoreferenciales. Dejó momentos inolvidables, como Doc Brown bailando, Marty emulando a Clint Eastwood (en base a algo que vio en la cinta precedente) y, por supuesto, esa locomotora voladora que viajaba por el tiempo con la que se cierra toda esta larga aventura.

Además, casi a modo de celebración para el final de la saga, se contó con algunos ilustres invitados para dar más caché al espectáculo. Por encima de todos estaban los ZZ Top, un muy conocido grupo musical que compuso el tema *Doubleback* y que tuvieron su aparición en pantalla (sus miembros son rápidamente reconocibles por sus frondosas barbas), pero también otros, como Pat Buttram, Harry Carey Jr. y Dub Taylor, todos ellos veteranos actores habituales del *western* en su edad de oro, que suponían el broche de oro para una producción de este género.

Hay que decir que es complicado entender *Regreso el futuro* como tres partes, ya que en realidad todas cuentan la misma historia y están concebidas para ser vistas una detrás de otra. Es cierto que la primera fue pensada como un arco completo, con una broma final, pero el encaje de bolillos de toda la saga es realmente excepcional, logrando ser una de las pocas aventuras cronales que no presentan fisuras a primera vista.

«Bob Zemeckis te dirá que el reparto es el elemento más importante que hay. Puedes tener una toma desenfocada, una edición descuidada, una cámara que se mueve o un elemento que no está bien hecho, pero que el elenco sea bueno es lo que interesará a la gente. Eso es lo primero que te preguntan cuando dices: "Oye, ¿quieres ir ver una película?". Preguntan: "¿Quién sale?".»

Bob Gale

¿Qué nos ocurre en el futuro?

El 21 de octubre de 2015 es una fecha muy especial para los seguidores de *Regreso al futuro*, ya que es el día en el que Marty, Jennifer y Doc viajan al futuro (desde el punto de vista relativo de 1985); fue precisamente en ese momento cuando los espectadores que acudieron en vivo al show de Jimmy Kimmel, llamado *Jimmy Kimmel Live!*, tuvieron una inesperada sorpresa.

¡La llegada en el Delorean de los dos viajeros del tiempo!

Así es, Michael J. Fox y Christopher Lloyd se metieron una vez más dentro de sus ficciones, haciendo que todos en el teatro se levantaran a ovacionarlos en un aplauso que parecía no tener fin. Allí charlaron con el anfitrión sobre lo que para ellos era el futuro, sorprendiéndose por cómo estaban las cosas, llegando el más joven a decir que el 2015 apestaba.

Por su parte, Doc Brown lo tenía claro: ¡era un año alternativo! Debían de haber viajado de nuevo a otra versión del porvenir, una en la que la evolución humana se ha detenido por culpa de la tecnología superflua y Biff reina supremo; en resumidas cuentas, una pesadilla conceptual.

Claro está que ellos habían estado ya en otro futuro muy distinto, uno en el que se estrenaba Tiburón 19, en el que los jóvenes jugaban a bordo de sus aeropatines, los perros se paseaban solos con correas flotantes, las chaquetas se secaban solas y los coches surcaban el cielo. Viendo esto se puede entender totalmente su lógica conclusión, que es la única entendible: era un 2015 alternativo.

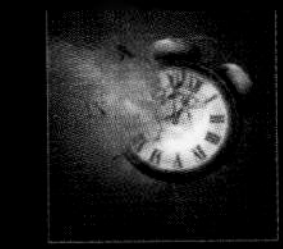

Y Doc Brown salva al mundo...

El encuentro de los dos actores en el programa de Jimmy Kimmel no fue el único regreso, ya que Christopher Lloyd protagonizó un pequeño corto titulado *Back to the Future: Doc Brown Saves the World* que sale de las mentes de Robert Zemeckis y Bob Gale, con el añadido de Glenn Sanders y la voz de Salli Saffioti.

La trama se sitúa de nuevo en el 2015, en un laboratorio bastante diáfano, y se repite un viaje de treinta años que lleva al inventor hasta el 2045, aunque su destino no llegue a verse en la pantalla. Graba un vídeo para su amigo en el que explica que viaja a esa fecha para evitar un holocausto nuclear, consecuencia directa del mal uso de algunos de los aparatos que se ven en el filme. Su misión parece tener éxito, pero para su sorpresa otro Doc Brown hará aparición…

¡Larga vida al Delorean!

Si bien de forma general, y por lógica, entendemos que *Regreso al futuro* es una serie de películas cinematográficas, también es cierto que como otros tantos productos de éxito ha saltado posteriormente a otros medios. Desde los videojuegos y las figuras de acción, a las máquinas tragaperras y los parques de atracciones y por supuesto, la televisión, los cómics e incluso un musical.

Locura temporal en viñetas

El mundo del cómic es muy rico en lo que se refiere a expandir mitologías, como sucede en los universos de *Star Wars* o *Masters del universo* (este caso concreto lo explico muy detalladamente en el libro *De Spider-Man a G.I. Joe: la acción hecha figura*). El noveno arte es un medio ideal para coger las ideas del cine o las series, y más, y llevarlas a sitios a los que no se puede llegar por coste económico, edad de sus actores y otros tantos motivos de muy diverso tipo. Y debe decirse que la premisa de *Regreso al futuro*, con sus viajes en el tiempo y realidades alternas, es ideal para tener su propia versión en viñetas.

Además de una colección lanzada a la vez que la serie animada, que no tuvo demasiado éxito, desde 2015 y de la mano de IDW llegó una nueva cabecera con John Barber y Erik Burhnam como escritores, además del mismísimo Bob Gale, que volvía, así, a su creación estrella muchas décadas después. El producto resultante es interesante y entretenido a partes iguales, logrando casi saciar las ansias por una cuarta entrega fílmica que jamás verá la luz.

Una serie de dibujos

Entre 1991 y 1992 se emitió en la pequeña pantalla una serie de dibujos titulada sencillamente *Regreso al futuro*, que entroncaba directamente con el final de la tercera entrega y presentaba las aventuras de la familia Brown a través del tiempo y el espacio. Por supuesto, con la aparición recurrente de Marty McFly que, aunque aquí no era tanto el protagonista como un secundario, sí estuvo presente en todos los episodios.

En sus dos temporadas solo Mary Steenburgen (Clara Clayton) y Thomas F. Wilson (Biff Tannen) regresaron para dar vida a sus sosias en versión animada. Christopher Lloyd estuvo vinculado al proyecto participando en breves escenas de acción real, pero de la voz de su personaje en el resto de cada capítulo se encargó Dan Castellaneta (sí, el mismo que interpreta a Homer Simpson).

El musical fuera del tiempo

¿Quién dijo miedo? Si el mundo del cine parece haberse quedado sin ideas, recurriendo cada vez más a secuelas y adaptaciones, otro tanto empieza a pasar sobre los escenarios de Broadway. La intención inicial fue estrenar en 2015, año al que viajan en la segunda parte, pero finalmente no fue hasta 2020 que Marty y Doc se subieron a las tablas para cantar *The Power of Love* y *Johnny B. Goode* en un espectáculo con libreto firmado por los propios Robert Zemeckis y Bob Gale.

Para protagonizar el show se contó con Olly Dobson como el joven viajero del tiempo y el fantástico Roger Bart como el científico loco. Además, ambos compartieron un breve momento con Christopher Lloyd, que siempre ha demostrado gran amor por esta saga, en uno de los anuncios promocionales. Ambos actores dan vida a sus personajes, entran al teatro para la función y se topan con un portero tras un periódico que les oculta el rostro, pero, cuando habla con el Doc Brown de Bart, lo baja y se descubre que, en realidad, es Lloyd. ¿O es otro Doc Brown? El metalenguaje está servido, y es delicioso.

Sobre los viajes en el tiempo

¿Alguna vez el hombre podrá viajar en el tiempo? ¿Lograremos ir hasta el pasado y solucionar aquello que nos atormenta? ¿Podremos avanzar hacia el futuro, hasta años después de nuestra natural vida, y así maravillarnos con lo que nos parece imposible? Si la respuesta la buscamos en el arte, en la fantasía, en el cine y los cómics, en la pura evasión y la especulación más atrevida, entonces la respuesta es un rotundo sí. Será así, puede que ya lo sea, solo hay que soñarlo y sucederá antes o después. Pero cuando hablamos de este tema, si algo sobra es precisamente tiempo.

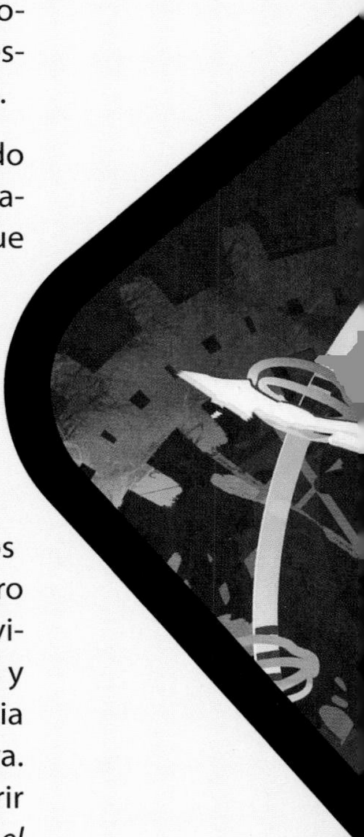

Aunque a todos nos gustaría poder hacerlo, es algo que todavía hoy sigue siendo discutido y elucubrado; tan solo la idea misma conlleva gran cantidad de complicaciones. Según el profesor y divulgador Paul Davies, sí puede hacerse y es «algo que depende del dinero y no de la física», llegando incluso a diseñar cómo podría ser una tecnología de este tipo que requeriría un agujero de gusano creado artificialmente, entre otros hechos de una increíble ingeniería que hoy por hoy parece imposible desarrollar.

El cómo, el cuándo, el quién y todo lo demás, son solo interrogantes, ya que la viabilidad real de tales ideas son todavía discutidas y hay más de un conflicto en torno a ello, aunque en el caso de que tengáis la oportunidad de hacerlo os recomiendo que os llevéis mi libro *Guía para el viajero del tiempo*. Ya sabéis, viajero del tiempo preparado vale por dos. En el caso de atenernos a la teoría de la relatividad, no hay mejor teoría, esta infiere que las partículas se mueven por el tiempo y el espacio (igual que todos, claro está), hacia delante al tratarse del tiempo y hacia los lados en caso del espacio. Esto siempre será así mientras su energía sea positiva. Me pregunto en este punto, ¿qué pensaría de todo esto Reed Richards al descubrir la Zona Negativa? Aunque, eso, es algo que queda algo lejos de este *Viajes en el tiempo: películas del presente, pasado y futuro.*

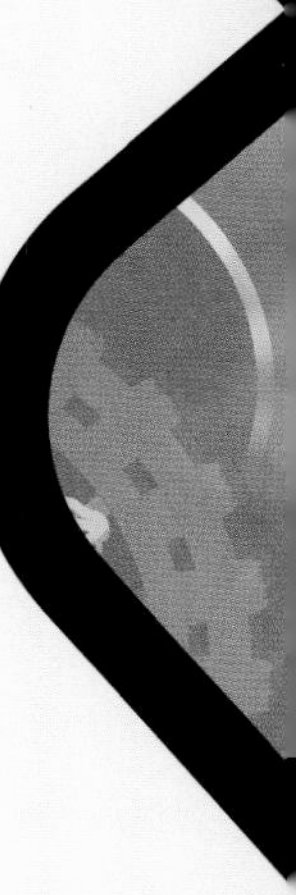

Ahora bien, si este desplazamiento se hiciera a velocidades cercanas a la luz, entonces la denominada cuarta dimensión variaría, sería más laxa en sus reglas, podría pasar más lento, al menos desde la perspectiva del que está experimentando tal aceleración. Es decir, que el que va dentro de la nave espacial de turno o del vehículo hiperpropulsado vive en el mismo espacio-tiempo que los demás, solo que lo hace a otro ritmo. Mientras para él pasan semanas, para los demás pueden transcurrir años, es algo que solo sucede desde una relativa perspectiva personal.

¿Puede decirse, entonces, que uno ha viajado hacia el futuro? En cierta forma sí, pero solo desde un punto de vista, el del tripulante. Él sí habrá viajado en el tiempo debido a la diferencia de su salida y su llegada; así, su mundo habrá desaparecido para otro tomar su lugar. Esto mismo puede suceder, en teoría, al acercarse el navío espacial a un agujero negro, con gran cuidado de no caer por el mismo a riesgo de

desaparecer de la existencia. Claro está, que esto es algo relativo, nunca mejor dicho: sería solo un arreglo para simular lo que la fantasía, el cine y la literatura puede hacer. Y quizá, ni siquiera sea posible (o sí, me temo que no soy científico y aunque me encanta leer sobre física cuántica, mis pobres conocimientos no dan más que para elucubraciones de bar).

Centrados en la idea de un agujero negro, siempre se puede especular con que, en realidad, estos fenómenos son conexiones entre dos puntos alejados en una galaxia, o en el tiempo, e incluso entre dimensiones. Una idea que se ha desarrollado en muchas películas y series, como en *Futurama*, pero que plantea todavía más dudas que todo lo mentado hasta ahora, que no son precisamente pocas. Y algunas más, que irán apareciendo en las líneas que le quedan a este escrito.

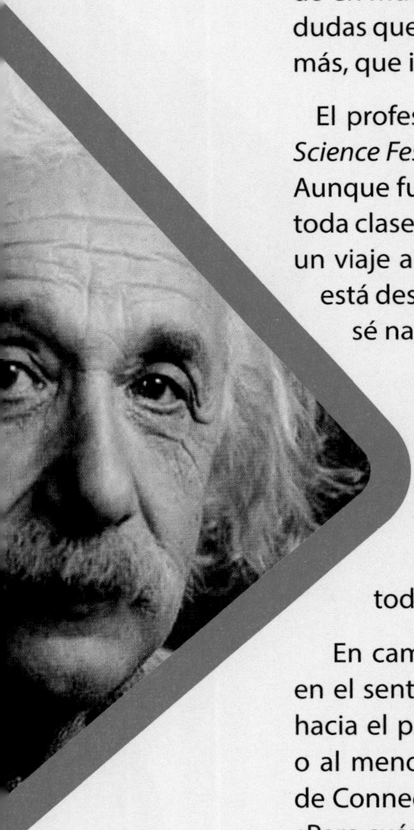

El profesor Brian Greene, de la Universidad de Columbia y fundador del *World Science Festival*, tiene claro que: «No sabemos si los agujeros de gusano son reales. Aunque fueran reales, no sabemos si sería posible pasar por ellos. Por lo tanto, hay toda clase de incertidumbres aquí. La mayoría pensamos que no será posible hacer un viaje al pasado a través de un agujero de gusano, pero esta teoría todavía no está descartada». O citando la conocida frase atribuida a Sócrates «solo sé que no sé nada», así que toca seguir investigando y estudiando.

Este mismo académico, Greene, que no Sócrates, en base a las propias teorías de Albert Einstein, se mostró convencido de que el viaje al futuro es posible, al menos en las líneas indicadas anteriormente. Es decir, que como dijo John Constantine en respuesta al Fantasma Errante en los muy recomendables *Los libros de la magia*, es algo que todos podemos hacer «minuto a minuto». Un minuto, un año, un milenio, todo depende de a qué lado de la ventana estés.

En cambio, es un tema muy diferente si entramos en la viabilidad de hacerlo en el sentido opuesto a las agujas del reloj, de viajar hacia los años precedentes, hacia el pasado. Si preguntáramos a Ron Mallett sin duda diría que sí, es posible o al menos lo será en algún momento. Este profesor de física de la Universidad de Connecticut está seguro de ello, aunque todavía no haya logrado demostrarlo. ¿Pero cuántas ideas de la ciencia han pasado por lo mismo? Tampoco se creía que la Tierra fuera redonda (todavía hay gente que no lo piensa) o que fuéramos capaces de llegar hasta más allá de las fronteras de nuestro planeta (lo que, también, hay personas que consideran que no se ha logrado).

Eso sí, en el caso de que sus sueños y teorías sean ciertos, hay dos puntos que deberían tenerse muy en cuenta. El primero de ellos, postulado por este estudioso y otros tantos, además de en varias obras de ficción, es que solo podría viajarse hasta el momento en el que el primer artefacto temporal fuera creado. O explicado muy sencillamente, tú no puedes viajar en tren si antes no existe una locomotora y una estación a la que ir. En el caso de hacerlo puede que nos convirtamos en una singularidad que se mueve en el *contínuum*, como le sucedió al doctor John Leslie al final de *Los pasajeros del tiempo*.

El segundo punto, que es igual de relevante y quizá todavía más debido a las muchas implicaciones, y complicaciones, que pueden atañer a un viaje en el tiempo, por supuesto, son las paradojas temporales. Hay que tener en cuenta que las acciones que llevemos a cabo en el pasado pueden tener implicaciones para el presente y el futuro, y debe irse con sumo cuidado, ya que puede que nos encontremos con nosotros mismos o con antepasados, quizá alteremos la manera en que todo sucedió o, con más fortuna, tan solo creemos una realidad paralela mientras que la nuestra siga siendo igual (a fin de cuenta la hemos vivido y nuestro futuro se convierte en nuestro pasado).

Puede que en el futuro esto sea una realidad, quizá alguien está leyendo estas líneas y se ríe al pensar en una época en la que los viajes en el tiempo no eran posibles. ¿Quién sabe? Lo único cierto es que por el momento, solo podemos hacerlo como dijo John Constatine: minuto a minuto.

«La idea de que el espacio y el tiempo pueden "curvarse" es relativamente reciente. No podemos descartar que viajar hacia atrás en el tiempo sea posible, con nuestro nivel de entendimiento actual... Esto crearía, sin embargo, problemas lógicos y obligará a aprobar una Ley de la Protección de la Cronología.»

Stephen Hawking

UN VIAJE AL PRESENTE

«Recuerda que el presente es todo lo que tienes. Haz del "ahora" el centro de tu vida.»

Eckhart Tolle

Galaxy Quest
El homenaje definitivo

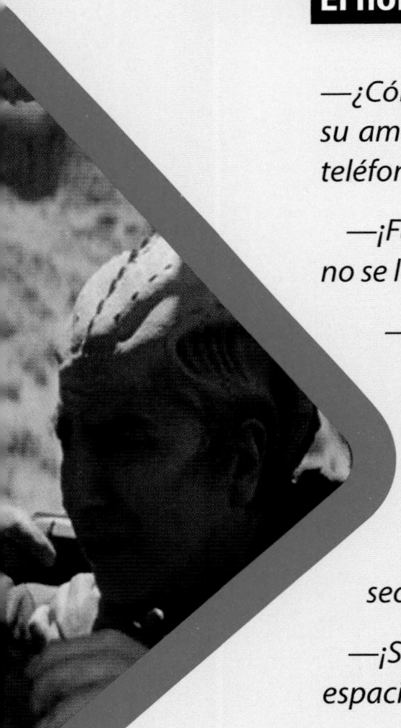

—¿Cómo que la tripulación apareció en una nave espacial, Brandon? —preguntó a su amigo, sin terminar de creerse lo que le estaban contando desde el otro lado del teléfono.

—¡Fue increíble! Llegaron con un nuevo miembro, derribaron a un villano… —Casi no se lo podía creer, y eso que lo había visto.

—Ya… y Gwen y el capitán Nesmith se besaron —preguntó con cierta sorna.

Un segundo, dos, tres… No había respuesta...

—¿Jason? ¡Jason! ¿Se besaron? ¡¿El capitán Nesmith y Gwen de Marco se besaron?! ¡Dime algo! —Ahora sí había captado su interés.

Al otro lado del teléfono se oyó una pequeña risita, la de alguien que tiene un secreto que le han pedido que no cuente pero que arde en deseos de compartir.

—¡Sí! ¡Lo hicieron! Pero eso no fue lo mejor de todo… ¡Realmente habían estado en el espacio! ¡Y yo les ayudé con su misión! —gritó realmente emocionado.

Su amigo no se creía sus palabras, no se las creía, sencillamente, por considerarlas mentira.

—Ya, entonces tú estuviste con ellos en su nave —dijo con mucho escepticismo.

—No, no, les ayudé desde casa, con el ordenador. ¡Puedes preguntarlo a Kyle, Hollister o a Katelyn! —Su voz era una mezcla de emoción y enfado.

Suspiró. Él también era fan, pero a veces su amigo lo era demasiado.

—Hablamos otro día. Nunca abandonar, nunca rendirse. —Y colgó.

Al otro lado, Jason se entristeció. Apenas le había contado nada a nadie y no le habían creído. Daba lo mismo, él sabía que era cierto. Giró la silla y miró por la ventana, sonrió.

—Nunca abandonar, nunca rendirse.

Una película de culto

Corría el año 1999 cuando llegó a las salas de forma inesperada una película que estaba destinada a la grandeza, era... ¡*Galaxy Quest*! Un filme divertido y entretenido hasta decir basta, con una gran dosis de humor y guiños, que con el paso del tiempo se convirtió en una obra de culto.

Una producción con mala uva, mucha sátira y una preciosa forma de rendir homenaje a *Star Trek,* pero pitorreándose de lo lindo de la franquicia, dejando por el camino una sana dosis de amistad y de buenrrollismo. Es de esos títulos que no envejecen y en los que saber qué va a suceder, solo hace que la experiencia de regresar a ellos sea cada vez mejor.

Galaxy Quest, estrenada en España con el nombre *Héroes fuera de órbita,* se convirtió en una obra querida y aplaudida que ha crecido mucho más allá de la idea de ser una parodia, y es que desde un comienzo tuvo su propia personalidad, que hizo que fuera directa al corazón del espectador. Décadas más tarde sigue siendo un filme referencial e imprescindible, una historia que cuenta con su propia legión de admiradores, ha pasado por derecho propio a la historia del cine de ciencia ficción, se hizo con el codiciado premio Hugo (*Best Dramatic Presentation*) y el Nebula (*Best Script*), además de ser para muchos una de las mejores películas que se han hecho sobre *Star Trek,* entre los que se incluye Wil Wheaton, actor de Wesley Crusher en *Star Trek: La nueva generación*.

Un dato curioso:
La serie clásica de *Star Trek* también fue ganadora de un premio Hugo.

«Por el martillo de Grabthar, seréis vengados.»
Doctor Lazarus (Alan Rickman)

De Captain Starshine a Galaxy Quest

La película que hoy conocemos como *Galaxy Quest* nació de la mente de su guionista David Howard, quien tardó largos años en firmar otra historia (fue en 2018 con *Trek: The movie*), inspirado por el propio Leonard Nimoy y su encasillamiento popular en el mítico personaje de Spock. La idea básica era muy sencilla: ¿qué sucedía con estos actores espaciales cuya vida profesional siempre estaba a la sombra de su gran éxito? ¿Y si, además, a la trama le incluimos extraterrestres reales? ¿Y si todo lo que se vio en la televisión era real? ¿Qué sucedería?

Había nacido…

Captain Starshine.

Todavía faltaba algo para ser *Galaxy Quest:* la mano de Robert Gordon. Fue este profesional, trekkie declarado, el que dio forma definitiva a los pensamientos del escritor, añadió una buena dosis de humor, algo de drama y, entonces, sí; entonces *Galaxy Quest* había nacido, en concreto *Galaxy Quest: The Motion Picture*, en total afinidad con *Star Trek: The Motion Picture* (o *Star Trek: La película*). El éxito logrado con este filme hizo que el escritor trabajara en otros proyectos relacionados con la ciencia ficción como *Hombres de negro II* y la retrofuturista *Sky Captain y el mundo del mañana* (en esta última como productor asociado).

Pero todo este camino no habría sido posible sin la participación de Dreamworks y del productor Mark Johnson, nombre que también ha estado detrás de otros grandes éxitos como *El secreto de la pirámide*, *Donnie Brasco* o *Las crónicas de Narnia: El león, la bruja y el armario*. Fue este quien supo ver el potencial de la historia de David Howard y también fue el responsable de enrolar a Dean Parisot como director.

«Probablemente sea la última persona que debería estar haciendo ciencia ficción, pero cuando leí el guión de David Howard vi el potencial cómico que tenía el concepto de actores en el espacio.»
Mark Johnson

Puede que a muchos les suene este nombre, y es algo lógico, su talento ha estado al servicio de comedias como las series *Doctor en Alaska*, *Dirk Gently: Agencia de investigaciones holísticas*, o *The Tick*, y películas entre las que se cuentan *Bill & Ted Face the Music*, *Dick y Jane: Ladrones de risa* o *RED 2*.

El reparto actoral

Uno de los mejores puntos de todo este filme es el gran grupo de intérpretes que hacen todo posible, metiéndose en la piel de estos personajes tan pasados de rosca, pero haciéndolos totalmente humanos y cercanos. Tan solo contar con uno de ellos ya habría sido un acierto, pero la mezcla coral es perfecta, logrando una química palpable desde el minuto uno de la proyección y que solo va a más según avanza el metraje.

Tim Allen fue el elegido para dar vida a Jason Nesmith, claramente inspirado por William Shatner y con un toque de Yul Briner puesto por el propio actor. Este artista, amante de la ciencia ficción, conocía, además, en sus propias carnes lo que era tener un papel que te perseguía, ya que entre 1991 y 1999 logró fama mundial como Tim «El hombre herramienta» Taylor de la serie *Un chapuzas en casa*, pudiendo volcar en este trabajo sus propias experiencias.

A su lado estaban Sigourney Weaver y el muy tristemente fallecido Alan Rickman. Ella, que ya había tenido contacto previo con la ciencia ficción al ser la protagonista de la saga *Alien* (había interpretado a Ripley en las cuatro entregas estrenadas entre 1979 y 1997), sería Gwen DeMarco, con una peluca rubia y un pecho postizo como parte de su atuendo. Por su parte, Alan Rickman llevaría una gran, y algo ridícula, prótesis en la cabeza como parte de su depresivo Alexander Dane (jamás le veremos en la película sin ella) y una carrera que ya le había hecho pasar por grandes éxitos como *Sentido y sensibilidad* o *Robin Hood: Príncipe de los ladrones* y, por supuesto, *Jungla de cristal.*

«Ella es la Anti-Ripley, por eso decidí que fuera rubia y con unos pechos enormes. Pensé en un nombre como "Tawny", (...) Quería ser la chica de televisión por antonomasia, inspirada por las innumerables tías buenas de las series a lo largo de los años.»

Sigourney Weaver

La tripulación se completaba con Tony Shalhoub como Fred Kwan, quien no parece estar del todo en el mismo mundo que los demás (o sencillamente, que está bajo la influencia de las drogas. Las pistas están ahí para el que sepa verlas); Daryl Mitchell como Tommy Webber, que había sido un niño en la filmación de la serie original de *Galaxy Quest*, y Sam Rockwell como un antiguo extra de tan solo un episodio (el tripulante número 6 que, por supuesto, moría en ese capítulo) llamado Guy Fleegman, que será la nueva incorporación al grupo. Se conformaba, así, un equipo de viejos amigos, o no tan amigos, que llevaban años atrapados por la sombra de sus *alter egos* en la pequeña pantalla, sin poder escapar de sus cadenas.

Este elenco fue perfecto y funcionó a las mil maravillas, aunque según explicó Tim Allen en el *Hollywood Reporter*, no fue así en un comienzo. Esto se debió a que sus compañeros eran actores con carreras reputadas, una preparación distinta a la suya y que, además, él solía estar bromeando. Por suerte, al poco tiempo todos lograron congeniar e incluso Alan Rickman se disculpó con él por haber confundido su forma de ser con la falta de compromiso.

Como alienígenas, los Thermians, que confunden la producción televisiva con archivos históricos, estarían Patrick Breen, Missi Pyle y Jed Rees, comandados por el siempre genial Enrico Colantoni como Mathesar. Este último fue también el responsable de encontrar el timbre de voz y de movimiento para esta amigable raza, que si bien son algo ingenuos también pueden ser valientes y en todo momento llenan la pantalla de alegría y amor por los demás.

Este repaso no puede terminar sin mentar a los personajes de Sarris y Jason. El primero es el gran y aterrador villano, que podría competir en crueldad y determinación con el mismísimo Khan Noonien Singh, una especie de enorme insecto humanoide tras el que está Robin Sachs; el segundo es el joven aficionado que ayuda a la tripulación, el mismo que protagoniza la recreación con la que empieza este apartado y que interpreta Justin Long en la que sería la primera película de su vida, tras la que llegarían otras como *Cuestión de pelotas* o *Planet 51*.

Si queréis ver algo curioso, buscad el corto llamado *Robin´s Big Date*. Contemplaréis a Sam Rockwell y a Justin Long como Batman y Robin. No tiene desperdicio.

El equipo que no fue

Aunque el resultado de *Galaxy Quest* es magnífico y logra enganchar a público de todo tipo, queda a la imaginación pensar cómo pudo haber sido de haber contado con Harold Ramis como director. Dreamworks llegó a contratar sus servicios debido a su muy demostrado talento como realizador, guionista y también actor en títulos muy variados, entre los que destacan *Los cazafantasmas*, *Atrapado en el tiempo*, *Una terapia peligrosa* y *Las vacaciones de una chiflada familia americana*, de una estupenda carrera que terminó de forma abrupta con su fallecimiento en 2014.

En el caso del protagonista, el capitán Nesmith, los nombres que pudieron interpretarlo fueron Alec Baldwin, Kevin Kline o Bruce Willis, que si bien todos ellos gozan de una estupenda vis cómica y podrían haber hecho suyo el personaje, cuesta verlo con otro rostro que no sea el de Tim Allen.

Por lo que se sabe, también hubo cambios sustanciales en el guion, ya que el enfoque que quería dar Ramis parecía asemejarse más a *La loca historia de las galaxias* que al producto final que se llegó a ver en las pantallas, y que aunque podría haber funcionado en taquilla muy seguramente no habría sobrevivido en el tiempo igual de bien.

Otras tantas modificaciones sufrió el filme en sí durante el proceso de escritura y montaje, ya que Dreamworks pensaba que tenía entre manos una película que podría ver toda la familia y en su lugar se encontró con un producto de PG-13 (para mayores de trece años). Así que se ajustaron y cortaron varias escenas, como DeMarco seduciendo a los alienígenas, algunos fans decapitados al impactar la nave en la convención y varios momentos del doctor Lazarus.

Si habría sido mejor o peor es tan solo pura y dura especulación. Igual que cuando Edgar Wright, artífice de *La trilogía del Cornetto*, abandonó *Ant-Man*, recayendo en manos de Peyton Reed, director de *A por todas* o *Dí que sí*, dejando a la imaginación de cada uno cómo pudo haber sido el filme.

> «Tuve un almuerzo muy peculiar con Jeffrey Katzenberg y Harold Ramis en el que Katzenberg me propuso la idea del personaje del comandante. Luego empezaron a hablar y quedó claro que Ramis no me veía en el papel. Fue bastante incómodo.»
>
> *Tim Allen*

Referencias a la ciencia ficción

Generalmente *Galaxy Quest* se entiende como una visión satírica de *Star Trek* y el mundo que lo rodea, algo evidente en la figura de Sarris, que parece un Gorn musculado y mejorado; el doctor Lazarus es un remedo de Spock y el capitán Nesmith de Kirk; Guy Fleegman, el personaje de Sam Rockwell, es llamado así por el actor Guy Vardaman, extra habitual de *Star Trek: la próxima generación*; la *U.S.S. Protector* emula a la *Enterprise*… Pero realmente a lo largo de toda la producción hay otros muchos guiños y referencias al universo de la ciencia ficción.

Algunos de estos toques serían el caminar de los Thermians, que bebe directamente de los títeres creados por Gerry Anderson para sus diversas y populares creaciones, de la que sin duda la más conocida es *Los guardianes del espacio* (*Thunderbirds*, en el original); también los sets de rodaje claramente inspirados por viejas series icónicas como *Perdidos en el espacio* o *Buck Rogers, aventuras en el siglo 25*; o la galaxia Klaatuu Nebula, en la que estaba el desaparecido planeta Thermia, que es una referencia a la frase «Klaatu Barada Nikto» del clásico *Ultimátum a la Tierra.*

La referencia más importante es la de los propios aficionados y la pasión que tenemos por aquello que nos gusta. Esta fue por derecho propio la primera película que retrató esta relación de amor, con mucha sorna, como en todo el metraje, pero sin caer en la ridiculización o el desprecio, aunque también sabiendo mostrar la parte tóxica del fandom. Todo esto se hizo con respeto y cariño consiguiendo, que muchos se vean reflejados al ver en pantalla al joven Jason y sus amigos.

Es más, puede decirse que este filme se adelantó por años al actual auge y popularización de las películas y series de ciencia ficción, superhéroes, fantasía… Ya que en ese momento, en 1999 (2000 en España), los que organizábamos eventos y acudíamos a los mismos no éramos tantos como ahora, una época en la que todavía se veía con cierta extrañeza a los que leíamos cómics, coleccionábamos figuras de acción o, sencillamente, no habíamos dejado de ver dibujos animados.

Sin duda alguna, el auge de Marvel Studios ayudó mucho a la normalización y aceptación de estas aficiones, pero el pistoletazo de salida hay que buscarlo en *Galaxy Quest*.

La serie que nunca se hizo

Aunque *Galaxy Quest* se basa en la idea de una serie, y su secuela, lo cierto es que sí llegó a haber un proyecto real para llevar las aventuras de la tripulación del *U.S.S. Protector* a la pequeña pantalla, debido al éxito que tuvo la película y a la legión de admiradores que la demandaban.

El concepto, o al menos la propuesta, estuvo dando vueltas desde el mismo 1999, pero sin llegar realmente a nada. No fue hasta 2014 que todo empezó a andar, con un guion ya en marcha y el interés del equipo original para que todo arribara a buen puerto, además de contar en un primer momento con el apoyo de Paramount, lo que no deja de ser irónico, dado que es la productora de las películas de *Star Trek*, y más tarde despertaría el interés de Amazon Studios.

La muerte de Alan Rickman, al que Tim Allen describió como «una persona increíble y un fantástico actor», fue un duro golpe para esta producción. Aunque no supuso realmente su final, por el momento podríamos decir que está totalmente en el aire.

Sí hay planes de realizar esta serie, si con los actores originales o con otros es algo que varía según las fuentes consultadas, pero por ahora el único material nuevo que se ha realizado es el documental *Never Surrender: A Galaxy Quest Documentary*. Estrenado en 2019 y dirigido por Jack Bennett, es una total muestra de amor a la película, con entrevistas a sus creadores, a sus intérpretes, a algunos miembros del elenco de *Star Trek* y también a varios aficionados, lo que es redondear el círculo de una forma perfecta.

Star Trek y los viajes en el tiempo

En *Galaxy Quest* el viaje en el tiempo es un tema presente a lo largo de la película gracias al dispositivo Omega 13, que bien puede hacer retroceder a la existencia unos pocos segundos o terminar abruptamente con ella. Por suerte para todos, lo que sucedió fue lo primero y no lo segundo.

De igual forma, los periplos cronales han campado a sus anchas por la creación de Gene Roddenberry ya desde la serie clásica y no han dejado de hacerlo a lo largo de los años en sus distintas cabeceras, ya hayan sido estas televisivas o cinematográficas. Aunque en el libro *Star Trek: el viaje de una generación* hablo en profundidad de toda esta saga, no quería terminar este apartado sin mencionar algunas de estas excursiones por el tiempo.

«The City on the Edge of Forever»

Para muchos este es el mejor episodio de la serie clásica, con un guion escrito por el mítico Harlan Ellison, en el que Kirk y Spock viajan al pasado, hasta los años sesenta del siglo XX, en persecución de su amigo Bones. Allí harán lo posible por pasar desapercibidos y trabarán relación con Edith Keeler, una bondadosa mujer que los acogerá y por la que el intrépido capitán deberá tomar una de las decisiones más complicadas de su carrera.

Pero a pesar de todo, el capítulo visto en televisión había sido retocado por Gene Roddenberry, además de Steven W. Carabatsos, Gene L. Coon y D. C. Fontana, con varios cambios, desde lo nimio a lo relevante. La historia según fue concebida no vería la luz hasta 2015 en formato cómic, una obra que fue publicada en nuestro país por Drakul Ediciones.

Star Trek: Primer contacto

Una aventura cinematográfica de la nueva generación que lleva al capitán Picard y a sus compañeros atrás en el tiempo. Une, además, varios mitos importantes de la franquicia, empezando por el uso de los borgs como enemigos principales, pasando por recuperar al personaje de Zefram Cochrane, interpretado por James Cromwell, inventor del motor de curvatura, y mostrar ese primer contacto entre los humanos y los vulcanos.

La película está dirigida por Jonathan Frakes (actor que también da vida a Riker) y se estrenó en 1996, justo una década después de *Star Trek IV: Misión, salvar la Tierra*, en la que la tripulación original viajaba también al pasado (en concreto, a esos años ochenta del siglo XX).

Star Trek (2009)

Star Trek (2009) supuso el reinicio cinematográfico de la franquicia, contando con un nuevo grupo de actores para dar vida a los personajes clásicos, pero manteniendo que todo lo que se había contando hasta el momento era canónico. Esto se logró con un viaje en el tiempo que implicaba a un anciano Spock, con el rostro del

veterano Leonard Nimoy, y el romulano Nero, lo que creaba una nueva realidad en la que todo era diferente pero sin anular lo que se había hecho. Simplemente, había sucedido antes, en la vida de ese otro Spock.

J.J. Abrams dio nueva vida a una historia que lo estaba necesitando, aunque el concepto no era realmente nuevo. Años antes Harve Bennett ya había tenido la idea de contar una historia con la tripulación de joven y otros actores, aunque en ese caso el nexo de unión entre ambas narraciones era William Shatner, que interpretando a Kirk de adulto contaría a varios cadetes la aventura de su pasado.

Los visitantes

Líos temporales a la francesa

El bribón Del Cojón se había alejado para explorar esta misteriosa tierra a la que él y su amo, el conde Godofredo, habían llegado. Había algo que le resultaba familiar, como si en realidad hubiera pasado allí toda su vida. Era una sensación extraña.

Caminó hasta llegar a una senda de color gris, con unas rayas blancas encima. Era algo que nunca había visto, casi como si hubiera una pared en el suelo. Se arrodilló para ponerse a cuatro patas y así poder palpar, acercó su fea nariz al suelo y lo olió.

—¡Puagh, cómo apesta! —dijo en voz alta, aunque nadie podía oír sus palabras.

En ese momento apareció una visión que tampoco pertenecía a este mundo. Era ovalada y de color amarillo, ¿quizá el cachorro de un dragón perdido? Lanzó una serie de sonidos que bien podían ser bramidos.

Sin saber qué hacer y asustado por todo lo que estaba viviendo, se levantó, cogió su garrote y empezó a golpear a la criatura para ahuyentarla, tan solo para que de sus tripas saliera un ismaelita vestido con llamativos colores. Le dijo algo que no entendió, sin duda debía de ser una maldición.

Aterrado y temiendo por su vida, el bribón Del Cojón empezó a correr para adentrarse de nuevo en el bosque en busca de su amo y dueño. El conde Godofredo era un guerrero noble y valiente, no dudaría en acudir en su defensa.

Mientras se apresuraba entre la espesura, gritaba esperando que este le oyese.

—¡Mi señor! ¡Un sarraceno!

Sus palabras resonaron por todo el bosque. Los visitantes habían llegado.

Un auténtico éxito

De forma general, cuando hablamos de películas sobre viajes en el tiempo, lo hacemos con una gran preponderancia del cine norteamericano por encima del de otros lugares (y este libro, me temo, es una clara muestra de ello). Pero aunque suela ser así, esto no quiere decir que en otras partes no se hagan filmes de fantasía, de ciencia ficción y, por supuesto, de personas que surcan las corrientes cronales.

Un buen ejemplo de ello sería la saga *Los visitantes*, *Les visiteurs* para los francófonos, una propuesta que sale desde el director Jean-Marie Poiré y que logró conquistar al público internacional. Su primera entrega fue todo un éxito, más de lo que cualquiera de los implicados hubiera podido pensar, a tal punto que al cabo de unos pocos años llegó una secuela, algo más tarde una versión para el espectador de Estados Unidos de resultados irregulares y pasado un largo tiempo una tercera entrega de la saga que pasó sin pena ni gloria por las salas de cine.

Gran parte de su triunfo estuvo sustentado en las fantásticas actuaciones de Jean Reno como el conde Godofredo el Audaz, un duro guerrero nacido en 1076, y Christian Clavier como Del Cojón el Bribón, un siervo igual de fiel que interesado (en francés *Godefroy, le Hardi* y *Jacquouille la Fripouille*). Un dúo artístico que ya había trabajado con el director en *Operación Chuleta de Ternera*, estrenada en 1991, quienes lograron una simbiosis perfecta entre ellos y sus sosias. Una suplantación total del intérprete por el personaje que solo sería igualada muchos años después por Robert Downey Jr. como Tony Stark.

Y es que hay que reconocer que no es sencillo lograr que un producto sea tan duradero en el tiempo y que tenga tantos hijos, siendo hoy en día una franquicia reconocida y querida, que sigue siendo vista y aplaudida (con sus más y sus menos) y con una puerta abierta para que, quizá, en el futuro los dos héroes a su pesar regresen a través del túnel del tiempo.

«¡Calla patán! ¡Que parlo yo!»
Conde Godofredo el Audaz
(Jean Reno)

Un viaje entre dos épocas

La primera entrega de esta saga se estrenó en 1993, aunque se ambienta en 1992, de la mano de Gaumont, una de las productoras más legendarias del mundo, la más antigua que existe, ya que está en activo desde 1895. Fue en este estudio donde apareció la primera directora de cine (Alice Guy-Blaché) que ha producido notorios títulos como *Intocable*, *La cena de los idiotas*, *Salir del armario* o *El imperio de los lobos*, en la que precisamente aparece Jean Reno.

Logró un tremendo éxito en su país de origen y a lo largo de toda Europa. Incluso llegó a estudiarse el hacer una versión doblada para Norteamérica, comandada por el legendario Mel Brooks, que no llegó a buen puerto. No gustó nada al público de muestra y tampoco a su director, algo que, por otro lado, sirvió para que más tarde llegara la revisión para aquel país, producto que se extenderá dentro de unos párrafos.

Los visitantes basó su victoria en un guion escrito con mucho humor, y bastante sorna, que se inspiraba en una idea original de Jean-Marie Poiré de hacía tiempo. Tan solo eran cuatro páginas, pero fueron suficientes para que él y Christian Clavier empezaran a trabajar y desarrollar la aventura del conde Godofredo de Miramonte. Un bravo guerrero que es respetado y querido por todos, desde su rey hasta sus vasallos, incluyendo a su fiel siervo de confianza Del Cojón el Bribón. Este heroico noble será embrujado por una arpía y sesgará la vida de su suegro, por lo que su prometida decidirá serle siempre fiel pero entregar su vida al servicio de Dios.

Un dato curioso:
Cuando Jean-Marie Poiré escribió la historia original tenía 17 años (y estaba aburrido en clase).

Este terrible error atormenta al protagonista, que decide acudir a consultar con un brujo, que le da una solución, aunque no es la que espera. Le explica que el tiempo es «una montaña horadada por las galerías subterráneas», podría decirse que es un agujero en el tejido de la realidad, que a través de ellas podrá volver al momento en que todo empezó a ir mal y que, si tiene la suficiente fuerza de voluntad, podrá cambiarlo.

De esta forma él y su siervo tomarán la pócima que les es ofrecida, tan solo para aparecer cientos de años en el futuro. Su futuro, nuestro presente. Y a partir de este momento empiezan los malentendidos culturales y sociales, con escenas memorables, como cuando se encuentran con un chófer al que atacan creyendo que es un sarraceno y sus muy extraños hábitos de higiene y modales, que hoy en día son sencillamente escandalosos.

Esto no deja de ser similar a lo que sucede en otras muchas películas de viajes en el tiempo, pero hay un punto diferencial y que es el pilar de toda la saga. El motivo real por el que Godofredo quiere solventarlo todo, es por su gran deseo de tener descendencia. Es lo que más anhela en su vida, perpetuar el legado de su casa y que su nombre siga vivo a través de sus descendientes.

Al igual que sucede en otras muchas comedias, los dos protagonistas, en realidad, son solo dos personas que intentan labrarse su hueco en el mundo y es este el que está enloquecido, mientras que ellos reaccionan ante el mismo. En el caso de Del Cojón con acciones bastante cómicas y en el de Godofredo, con una seriedad y saber estar que solo es igualada por el Batman de Adam West y su perpetua estoicidad ante la pléyade de lunáticos que poblaban su serie.

> «A pesar de que Clavier no fue tan elogiado por la crítica, el público lo convirtió en el mayor éxito de la historia del cine francés. Su carrera es la de Fernandel y De Funès juntos.»
>
> *Jean-Marie Poiré*

El círculo temporal

La primera vez que uno ve la película es posible que no sea consciente de ello, ya que se deja claro que, en realidad, todo saldrá bien. Hay diversas señales de ello a lo largo de todo el metraje, algunas más evidentes que otras.

Godofredo y Del Cojón serán recogidos y cuidados por Beatriz, actual condesa y heredera directa del noble, aunque piensa que este es su desaparecido primo Huberto, con quien tiene un gran parecido, incluyendo «esa nariz grande y sensual de los Miramonte». La descendencia que él tanto ansiaba tener existe y la tiene delante de sus narices, nunca mejor dicho, algo que le llena de orgullo y le da fuerzas para seguir adelante con la misión que quiere cumplir.

Pero, si al llegar a nuestro presente (de los años noventa) su estirpe sigue viva en Beatriz, y sus hijos, que gritan aterrados ante su antepasado y su compañero, eso solo puede significar que el conde pudo regresar a su tiempo y engendrar el tan deseado hijo (o hijos, tampoco se especifica) que anhelaba tener.

Un círculo temporal que se abre y se cierra de una manera perfecta.

Del Cojón el bribón... ¿O es Pirluit?

Hay que reconocer que la encarnación de Clavier como Del Cojón, y su descendiente Del Culón, es estupenda. Su personaje medieval es divertido e hilarante, fiel a su dueño y señor, pero un bribón con todas las de la ley.

Según la RAE

1. Haragán, dado a la briba.
2. Pícaro, bellaco.

Pero un detalle que se escapa a muchos es que el actor se inspiró en la creación de Peyo, Pirluit, para construir a su rufián. El actor es un amante del cómic, o más exactamente de la *bande dessinée*, y al igual que tantos otros entre los que me incluyo, es lector de *Los Pitufos*. Estos pequeños duendes añiles aparecieron por primera vez en 1958 en la aventura *La flauta de los seis pitufos*, que protagonizaban Johan y Pirluit, dos héroes de la edad media que posteriormente fueron relegados al ostracismo popular de una forma muy injusta por el gran éxito de los pequeños azules.

Hay que reconocer, que sabiéndolo, es imposible no notar que, en realidad, Del Cojón es una versión realista, satírica y muy exagerada del propio Pirluit. Y siendo apasionado de las viñetas, ¿a alguien le extraña que haya dado vida a Astérix, otro conocido personaje francobelga, en varias ocasiones?

Jean Reno, el gran actor francés

Es bien sabido que Jean Reno tiene ascendencia española, en concreto de Cádiz, ciudad que lo considera hijo adoptivo. De hecho, su nombre real es Juan Moreno y Herrera-Jiménez. Es un artista de gran talento que ha traspasado en muchas ocasiones las fronteras de su país de origen, trabajando en varias ocasiones para el cine en otros mercados. Ha sido habitual de producciones norteamericanas, como la preciosa *French Kiss* junto a Kevin Kline en lo que es un delicioso duelo actoral, la olvidable versión de *Godzilla* de 1998 o la muy popular *El código Da Vinci*, que protagonizó Tom Hanks en 2006; y también españolas, como *4 Latas* en 2019 o *Hermanos del viento* cuatro años antes, ambas dirigidas por Gerardo Olivares.

«Volver a España es volver a escuchar las raíces.»

Jean Reno

Su gran talento le hace ser totalmente capaz de cambiar de personaje en tan solo un segundo, y lo ha demostrado innumerables veces. Al igual que sucede casi siempre, empezó como secundario y después como villano (además, su alta estatura de 1,88 metros le es de gran ayuda para representar este tipo de papeles), hasta lograr su mayor reconocimiento y llegar a su merecido lugar en el estrellato internacional gracias a *Los visitantes*.

Pero si el conde Godofredo es su gran papel y el personaje por el que será siempre recordado, hay que mentar también a León. Fue en *León, el profesional*, película de Luc Besson en la que participó una jovencísima Natalie Portman, que camina entre ser una niña en apuros a una temible Lolita con una facilidad pasmosa. Aquí Jean Reno interpreta a un mercenario a sueldo, algo simplón y con un gran corazón, en una historia que es totalmente recomendable y que todo el mundo debería tener en su videoteca.

Explotando el mito

El éxito de un producto suele conllevar la vuelta al mismo, algo en que los americanos son expertos, aunque también se hace en otros países. Era lógico que debido a las muy buenas críticas y mejor taquilla de *Los visitantes* se realizara una secuela que siguiera las mismas pautas, tras la que llegó un refrito al otro lado del charco y, finalmente, una tercera entrega que mostraba el agotamiento de la saga.

Los visitantes regresan y cumplen, pero justitos

Un lustro más tarde de estrenarse *Los visitantes* llegó su secuela, *Los visitantes regresan por el túnel del tiempo* (*Les couloirs du temps: Les visiteurs II*), una segunda parte que sigue el hilo de la primera gracias a la última broma de esta: que Del Culón es quien ha viajado hasta el pasado en lugar de su antepasado Del Cojón.

Con esta idea de base, comienza una nueva aventura que no logró llegar al nivel de la primera, que si bien es divertida y sigue teniendo sus momentos, no son tan redondos. Se nota, además, que en parte la fórmula se había agotado con la película inicial, pensada como un producto cerrado, ya que los dos personajes protagonistas no lo son tanto, algo que será todavía más notable en la tercera parte de la saga.

Con todo hay momentos dignos de recordar, como cuando Del Cojón tiene valor para enfrentarse a su dueño (algo que se retomará en el refrito americano), el nuevo encuentro con el sarraceno de la anterior o el seguirse adelante con la idea del valor de la descendencia al aparecer en escena la hija del auténtico primo Huberto. Poco más se puede decir, salvo que dejaron otra bufonada final en la que los dos hombres del medievo aparecen en la Revolución Francesa, lo que será aprovechado para seguir estirando del hilo… ¡más de veinte años después!

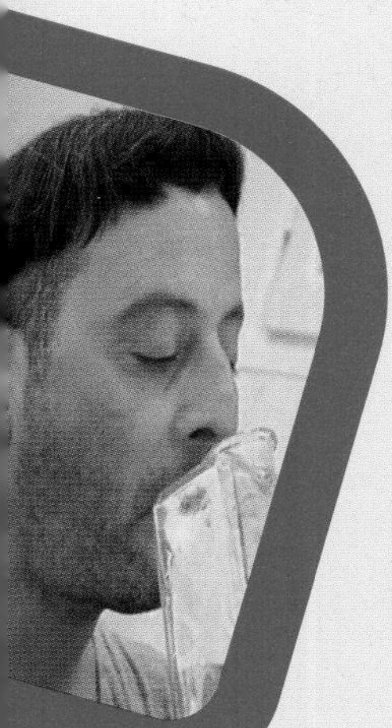

Este refrito está bien, pero le falta sabor

Dos colgados en Chicago - Los visitantes cruzan el charco se estrenó en 2001, de nuevo con sus tres implicados principales a bordo, pero con una historia que viene de mucho antes, desde el estreno de la primera.

Como ya se ha explicado en su momento, Mel Brooks fue el responsable de un intento de doblaje de la película al inglés, a petición del hoy denostado (y con razón) Harvey Weinstein. Según el propio director ha explicado el resultado fue divertido, pero no era lo que él quería, ya que convertía a Godofredo en un «héroe de pacotilla» y no debía serlo, puesto que es un héroe real y es algo que queda claro desde

un primer momento. Quizá todo pudo haberse arreglado cuando se lo explicó a Weinstein, pero este, viendo que habría que volver a empezar, le dijo que era un gasto mayor del que podían asumir.

«¿Sabes? Mel Brooks fue el héroe de mi infancia. Me puse un poco nervioso cuando le conocí y no me sentía capaz de darle indicaciones, no soy así. No obstante debería haberle explicado que en mi película Jean Reno es un héroe.»
Jean-Marie Poiré

Ahora hay que cambiar de nombre, pasamos a John Hughes, el conocido cineasta responsable de *El club de los cinco*, *Solo en casa* (y dos, y tres) o *Daniel el travieso*, adaptación cinematográfica del personaje de cómic de mismo nombre creado por Hank Ketcham. Este profesional vio L*os visitantes* durante un viaje a Europa y pensó que podría adaptarse para la audiencia americana, así que contacto con Gaumont para negociar un acuerdo.

Por su parte Poiré y Clavier estaban trabajando en ese momento en la tercera entrega, algo que dejarán de lado por esta oferta uniéndose al mentado John Hughes y a Chris Columbus. Entre todos crearon un producto que funciona, no para tirar cohetes, pero funciona. Solo que no terminó de convencer a ningún público, ni al francés ni al americano, algo que puso las cuentas de Gaumont en auténticos problemas debido al coste de la película (en la que también estaba implicada Walt Disney).

El argumento es el ya conocido en la primera entrega, aunque con algunos cambios para adecuarla al público estadounidense. La trama cambia de Francia a Inglaterra, en el pasado, y Estados Unidos en el presente; Godofredo se convierte en Thibault de Malfète y Del Cojón en André le Paté; el humor es más blanco; el mago interpretado aquí por el siempre adecuado actor inglés Malcolm McDowell cobra una importancia mayor; el personaje de Clavier se enfrentará a su amo para quedarse en el futuro (presente) y este accederá a ello; entre otras modificaciones de mayor o menor importancia.

Junto a los dos protagonistas aparecieron rostros conocidos del cine del momento como Christina Applegate, actriz mucho menos reconocida de lo que merece, Tara Reid, Matt Ross y Kelsey Grammer, quien no llega a aparecer en pantalla pero del que se oye la voz al hacer las veces de narrador.

Un dato curioso:

Hay dos montajes de este filme, uno estadounidense (e internacional) y otro francés, que es ligeramente más largo.

Los dos lemas

Una de las grandes frases de *Los visitantes* es el lema de la familia Miramonte, el mismo que el conde Godofredo lanzaba en plena batalla.

¡QUE ME MUERA SI FLAQUEO!

Una frase que, sin complicaciones, dice todo lo que uno necesita saber sobre el hombre que la acuñó y el carácter del mismo.

Para la versión americana se respetó esta idea, aunque no las palabras que fueron cambiadas por las siguientes:

¡EL VALOR ES NUESTRO CREDO!

Y es que puedes alterar el origen de Godofredo, su historia o su nombre, pero lo que no puedes es hacer que no sea un héroe.

Los visitantes la lían, un poco tarde

Con muchos años de distancia se estrenó en 2016 la tercera entrega de la saga, en la que los viajeros del tiempo viven su aventura en la Revolución francesa. Otra vez se reunieron los dos actores, Christian Clavier y Jean Reno, con su director, Jean-Marie Poiré, una mezcla que pretendía asegurar el mismo nivel y calidad que en su momento, pero que si ya falló en la primera secuela, y en el refrito, aquí sucede otro tanto.

Si bien los dos intérpretes entienden a la perfección sus personajes y lo que los hace carismáticos, no en vano es la cuarta vez que juegan con ellos, en esta ocasión el humor se presenta algo caduco y añejo, lo que puede ser positivo para cierta parte del público que solo quiera ver lo mismo que décadas atrás huyendo de lo nuevo, pero que hizo que el filme se quedara anticuado ya en su estreno.

De todas formas, la película tiene sus buenos momentos, como ver a Del Cojón juzgando de anticuados los baños de la época, y divierte porque es la única pretensión que tiene y lo único que se le puede pedir. Aunque lo mejor de todo sea justo la escena final, al abrir la puerta a un viaje a la Francia ocupada por los nazis y quizá una cuarta entrega que muy seguramente jamás llegue a hacerse.

Don Quijote y Sancho Panza, a la francesa

No puede acabarse este apartado sin mentar por un momento que Godofredo y Del Cojón, no dejan de ser una revisión francesa de Don Quijote y Sancho. Los dos arquetipos por excelencia de la novela satírica de aventuras, una creación del siglo XVII de Miguel de Cervantes que ideó una desternillante fábula atemporal que os recomiendo desde aquí leer (si es que no lo habéis hecho).

El concepto de un dúo conformado por dos personajes de diferente calado en el que uno es el líder y el otro el compañero, ha sido repetido hasta la saciedad y hoy en día sigue funcionando a la perfección. Por ejemplo, se pueden citar a Mortadelo y Filemón o Batman y Robin, como dos muestras de parejas bien conocidas y populares que en esencia beben de la misma fuente.

> «Calla —dijo don Quijote—. Y ¿dónde has visto tú, o leído jamás, que caballero andante haya sido puesto ante la justicia, por más homicidios que hubiese cometido?»
>
> *Extracto de El ingenioso hidalgo don Quijote de la Mancha, de Miguel de Cervantes Saavedra.*

Doce Monos

La locura del caos

En sueños la veo. Es una mujer rubia y delgada. Corre por el aeropuerto. Grita. Persigue a alguien. Un hombre con pelo largo. Viste una camisa de colores. Corre. Los dos corren. Delante de ellos corre otra persona. Todo son carreras y gritos.

No oigo nada más. Alguien saca un arma. Una pistola. Es él. Va a disparar. Alguien lo hace antes que él. Cae. Se derrumba en el suelo igual que un títere sin cuerdas. La mujer se arrodilla. Llora a su lado. Noto que algo se rompe dentro mí. Es extraño. No los conozco a ninguno de los dos.

Cada noche vuelven a mis sueños.

Pero no es un sueño.

Es un recuerdo.

Estoy allí. Soy un niño. Apenas tengo doce años. Es todo muy difuso. Estoy en el aeropuerto con mis padres. Vamos de viaje. ¿Dónde? No lo sé.

Ellos pasan delante de mí. Los dos corriendo. Primero él. Luego ella. Creo que me mira. Me conocen. ¿Lo he imaginado todo? El ruido de la pistola es lo más fuerte que he oído nunca. Su imagen en el suelo es desesperanzadora.

Lo recuerdo.

Cada noche.

Despierto. Despierto entre sudores fríos. No grito. Hace años que no lo hago. Estoy a salvo. Estoy en mi celda. En este agujero al que llamo hogar. A mi lado otros condenados. Juzgados por sus acciones. Condenados por la vida.

Arriba hay un mundo sucio y podrido. Un lugar al que no podemos ir. La muerte se llevó a todos los que quisimos. Solo quedamos unos pocos. Tengo ganas de llorar pero no me quedan lágrimas.

Una fábula sobre la humanidad

Es muy posible, y no creo que me confunda, que *Doce monos* sea el filme de Terry Gilliam más conocido y aceptado de forma popular; y curiosamente no tuvo nada que ver en su guion, al contrario que en la mayoría de sus trabajos, que siempre tienen un corte muy personal.

La historia titulada en su país de origen *Twelve Monkeys*, también *12 Monkeys*, vino firmada por David (Webb) y Janet Peoples, quienes se adentraron en un futuro oscuro en el que el aterrador mundo existente es una clara consecuencia del nuestro. Para tal fin, usaron una narrativa no lineal en la que los hechos pasados afectan a los que están por venir de igual forma que los que suceden dentro de años cambian los anteriores, siendo este uno de los puntos que más interesantes le parecieron al realizador a la hora de aceptar la propuesta.

El origen del proyecto nace de la mente del productor Robert Kosberg, cuya labor principalmente se ha desarrollado en televisión con títulos como *Unidos por el crimen* y *La cara del mal*, que admiraba la labor de Chris Marker en *La jetée,* o *El muelle* en nuestro idioma, y pensaba que de ese título podría sacarse algo de mayor envergadura.

Acertó de lleno, no puede negarse tal hecho.

A este buen ojo hay que sumar el del también productor Charles Roven, que fue el responsable de elegir a Terry Gilliam para llevar los mandos de todo el proyecto, y cuya carrera empezó en 1973, todavía en activo, con títulos como *City of Angels* (adaptación americana de la franco-alemana *El cielo sobre Berlín*) o la gran mayoría de películas del *DC Extended Universe*, incluyendo *Batman v Superman: El amanecer de la justicia* y *Wonder Woman*.

Si bien hay que decir que la empresa cinematográfica detrás de todo, Universal, no terminaba de ver del todo con buenos ojos lo que tenía entre manos y dudaba realmente que fuera a tener un estreno exitoso, menos todavía confiaba en que fuera a triunfar de la forma en que lo hizo. Por suerte, el talento de Gilliam estaba ahí, sumado a la popularidad de su protagonista, un Bruce Willis que ya había participado en grandes éxitos como la saga *Jungla de cristal*, la desternillante *La muerte os sienta tan bien* o la tarantiniana *Pulp Fiction*, y la presencia de Brad Pitt, que ayudó otro tanto, como secundario de lujo, un actor que estaba creciendo a pasos agigantados y que entre 1994 y 1995, estrenó las muy exitosas *Entrevista con el vampiro*, *Leyendas de pasión* y *Seven*, lo que sin duda fue un empujón para *Doce monos*.

> «Di a Bruce y a Brad papeles totalmente apuestos a los que suelen hacer.»
> *Terry Gilliam*

La elección de estos dos actores también sirvió para dotar de humanidad a un relato que está deshumanizado por necesidad. Es imposible no sentir cierta conexión con el personaje de Brad Pitt, Jeffrey Goines, quien dentro de su locura no es más que un niño rebelde que solo desea llamar la atención de su padre, el siempre soberbio Christopher Plummer, llevando a cabo lo que creemos que va a ser una debacle y termina siendo, en realidad, una pilla travesura. Lo mismo sucede por el lado de Bruce Willis, que logra dotar a su protagonista, James Cole, de un halo de hombre de la calle que es muy necesario, no es un héroe y y no pretende serlo, y si lo es ha sido totalmente a su pesar. En realidad, solo es alguien que, al igual que otros muchos, lo ha perdido todo y quiere recuperar ese mundo que solo aparece en sueños.

Un dato curioso:

El director del psiquiátrico, el Dr. Fletcher, es interpretado por Frank Gorshin. ¡El Acertijo del Batman de 1966!.

Hay más muestras de ello, aunque no muchas. La más relevante sería la doctora Kathryn Railly interpretada por Madeleine Stowe, que intenta entender qué pasa dentro de la mente de sus pacientes para ayudarles y ofrecerles un apoyo que no parecen tener interés en dar el resto de médicos; e incluso entre los científicos del futuro se ve calor humano, dentro de su frío y oscuro tiempo llegan a cantar a coro una canción para el protagonista al descubrir que a este le gusta la música.

Si no hay una chispa de humanidad, ¿qué sentido tiene salvar lo que está por venir?

La locura está servida

El juego está servido y es muy bueno, pidiendo al espectador que ponga de su parte para poder disfrutar de la función que va a presenciar. Un ingenioso uso de los tiempos, tanto literal como metafóricamente, además de la idea de la locura que está presente a lo largo de todo el filme. No solo en la figura de Jeffrey Goines, sino también en la del protagonista James Cole, de cuya cordura se llega a dudar en más de una ocasión.

Esto va a más por el hecho de que una psiquiatra sea la única aliada que él tiene, la doctora Kathryn Railly, a su reclusión (presente y futura, o presente y pasada según el punto de vista) que sufrirá y a varios de los personajes que se encontrará: desde el paciente que dice tener una mente divergente con imágenes de otra vida y que recuerda en parte al John Carter de Edgard Rice Burroughs hasta el extraño vagabundo que parece vivir a la vez en los dos tiempos y del que se puede llegar a dudar siquiera si existe.

> «No estoy loco, ahora lo entiendo.
> Soy mentalmente divergente.»
> *James Cole (Bruce Willis)*

Lo terrible de todo es que James Cole no está loco. Todo lo que sueña, recuerda y vive es totalmente cierto, y eso, es desolador. El único final feliz para esta tragedia humana, es que el protagonista hubiera perdido la razón; al menos habría sido un consuelo ante el funesto destino que le espera al mundo.

12 monos, la serie de televisión

Respetando el formato original del título, con número en vez de letras, se estrenó en 2015 una serie del canal Syfy que se basaría en la película de 1995, aunque no sería exactamente una traslación de la misma a la pequeña pantalla. Tuvo cierto éxito, y muy buenas críticas, saldándose con un total de cuatro temporadas y varios premios que dan fe de la calidad del producto.

Los creadores de la propuesta fueron Travis Fickett y Terry Matalas, conocidos por su trabajo en *Terra Nova* y la versión de 2012 de *Nikita*, contando con Aaron Stanford y Amanda Schull en los personajes protagonistas de James Cole y la doctora Cassandra Railly. El primero tuvo el papel regular de Seymour Birkhoff en la mentada *Nikita* y la segunda fue Katrina Bennet en *Suits*.

«Solo escribimos lo que realmente queríamos ver.
Es emocionante meterse en medio del meollo del viaje en el tiempo,
tomar un respiro y decir "esto es lo que ocurre".»
Terry Matalas

Terry Gilliam, un director especial

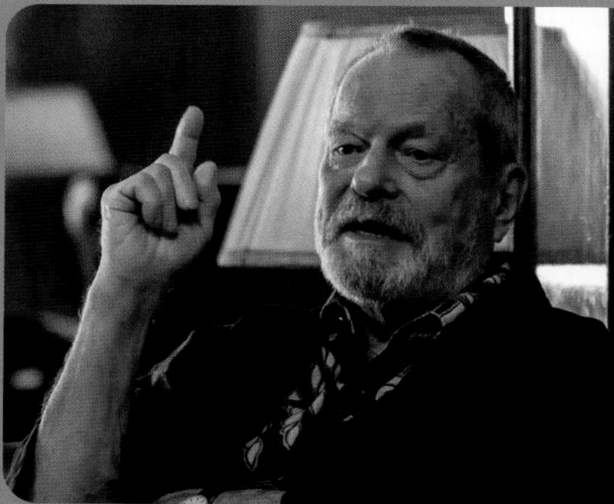

Terry Gilliam es bien conocido entre los amantes del audiovisual por diversos motivos. El primero, por ser uno de los miembros de los geniales Monty Python, en concreto quien realizaba las arriesgadas animaciones de sus shows, en las que se nota su respeto y amor hacia el pionero cinematográfico Georges Méliès, y el segundo por sus películas totalmente personales y en ocasiones gafadas, como su versión de *El ingenioso hidalgo don Quijote de la Mancha*, de Miguel de Cervantes. Tras 17 años de trabajo, problemas de todo tipo y rodajes inacabados se pudo estrenar *El hombre que mató a Don Quijote*, con Jonathan Pryce y Adam Driver como cabeza de cartel.

Su cine tiene una identidad totalmente propia, bebiendo de muchas fuentes que han logrado crear la sensibilidad artística del realizador. Al igual que en el grupo humorístico del que formó parte, no teme a la exageración y a la experimentación visual, siempre que esta tenga sentido dentro de la película y la narrativa. Su trabajo es digno de estudio y aplauso, habiendo logrado en muchas ocasiones el favor de la crítica aunque no tanto del público generalista, que no recibe con tan buena predisposición títulos que se alejan del estándar comercial.

Entre sus películas más conocidas y populares estarían *El imaginario del Doctor Parnasuss*, tristemente famosa por el fallecimiento de Heath Ledger mientras todavía se estaba rodando; *Las aventuras del barón de Munchausen*, en la que se pueden ver varios de los rostros de los Monty Python; y *El secreto de los hermanos Grimm*, que estuvo a medio camino entre lo que él quería y lo que quería la productora, con lo que realmente terminó siendo un producto que estaba en tierra de nadie.

Pero si vamos a títulos más personales deben destacarse la ya citada *El hombre que mató a Don Quijote*, *Los caballeros de la mesa cuadrada y sus locos seguidores*, que fue su primer filme (junto a Terry Jones, otro Python), *Miedo y asco en las Vegas*, que se basa en el libro de mismo nombre de Hunter S. Thompson, y *Brazil*, en la que se adentra dentro de su propio universo distópico con actores como Ian Holm o Robert De Niro.

Un dato curioso:

Aunque pueda sorprender, el barón de Münchhausen fue un personaje real y solía contar anécdotas exageradas sobre sus vivencias en diversas campañas militares.

> «Cuando leí el guion sentí que era un compendio de muchas de mis obras. Hay una frase aquí o una sugerencia allá, y me digo, "Oh, es como en *Los héroes del tiempo*", o "Oh, eso es como esta" y "eso es como aquella". La única gran preocupación que tuve fue que se comparara con Brazil, por eso traté de no hacerla oscura y gris.»
>
> *Terry Gilliam*

Los héroes del tiempo

Doce monos no fue la primera incursión del director en el campo de los viajes en el tiempo, para eso hay que viajar hasta 1981, hasta el estreno de la película llamada *Los héroes del tiempo.* Una historia de aventuras y humor, totalmente dirigida a un público familiar y muy disfrutable cuando se es pequeño, que ha quedado como un pequeño y querido producto de culto.

La película coescrita entre el realizador y Michael Palin narra la historia de un grupo de pillos (en inglés se titula *Time Bandits*) que han robado un plano para viajar por el tiempo, y que en el proceso se cruzan con un niño que se ve inmerso en sus divertidas fechorías sin pretenderlo (si todo es real o producto de su imaginación, es algo que cada uno deberá decidir). Desde ese momento irá con ellos y se topará con varios personajes históricos como el rey Agamenón, Robin Hood o Napoleón, interpretados respectivamente por Sean Connery, John Cleese e Ian Holm.

Del homenaje al plagio

Doce monos es también muy recordada por su apartado visual, por ese futuro distópico en el que la humanidad ha sido víctima de un virus mortal y, por tanto, debe vivir bajo tierra apartada de todo. En parte, esto recuerda a la novela *Vril, el poder de la raza futura*, de Edward Bulwer-Lytton, e incluso a la rebelión humana en la saga de *Terminator*, obligados a permanecer oculta en túneles y cloacas para evitar la muerte metálica o de un microbio, en el caso que nos ocupa.

Es evidente que en parte Terry Gilliam bebió de su propio bagaje, más en concreto de *Brazil*, de ese mundo distópico que en ocasiones no está tan lejos de la realidad, pero Jeffrey Beecroft, William Ladd Skinner y Crispian Sallis (diseño de producción, director de arte y decorados, respectivamente) no se quedaron ahí y fueron más allá. Dos de sus referencias más conocidas fueron el fotógrafo checo Josef Sudek, con sus trabajos encuadrados dentro del pictorialismo y, posteriormente, en la denominada nueva objetividad (*neue Sachlichkeit*), y el arquitecto americano Lebbeus Woods.

En este caso en concreto, hay que mentar su obra *Neomechanical Tower (Upper) Chamber*, que se ve trasladada de forma casi exacta en el filme en la escena en que James Cole es interrogado por los científicos de su tiempo. Si bien esto puede ser entendido como un homenaje, no lo sintió así el artista, que consideró que fue una apropiación indebida de su trabajo, teniendo que ser retribuido finalmente con una elevada cantidad de dinero.

De Marker a Hitchock, pasando por David Bowie

Doce monos se basa de forma directa en el fotorrelato *El muelle* del año 1962, una obra del cineasta Chris Marker, habitual del cortometraje y el documental, quien en cerca de media hora nos narra la historia de un hombre atrapado por su propio destino, del que no puede escapar. Sueña con un recuerdo que después se cumplirá en sus propias carnes, viaja al pasado solo para enamorarse de una mujer, vive en un futuro aterrador en el que la humanidad está muriendo…

Todo lo que es *Doce monos* ya está presente, aunque de una forma más sencilla y con algunas diferencias y varias licencias. La más notable de todas, además del cambio de Francia a Estados Unidos, en la trama, a nivel argumental, es que en esta historia el protagonista también es lanzado años hacia adelante, llegando hasta un momento en el tiempo en el que el hombre ha seguido evolucionando más allá de lo que era.

Por desgracia, uno de los puntos que ambos relatos comparten es el destino final del protagonista. Su muerte parece ser inevitable en toda realidad que exista, dado que, a fin de cuentas, de no ser así no comenzaría el bucle temporal que causa todo lo que el espectador está viendo.

Un dato curioso:

Cuando el viajero del tiempo de El muelle fallece en nuestro presente lleva una camiseta del luchador El Santo, el enmascarado de plata.

Jump They Say, de David Bowie

Este cortometraje también sedujo a otro gran artista, al muy tristemente fallecido David Bowie. Fue en el videoclip de su canción *Jump They Say*, que dirigió Mark Romanek, que además de vídeos musicales, entre los que se cuentan *Hurt* de mi adorado Johnny Cash, también ha hecho sus pinitos como realizador en la gran pantalla con *Retratos de una obsesión*, con Robin Williams, o *Nunca me abandones*, con Carey Mulligan y Andrew Garfield.

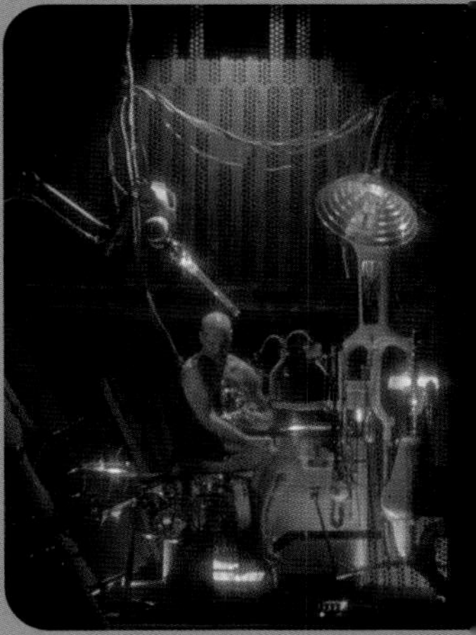

Los guiños a Alfred Hitchcock

Y, finalmente, hay que nombrar a Alfred Hitchcock, el genial creador de Hollywood del que no hace falta escribir una sola línea (pero os puedo recomendar los libros *Hitchcock, un genio en TV* y *Las fascinantes rubias de Alfred Hitchcock*, de Josep Escarré y Serge Koster respectivamente). Debe ser mentado ya que tanto en *El muelle* como en *Doce monos* es homenajeado y referenciado tanto directa como indirectamente.

En *El muelle* hay un claro paralelismo con *Vértigo (De entre los muertos)*, con su historia de amor y obsesión, además de varios guiños visuales para los que sean conocedores de la obra del británico. De igual forma sucede en *Doce monos*, en la que la reverencia es más evidente en la escena en la que Cole y Railly se están disfrazando en un cine en el que están emitiendo un ciclo de Hitchcock, compuesto por la recién mentada *Vértigo (De entre los muertos)* y *Los pájaros*.

Y un bar

Y un bar. Por extraño que pueda sonar, es cierto. *La Jetée* (*El muelle*, en castellano) es también un local de Tokyo, en el distrito de Shinjuku, inspirado directamente en el trabajo de Marker.

> «Saber que durante casi cuarenta años, un grupo de japoneses se emborracha justo debajo de mi trabajo cada noche... ¡Eso vale más para mí que cualquier Óscar!»
> *Chris Marker*

El experimento Filadelfia

Una leyenda convertida en ficción

Era martes, lo recuerdo perfectamente. Nos habían citado a varios expertos en comunicaciones, a científicos y militares para contemplar un experimento del que apenas nos habían contado nada. Había rumores, siempre los hay, pero nada muy creíble.

Antes de salir del coche rumbo a mi destino, me hicieron firmar una serie de acuerdos de confidencialidad más estrictos de los que nunca había leído. Había trabajado anteriormente para el Gobierno y sé que en época de guerra hay mucho que no se debe

Nos avisaron: el experimento estaba a punto de empezar. Nos dijeron que mirásemos el destructor que teníamos delante, a varias decenas de metros de nosotros en el mar, era el USS Eldridge. *Un barco que había sido botado no hacía mucho y que llevaba el nombre de un héroe. Nada de eso importaba, ya no, no ante lo que estaba a punto de pasar.*

Una luz empezó a cubrir la nave, era de color verde, luego amarilla. Era como una especie de cúpula que al igual que una mariposa en su capullo rodeaba todo el buque, hasta que lo cubrió por completo. Era imposible, era increíble.

Y entonces…

Entonces…

… El USS Eldridge *desapareció.*

Se fue, como si jamás hubiera estado allí.

No había rastro del destructor o de sus tripulantes, solo quedaba como recuerdo de ellos el agua de un océano ligeramente agitado.

Ese día jugamos a ser dioses y, sin saberlo, cambiamos el curso de la historia.

La leyenda del proyecto Arcoíris

A lo largo de la historia ha habido, hay y habrá muchas historias y leyendas que de vez en cuando reaparecen, aunque haga tiempo que no sepa de ellas. De hecho, vivimos en un momento en el que, a pesar de tener más posibilidades que nunca de estar informados, con multitud de opciones para ampliar nuestros conocimientos, hay mucha gente que abraza creencias cuanto menos dudosas, como la teoría de la Tierra plana, la práctica homeopática o el movimiento antivacunas, que ha cobrado un nuevo, e inexplicable, auge en los últimos años.

¿Por qué sucede esto? La respuesta no es sencilla, quizá es que para muchos ciudadanos la vida no es tan interesante como debería y se llena el vacío con conspiraciones en la sombra, reptilianos que gobiernan el mundo o simios superevolucionados tras un viaje al espacio que están dirigiendo la Casa Blanca (aunque en el caso de la era Trump, quizá habría supuesto una mejora).

¿Y qué es el proyecto Arcoíris (Project Rainbow), también conocido como experimento Filadelfia? Explicado de forma rápida, es un mito sobre la Segunda Guerra Mundial en el que un grupo de eruditos estadounidenses pretendían hacer imperceptibles sus embarcaciones a los radares del enemigo, realizando el experimento sobre un buque al que lograron, de forma literal, hacer desaparecer de la vista ante la sorpresa de todos los testigos que estaban en el puerto. Esto, además de ser un hito científico, provocó consecuencias terribles entre los tripulantes que estaban a bordo, desde locura a desapariciones, pasando por combustiones espontáneas.

Una buena leyenda conspiranoica no es nada si no tiene un buen par de nombres asociados a la misma para darle interés, y en este caso estarían los de Nikola Tesla (¿quién mejor?) y Albert Einstein. El primero debido a su trabajo alrededor del electromagnetismo, y sus diversas aplicaciones, y el segundo como líder de un grupo de sabios encabezados por el Dr. Franklin Reno (o Rinehart, según fuentes), por supuesto, con nazis disidentes de su régimen, que en el año 1939 dedujo que debía ser posible curvar la luz alrededor de un objeto para hacerlo invisible.

Saltamos en el tiempo hasta el 22 de julio de 1943, cuando se realizó la primera prueba que tendría como objeto de experimentación al *USS Eldridge* (un barco que sí existió) y toda su tripulación. Fue un éxito. El buque primero fue cubierto de una luz verde que parecía sacada de otro mundo y dejó de ser visible junto a todos los que estaban a bordo del mismo.

Lógicamente, después llegaría una segunda prueba. Fue el 28 de octubre de ese mismo año. El experimento dio comienzo, pero algo era distinto… Se pudo ver cómo aparecía de la nada un campo de energía, entonces de nuevo esa luz verdosa que esta vez se entremezclaba con niebla y el *USS Eldridge* dejó de estar presente, aunque se podía ver el agua combada por su peso, hasta que dejó de ser así.

Un dato curioso:

Fue justo en 1943 cuando Albert Einstein, suizo de nacimiento, obtuvo la nacionalidad estadounidense.

El destructor desapareció de allí…

… y reapareció a varios centenares de kilómetros.

El ensayo había sido un éxito mucho mayor de lo esperado: sin saberlo, los científicos habían inventado la teletransportación. Y el coste solo fue el de algunas mentes rotas, alguna desintegración y varias combustiones espontáneas.

Por supuesto, todo quedó borrado, cancelado y destruido a fin de que jamás nadie pudiera replicarlo o sacarlo a la luz.

«Si quieres encontrar los secretos del universo, piensa en términos de energía, frecuencia y vibración.»

Nikola Tesla

¿Quién era Carl Allen?

Para darle más interés a todo lo que se acaba de narrar aparece la figura de Carl Allen, Carlos Allende o Carl M. Allen, una persona real que sí existió, estuvo en la marina de los Estados Unidos entre 1942 y 1943, pasó tiempo a bordo de un barco mercante y, finalmente, falleció en 1994 a los 68 años de edad.

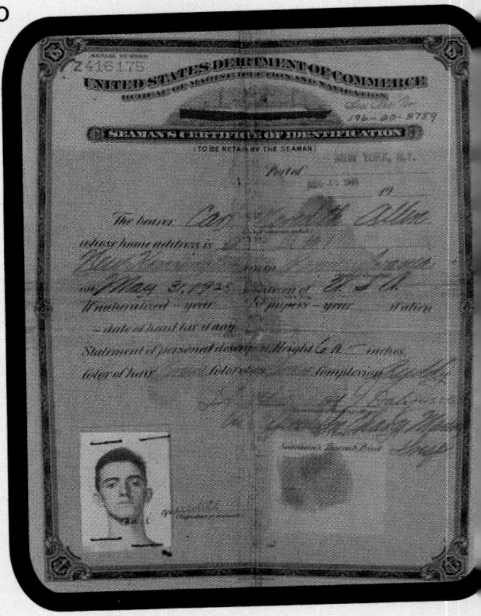

Y siempre aseguró haber sido testigo de todo ello. Es más, también afirmó que hubo varios marineros que se fundieron con el metal del barco, que algunos se volvieron locos, otros murieron y que parte de los que lograron sobrevivir desaparecieron tiempo después sin que se volviera a saber de ellos.

Este testigo se puso en contacto con el ufólogo Morris K. Jessup a principios del año 1955, le escribió una carta con algunas formas extrañas de expresarse (y faltas ortográficas, que se han respetado al traducir el fragmento posterior) hablando sobre el experimento, que él lo había visto todo al estar a bordo de una nave cercana, mencionó algunas de las consecuencias en personas y también aludió a pequeños y esquivos artículos publicados en la prensa. Tras algún intercambio más de misivas, Jessup empezó a darse cuenta de que no iba a ningún sitio y que todo olía a estafa, por lo que zanjó el tema.

La leyenda se sigue extendiendo, incluyendo en ella el suicidio real del amigo del misterio en 1959, implicación de la marina y diferentes nombres. Pero seguir por ahí, sería liar la madeja más de lo necesario.

> «Ya solo quedan unos pocos miembros de la tripulación expierimental original, señor. La mayoría se volvieron locos; uno simplemente se "fie" al muro de su cuartel delante de su mujer y su hijo; a otros dos NO SE LES VOLVIÓ A VER; dos "estallaron" en "llamas", por ejemplo, se "helaron" y prendieron en llamas mientras llevaban una pequeña brújula marítima normal y corriente; un hombre llevaba la brújula y prendió fuego, el otro que era el que estaba más cerca fue a "imponerle las manos" pero también prendió en llamas. ARDIERON DURANTE 18 DÍAS.»
>
> *Carl Allen*

El experimento Filadelfia, la película

El interés alrededor de este mito nunca ha decaído, y todavía hoy sigue siendo objeto de especulación y estudio sobre si fue real, si es posible, siquiera, lo que se plantea, qué sucedió con su tripulación, el estado mental de Carl Allen, el suicidio de Jessup, la implicación de Einstein… Hay que reconocer que lo tiene todo.

Es por ello que, como suele suceder, antes o después alguien iba a llevar esta historia al cine. Fue en el año 1984 y con el muy lógico título de *The Philadelphia Experiment,* de la mano del director británico Stewart Raffill, que suele referirse a este filme como el que mejor refleja su sensibilidad artística, y protagonizada por un muy justito Michael Paré, al que más de uno recordará por su papel de Tony Villicana en *El gran héroe americano* (que fue su primer trabajo como actor profesional).

«Así que le dije a mi agente: "No puedo hacerlo. El guion ni siquiera tiene sentido", y él me respondió: "Vas a tener que decírselo al director del estudio". De modo que hablé un rato con el director de Universal y le dije que no quería hacerlo. Él me contestó: "Bueno, ¿qué quieres hacer?" Le dije que debería haber sido así, así y así. Le conté lo que había imaginado, y entonces él me respondió: "Bueno, está bien, ¿por qué no haces esa película?"»

Stewart Raffill

Un dato curioso:

David Herdeg se sorprende al ver a Ronald Reagan en lo que para él es el futuro, algo entendible, ya que si bien fue presidente de los Estados Unidos entre 1981 y 1989, él lo conocía por ser actor en su presente..

La historia basada en el libro *The Philadelphia Experiment: Project Invisibility*, de Charles Berlitz y William L. Moore, narra en esencia lo ya mencionado en el apartado de leyenda, incluyendo algunas de las horribles consecuencias que se indican, salvo que en este caso se amplia con el inesperado hecho de un viaje en el tiempo. Así pues, dos tripulantes del barco, David Herdeg (Michael Paré) y Jim Parker (Bobby Di Cicco), serán catapultados hacia el futuro saltándose cuatro décadas y apareciendo en los años ochenta del siglo XX. Un mundo que no es el suyo y en el que los problemas solo acaban de empezar.

La película es entretenida y cumple, incluso con algún momento de humor bien hilado, con la casi obligada trama romántica, pero el producto en general pide al espectador una total suspensión de la incredulidad, y en ocasiones de la coherencia interna, para lograr que todo funcione. Un título al que el paso del tiempo no ha sentado del todo bien, y que seguramente resulte mediocre y aburrida para el público actual que la descubra, pero que, a pesar de todo, se ha convertido en un clásico obligado cuando se habla de viajes en el tiempo.

Secuelas y refritos

Hace años se decía eso de «segundas partes nunca fueron buenas», claro está que hay muchas secuelas que demuestran justo lo contrario, como pueden ser *El imperio contraataca*, *Terminator 2: El juicio final* o *Capitán América: El Soldado de Invierno*. Hay muchas continuaciones que son muy dignas, otras que llegan a superar a su antecesora e incluso hay refritos que pueden lograr tener más aceptación e iconocidad que el producto original, como sucedió con *Ocean´s Eleven* (y la mítica *La cuadrilla de los once*), *El precio del poder* (que viene de *Scarface, el terror del hampa*) o *Esencia de mujer* (con Al Pacino en vez de Vittorio Gassman, en *Perfume de mujer*).

Pero nada de esto sucede en el caso que nos ocupa, y si la primera a pesar de resultar entretenida ha quedado relegada a un semiostracismo, más lo hacen su segunda entrega y la revisión que se hizo de la historia unos años más tarde.

El experimento Filadelfia II

El experimento Filadelfia II se estrenó en 1994 y no repitió nadie. Otro director, otros guionistas, otro actor protagonista... Se mantiene, eso sí, la identidad de este personaje, que sigue siendo David Herdeg, y aparece el profesor Longstreet (doctor en la anterior), pero a excepción de eso no hay nada más en común.

Aquí la trama va un paso más allá y además de un viaje en el tiempo plantea las consecuencias de este con la creación de una realidad paralela en la que los nazis gobiernan el mundo. Y en medio de todo, está nuestro intrépido David, que debe luchar para que todo vuelva a la normalidad que tan solo él recuerda debido a su anterior exposición a un viaje en el tiempo.

Aunque el filme es bastante banal, y en ocasiones tedioso, plantea algo interesante, que es el hecho de que en la primera película, en el experimento original, se creó un camino en el tiempo y que a través de este se puede ir tanto hacia adelante como hacia atrás. Pero más allá de eso, y de la conversación entre David y su hijo sobre quién ganaría en una pelea, si RoboCop, Terminator, Predator o Superman, es todo bastante olvidable.

Experimento Filadelfia

Saltamos de nuevo en el tiempo, en el real, para llegar hasta el año 2012, hasta esta nueva versión realizada directamente para televisión. A los mandos está Paul Ziller, director habitual de la pequeña pantalla y películas de ciencia ficción con títulos como *La revolución de los androides* y *La bestia marina*, regresando en esencia a la historia original pero con algunos cambios y actualizaciones para hacerla más acorde al tiempo de su estreno.

El filme es todavía más olvidable que *El experimento Filadelfia II*, pasó sin pena ni gloria y muy seguramente solo tenga algún interés para los que conocemos la cinta de 1984. En esta nueva versión contó con Michael Paré, aunque dando vida a un personaje diferente. Habría sido interesante verle retomar su papel de David Herdeg y conocer su evolución tras años fuera de su tiempo.

De RoboCop a La máquina del tiempo

En ocasiones es curioso cómo el mundo del cine y la televisión se alimenta de sí mismo, haciendo que nombres de una producción vayan a otra sin que el espectador realmente se percate de ello. Algo que es lógico, pero que a veces crea conexiones inesperadas y sorprendentes.

En el año 1987 se estrenó *RoboCop*, película de Paul Verhoeven, escrita por Edward Neumeier y Michael Miner, que se convirtió en una franquicia en sí misma con varias secuelas, serie de televisión, de dibujos animados, cómics, figuras de acción…

Es en este mismo filme en el que aparece la actriz Nancy Allen en uno de sus papeles más recordados, el de la agente de policía Lewis, a la que interpretará también en la segunda y tercera parte de la saga. Es esta misma artista la que dará vida a Allison Hayes en *El experimento Filadelfia*, la joven del presente (o futuro, según hayas viajado o no en el tiempo) que se convertirá en el interés romántico del protagonista.

Por lo que se refiere a *La máquina del tiempo*, hay que hacer mención a la versión televisiva que se estrenó en el año 1978. En esta ocasión, el científico creador del ingenio cronal es llamado Neil Perry (el actor John Beck, recordado por haber sido Mark Graison en *Dallas*) y todo resulta ser una visión actualizada y americanizada del clásico de H. G. Wells. Si bien sigue siendo recordada, lo es siempre a la sombra de *El tiempo en sus manos*, de la que se habla en este *Viajes en el tiempo.*

Dejando de lado varios cambios importantes, como el hecho de que el ingenio viaje a través del tiempo y también del espacio, el punto por el que se cita es por su escritor, que no es otro que Wallace C. Bennett, precisamente uno de los nombres detrás del guion de *El experimento Filadelfia*.

Un dato curioso:

John Beck también fue la voz del Castigador en la serie de dibujos Spiderman que se emitió de 1994 a 1998.

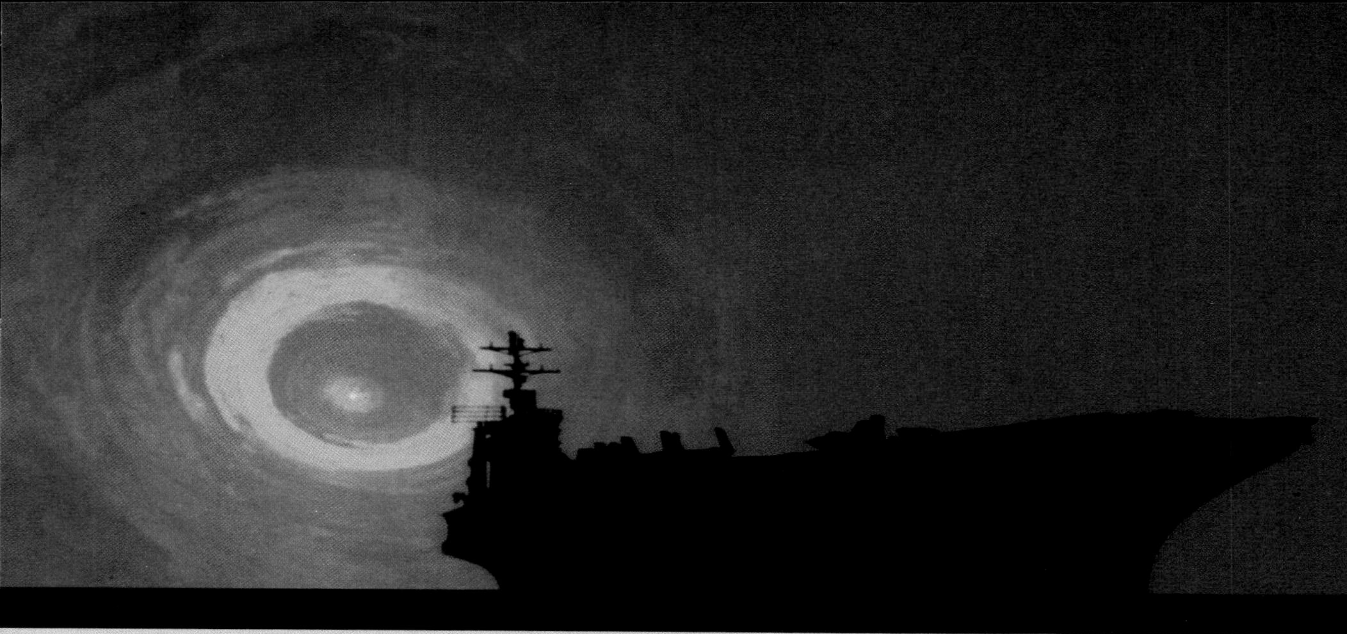

El final de la cuenta atrás

Siempre que se habla sobre *El experimento Filadelfia*, va de la mano mencionar a otra producción: *El final de la cuenta atrás*.

Esto es debido a la cercanía de su estreno, tan solo cuatro años antes, en 1980, y a ciertos paralelismos evidentes en las tramas de una y otra. En ambas estamos ante un buque de la marina de los Estados Unidos que desaparece, tan solo para regresar en una época diferente a la suya. En este caso el viaje es hacia atrás y la nave recala en plena Segunda Guerra Mundial.

En concreto, llegan hasta 1941, justo un día antes del conocido y terrible bombardeo de Pearl Harbour. Un suceso histórico, sin el cual el rumbo de este conflicto bélico seguramente hubiera sido bien distinto, y que plantea en la tripulación la duda de qué hacer: ¿deben impedirlo y, por tanto, cambiar la historia o dejar que esta suceda y ser, en parte, responsables de las más de 2000 vidas que se perdieron?

La dirección recayó en Don Taylor, nombre tras *Huida del planeta de los simios* y *La isla del Doctor Moreau* (versión de 1977 que protagonizaron Burt Lancaster y Michael York), quien conformó una historia que sigue funcionando a la perfección y que es recordada con cariño por un gran número de espectadores que la vieron en su momento y también por los que la descubrimos más tarde en formato doméstico. El tiempo le ha sentado bastante bien, no ha envejecido realmente, algo que es debido al buen tratamiento de personajes y al cuidado trabajo de guion.

Es recordada también por las actuaciones protagónicas de Kirk Douglas y Martin Sheen, el primero como el capitán Matthew Yelland y el segundo como el observador civil Warren Lasky. No hace falta decir que sus actuaciones son estupendas, como siempre en ellos, y que los momentos que comparten pantalla se convierten en lo mejor de todo el filme.

Los pasajeros del tiempo

Tras las huellas del destripador

La máquina del tiempo brilla, parpadea entre el presente, que es también el futuro, un destino incierto a la vez probable e improbable. En su interior se encuentra Stevenson, o Jack el Destripador. Un monstruo que evitó su captura con una huida por el tiempo, tan solo para seguir matando y cometiendo atrocidades como ya en su época.

Su río de sangre se extiende por dos siglos, sus víctimas no han conocido la piedad, y ahora está dispuesto a seguir haciendo lo que mejor sabe hacer. Su credo es la violencia, su religión es la muerte y su amante es un cuchillo afilado.

—¡George! ¡Haz algo! —gritó Amy, la joven que había logrado sobrevivir a su ansia homicida, la misma que, sin pretenderlo, se había enamorado del legendario escritor, e

inventor, H.G. Wells. Su mundo se había dado la vuelta, su vida había cambiado y ahora todo estaba por llegar.

El creador del ingenio temporal dudó tan solo por un instante, sabía qué debía hacer y estaba seguro de que su antiguo amigo también conocía sus intenciones. Se acercó con presteza hasta la máquina, se apoyó en la puerta y sus miradas se cruzaron. Ambas fueron directas hasta la llave de punta de diamante, la misma que hacía posible todo. Stevenson levantó la vista y dirigió una muda súplica a su antiguo colega, buscó en este lo que él nunca dio a sus víctimas, y no encontró más respuesta que el pago por sus crímenes.

El escritor retiró la llave de la cerradura. Dentro del aparato el asesino empezó a desvanecerse, su viaje había comenzado pero sin un destino, sin un final, sin un principio, sin terminar jamás. Había sido condenado a ser una paradoja durante toda la eternidad, a seguir apareciendo y desapareciendo hasta que el universo muriera.

El tiempo había vuelto a su lugar, solo faltaba cerrar un cabo suelto. Él mismo, H. G. Wells, y su prodigio debían volver a casa. ¿Y Amy? Esa era la pregunta, y tan solo ella podía contestarla.

Escapando al futuro

El tiempo en sus manos es para muchos la gran película de periplos a través de las eras, posteriormente aplastada por el éxito de *Terminator 2: El juicio final*, pero nunca olvidada. Aunque es igual de cierto decir que *Los pasajeros del tiempo*, o *Escape al futuro*, es otro de esos títulos imprescindibles a la hora de hablar de este tipo de aventuras, además de uno de los más queridos y recordados.

En cierto sentido casi puede entenderse que esta película de 1979, estrenada como *Time After Time*, es una secuela de la que protagonizó Rod Taylor en 1960, ya que comparten más de un aspecto en común, como el hecho de que el creador de la máquina sea el mismísimo H. G. Wells, con un guiño muy evidente hacia esa producción. No es una segunda parte, no en realidad, pero bien podría ejercer como tal.

La propuesta es atrevida y llamativa, casi excéntrica en algunos momentos. La idea de mezclar al legendario escritor con el no menos legendario Jack el Destripador, todo ello salpicado con un viaje al futuro (el presente, desde el punto de vista de la fecha de estreno) suena en primera instancia extraña, pero cuando uno ve el filme con ambos interpretados por Malcolm McDowell y David Warner todas las dudas desaparecen. La química entre ambos es magnífica, igual que sus actuaciones.

«No es un thriller sobre Jack el Destripador, en realidad, es una historia de amor.»

Malcolm McDowell

No les va a la zaga Mary Steenburgen, que igual que siempre está estupenda, con una interpretación digna de aplauso, en este caso como la joven banquera Amy Robbins. Una mujer que se topa con Wells cuando este llega hasta su época, ambos terminarán enamorándose y ella se convertirá en una posible víctima de Jack. Aunque no suele ser comentado, ella es igual de históricamente real que los otros dos personajes, o más bien lo es Amy Catherine Robbins, una estudiante de la que el escritor se enamoró, por la que se separó de su primera esposa, Isabel Mary Smith, y con la que contrajo matrimonio en 1895.

Sorprende que este filme fuera la primera incursión en la dirección de Nicholas Mayer, quien anteriormente ya había trabajado como guionista en algunos títulos como *Elemental, Dr. Freud*, que se basó en su propia novela y que unía los caminos del doctor Freud con los de Sherlock Holmes, John Watson y James Moriarty, interpretados respectivamente por Alan Arkin, Nicol Williamson, Robert Duvall y Laurence Olivier; o *La noche que aterrorizó a América*, que era una versión por la puerta de atrás de cómo se hizo el serial de radio de *La guerra de los mundos* de Orson Wells y sus consecuencias, con Paul Shenar interpretando al conocido genio del cine.

Sea de la forma que fuera, con sus defectos, que los tiene, *Los pasajeros del tiempo* es una película deliciosa que sigue sorprendiendo y funcionando muchas décadas después de su estreno. Un título querido y apreciado que solo se enriquece con el paso de los años y que ha sido referenciado y homenajeado multitud de veces,

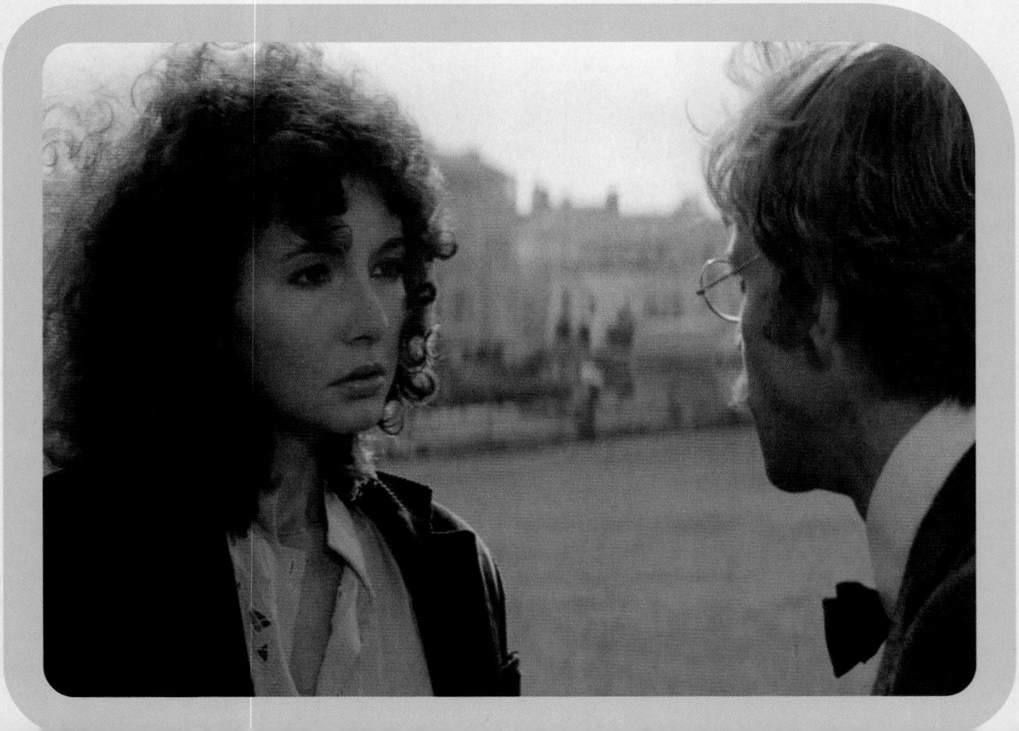

como en la serie *El ministerio del tiempo* en el episodio «El tiempo en sus manos», cuyo título es también un guiño al filme de mismo nombre.

El trío protagonista

La propuesta de *Los pasajeros del tiempo* es entretenida y sigue funcionando, algo que se debe en gran parte a su equipo protagonista que como se ha comentado, lo conforman Malcolm McDowell, David Warner y Mary Steenburgen como H.G. Wells, el doctor John Leslie Stevenson (Jack el Destripador) y la mujer del presente Amy Robbins. Un trío de actores llenos de talento y buenas interpretaciones, que ya tenían recorrido entonces, en una carrera que no ha dejado de crecer en ningún momento.

Malcolm McDowell salía directo de haber interpretado a Calígula en la película de mismo nombre, buscando algo bien distinto y lo encontró en la cándida figura de Wells, un hombre fuera de su tiempo que se maravilla con todo lo que encuentra delante de él. Hay que decir que este profesional ya era un rostro bien conocido por su papel de Alex en *La naranja mecánica*, que le convirtió directamente en un icono, pasando por otros muchos personajes, como el rey Arturo en *Merlín y la espada mágica* o Merlín en *Los chicos de la tabla redonda*, una especie de círculo que se cerró. También ha sido Mr. Roarke en *Fantasy Island* en su versión de 1998, además de haber participado también como actor de voz en varias producciones de animación entre las que se cuentan las populares *Batman* y *Spiderman* de la década de 1990.

> «Es mágico ver a Malcolm McDowell como Alex, el chico malo de La naranja mecánica y cómo cambia radicalmente como Wells, un hombre civilizado y caballeroso. Es un buen contraste.»
>
> *Nicholas Meyer*

Su amor en *Los pasajeros del tiempo* es Amy Robbins a la que da vida Mary Steenburgen en su segundo trabajo profesional, siendo el primero *Camino del Sur*, de tan solo un año antes. A partir de ese momento nunca ha dejado de actuar en la gran y pequeña pantalla a partes iguales, participando en producciones como *¿A quién ama Gilbert Grape?* (con unos muy jóvenes Johnny Depp y Leonardo DiCaprio), *Ley y orden: Unidad de víctimas especiales*, *Rockefeller Plaza* o la muy divertida *Plan en las Vegas*. Una recomendación, debéis ver a esta actriz en *La casa de mi vida*, precioso filme dirigido por Irwin Winkler, con Hayden Christensen, Kevin

Un dato curioso:

Mary Steenburgen y Malcolm McDowell contrajeron matrimonio dos años después del estreno del filme, en 1980, y se separaron en 1990.

Kline, Kristin Scott Thomas y Jena Malone.

Llega el turno de David Warner, ¿por dónde empezar a hablar de este gigante? ¿Por *TRON*? ¿Por *Titanic*? ¿Por *Los héroes del tiempo*? ¿Por *El regreso de Mary Poppins*? Es totalmente imposible quedarse con tan solo uno de sus muchos papeles en una carrera que se extiende por más de medio siglo, desde que empezó en 1962 y sigue en activo al momento de escribir este libro. Lo mejor que se puede hacer es adentrarse en su trabajo viéndolo, ya que sean películas mejores o peores él siempre está impresionante.

Lo cierto es que la mezcla de los tres crea magia en estado puro, es una maravilla poder sentarse en el sofá, encender el proyector, poner el DVD y dejar que el mundo desaparezca durante todo el tiempo que dura el filme. Una historia de pura evasión, que juega a partes iguales con la realidad y la fantasía, haciendo que el espectador se hunda por completo en un mundo parecido al nuestro pero también alejado del mismo.

De Star Trek a Regreso al futuro

Es muy posible que al leer las líneas precedentes más de uno se haya preguntado el motivo de no citar ciertos títulos del trío protagonista, que nadie se asuste, no me he olvidado. Pero la importancia de esos trabajos, y de los personajes encarnados por los mismos, merecían un apartado único.

En el caso de *Star Trek* hay que hablar tanto de David Warner como de Malcolm McDowell, pero también del director Nicholas Meyer. El primero de ellos fue el klingon llamado Gorkon en *Star Trek VI: Aquel país desconocido*, la última de las películas de la tripulación clásica; más recordado es el doctor Soran del segundo, el hombre que mató al capitán Kirk en *Star Trek: La próxima generación* y que fue odiado por más de un aficionado; y, finalmente, está el trabajo del realizador tras las cámaras en *Star Trek II: La ira de Khan* y la ya citada sexta entrega, además de otros pinitos

relacionados con esta popular franquicia.

En el caso de *Regreso al futuro* hablamos de forma directa de Mary Steenburgen, que fue la profesora Clara Clayton en *Regreso al futuro. Parte III*, la inteligente mujer de la que se enamora Doc Brown (y ella de él). Un personaje que en cierta forma recupera su papel en *Los pasajeros del tiempo*, por un lado al ser una mujer independiente y perspicaz, y por el otro debido a que en ambos filmes abandona su época para vivir una nueva vida junto a un viajero del tiempo.

Un guionista muy televisivo

Tras la historia de *Los pasajeros del tiempo* hay dos nombres: el primero, el escritor de la novela original, Karl Alexander, seguido de Steve Hayes, que es quien nos interesa. Este escritor comenzó su carrera actuando en 1952 y es a finales de esa década en la que hace su primera incursión en las letras, en la película *Caravana al Oeste*, pero no volverá a ese mundo hasta veinte años después, con el filme que nos ocupa y la serie *La conquista del Oeste,* que marcó mucho su porvenir.

Un dato curioso:

BraveStarr: The Legend es la primera película de animación en usar gráficos generados por ordenador.

Al menos, en el caso del sector al que se iba a dedicar, ya que con la excepción de las dos películas mentadas, todo el resto de su producción se ha circunscrito totalmente a la televisión. Ha trabajado tanto en animación, en *Rambo: La fuerza de la libertad*, *El capitán Planeta y los planetarios* y colaboraciones esporádicas en otras cabeceras como *Street Sharks*, *Iron Man* o *James Bond Jr.*, entre otras tantas de éxito en los años ochenta y noventa del siglo XX, como el filme *BraveStarr: The Legend*, basado en las aventuras y figuras de acción de mismo nombre.

En el caso de acción real se pueden mencionar *Acapulco H.E.A.T.* por partida doble, ya que estuvo en la primera y segunda época, la bastante desconocida *Conan, el aventurero* o el personaje de Tarzán, de nuevo haciendo doblete con *Tarzán* y *Tarzan: The Epic Adventures*, en las que el héroe fue interpretado por Wolf Larson y Joe Lara, respectivamente. El primero había sido Chester 'Chase' McDonald en *L.A. Heat,* y el segundo también había sido la creación de Edgar Rice Burroughs en el telefilme *Tarzan in Manhattan*, sin relación alguna con la serie.

Viajando más allá del cine

Hay que decir que *Los pasajeros del tiempo* es una de las películas de este tipo más queridas por el público, y solo gana adeptos con el pasar de los años. Esto hizo que siempre se ponderara la idea de realizar más productos al respecto, algo que estuvo mucho tiempo yendo y viniendo pero que, finalmente, cristalizó en dos versiones muy diferentes de la historia original.

La serie de televisión

Durante años se había elucubrado la idea de hacer una serie televisiva basada en este producto, pero esta no llegó a las pantallas hasta 2017. Lo hizo de forma breve, ya que la actualización del clásico en formato serial no logró enganchar a los espectadores y en su cadena de origen, ABC, se retiró con tan solo cinco episodios emitidos (aunque en varios países, como España, sí pudo verse completa la primera y única temporada).

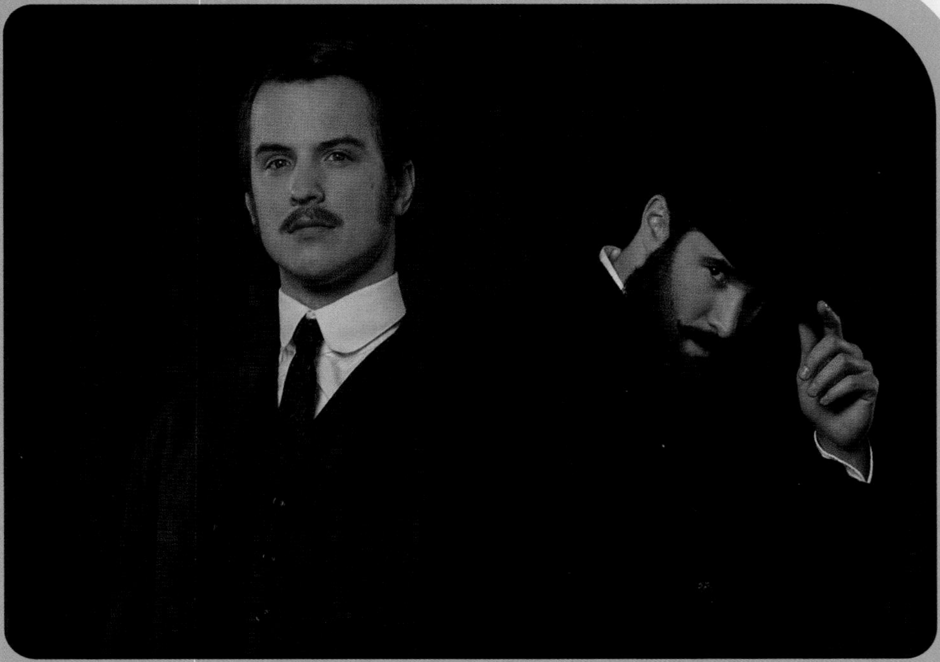

La propuesta viene de la mano de Kevin Williamson, bien conocido por la saga *Scream* y otros títulos de terror y suspense, como *The Faculty* o *Crónicas vampíricas*, con el protagonismo de Freddie Stroma (Cormac McLaggen en el universo de *Harry Potter*) y Josh Bowman (Krasko en *Doctor Who*), como H. G. Wells y John Stevenson, que si bien logran dar buenas actuaciones lo hacen a la sombra de McDowell y Warner.

El musical

Seamos sinceros, en un mundo que ha visto musicales basados en Batman, Anna Frank e incluso en la saga *Evil Dead* (conformada por *Posesión infernal*, *Terrorífica-mente muertos* y *El ejército de las tinieblas* en el momento de su estreno, hoy hay más componentes), no debería sorprender a nadie que *Los pasajeros del tiempo* también haya tenido su versión con bailes y canciones. La obra se estrenó a nivel mundial en 2010, inspirada tanto por la película como por la novela, con libreto de Stephen Cole y con partituras de Jeffrey Saver, con gran respeto y cariño por la historia original.

El guionista es también el artífice tras *Casper, the musical* o *The Night of the Hunter* (sí, basado en la película conocida en España como *La noche del cazador* que protagonizaron Robert Mitchum y Shelley Winters), mientras que del músico se pueden mentar *Dodsworth*, en base a la novela *Fuego otoñal* de Sinclair Lewis, *End of the Rainbow*, que versa sobre la actriz Judy Garland (el título es una clara referencia a *El mago de Oz*) o el conocido *Into the Woods,* que en cine fue una película dirigida por Rob Marshall.

Un dato curioso:

La novela *El mapa del tiempo*, de Félix J. Palma, es en ocasiones comparada con *Los pasajeros del tiempo*, con la que tiene ciertos paralelismos.

Unas líneas sobre la novela

Aunque se ha mentado en varios puntos de este apartado, es muy posible que mucha gente desconociera este hecho. En realidad, *Los pasajeros del tiempo* es una novela, obra de Karl Alexander, pero también es cierto que la historia del filme comienza antes de que esta obra viera la luz. Su autor contactó con el director, eran amigos, para dejarle leer parte del manuscrito que estaba avanzando. Sus palabras e ideas le encantaron, al punto de que le pidió permiso para poder llevarlo al cine por su propio camino, aunque él todavía no hubiera hecho la versión final, lo que hace que ambas propuestas sean a la vez la misma y distintas.

Muchos años después, en 2009, el autor realizó una secuela titulada *Jaclyn the Ripper*. De nuevo la trama presenta a H. G Wells y Amy, quien extraña a su familia y por ello decide viajar en el tiempo para poder verlos, pero con tan mala fortuna que

libera a Jack de su prisión futura, ¡e incluso su ADN se mezcla con el suyo! Así Jack el Destripador se convierte en Jaclyn la Destripadora, jurando venganza contra la pareja que la encarceló y perpetrando una serie de nuevos asesinatos.

Lo que Jack no te cuenta

Jack el Destripador es un personaje tan legendario como enigmático, uno de esos casos criminales que logran atraer la atención del público en su época, pero que sigue lográndolo pasado el tiempo. Hay infinidad de libros sobre el tema, desde los bien documentados y recomendables, como la novela gráfica *From Hell* de Alan Moore y Eddie Campbell, en la que tras los asesinatos estaría el doctor William Gull; o los que elucubran encajando la realidad con calzador para demostrar su teoría, como es el caso de *Retrato de un asesino: Jack el Destripador. Caso cerrado*, de Patricia Cornwell, en el que llega a la conclusión de que fue el pintor Walter Sickert (teoría que había sido ya ponderada y recusada varias veces antes de la publicación del manuscrito).

Su reinado de terror, como suele llamarse, sucedió en 1888 y terminó con la vida de al menos cinco mujeres, que son conocidas como las víctimas canónicas; sus nombres eran Mary Ann Nichols, Annie Chapman, Elizabeth Stride, Catherine Eddowes y, finalmente, Mary Jane Kelly. Sus ejecuciones fueron sangrientas, con mutilaciones y sin piedad, sin que todavía hoy se conozca el motivo de las mismas o quién fue en realidad este asesino.

Lo cierto es que con el tiempo transcurrido es casi imposible que llegue a haber una resolución plausible y a gusto de todos, lo que conlleva que haya un buen montón de candidatos, más o menos probables. Entre muchos se pueden mentar al abogado Montague Druitt, al judío John Pizer, al curandero Francis Tumblety, al practicante de magia negra Robert D´Onston Sthepenson o al desequilibrado Aaron Kosminski, entre bastantes más.

Personalmente, es este último el que, a mi parecer, pudo ser el culpable e incluso llegué a escribir un relato titulado *Al filo de la admiración*, en el que le unía con Robert D´Onston Sthepenson, este como el auténtico Jack y el primero como su aprendiz. Dicho esto, según leo sobre el tema, mis ideas y opiniones varían, ya que la información, teorías y elucubraciones cambian mucho de una fuente a otra.

Un dato curioso:

Si paseáis por la calle Henriques de Londres (antigua Dutfield's Yard) os toparéis con un grafiti en el que puede leerse «Elisabeth Stride Street 1843-1888».

Claro está que nombres hay muchos, algunos dados por rumores, por la prensa del momento, otros que han ido apareciendo con el paso de las décadas... incluso llegó a existir la idea de que el culpable pudo haber sido Joseph Merrick, el conocido como el Hombre Elefante. No obstante, esto suena extraño, dada la personalidad que el caballero mostraba, algo que quedó muy bien registrado, y debido a su extrema malformación y las complicaciones que atañían a la misma, por lo que queda totalmente descartado según se piensa.

Hay que decir que su figura ha resultado muy atractiva, por muchos y variados motivos, también en el mundo del cine, pudiendo encontrarse gran cantidad de películas dedicadas a él, como la mítica *Asesinato por decreto*, protagonizada por Christopher Plummer (basada en el libro *The Ripper File: The Documentary Investigation by Detective Chief Superintendents Charles Barlow and John Watt*); *El enemigo de las rubias*, que puede considerarse la primera película auténticamente hitchcockiana; o *Desde el infierno*, que parte de la mentada obra de Alan Moore y Eddie Campbell y obra de la que se ha sacado la traducción de la carta que va a continuación (según la edición de Planeta DeAgostini del año 2000, que respetó las faltas ortográficas originales).

«Desde el Infierno.
Sr. Lusk.
Señor
Le henbío la mitá del riñón que me yebé
de una mujer. Es un regalo pa usté. El
otro trozo lo e freío y me lo e comío,
estava muy vueno. Puede que le embíe
el cuchiyo ensanfrentao con el que se lo
saqué si espera un poco más firmado
Atrápeme si puede señor Lusk.»
Carta de Jack el Destripador

Terminator 2: El juicio final

La película que lo cambió todo

A lo lejos veo ponerse el sol, sus rayos caen suavemente sobre mi hijo y sobre mí. Mi hijo, el líder de la humanidad en una guerra que todavía está por venir, el hombre que nos liberará a todos excepto a los que ya estemos muertos. Sé que voy a morir, no sé cuándo y tampoco cómo, pero lo sé.

Cuando Kyle llegó a mi presente, su pasado, me lo contó todo. Me habló de la leyenda de Sarah Connor y su retoño, sobre cómo antes de la guerra ya estábamos ocultos, sobre cómo aprendimos a luchar contra las máquinas.

¿Por qué estábamos escondidos si no había una batalla? ¿Acaso fue por su viaje en el tiempo ¿Fue por su aviso? ¿El futuro no puede cambiarse, ya que es consecuencia de sí mismo?

No me dijo que yo llegara a vivirlo, tampoco lo contrario. Me giro y veo a John, mi querido y joven John. Está dormido, sabe el destino que tiene por delante y sigue entero. A mí me cuesta toda mi fuerza de voluntad, él parece tranquilo.

Quizá por eso logró lo que yo no pude, hacerse amigo de una máquina. Lo más parecido que ha tenido a un padre ha sido un robot del futuro, creado para matar humanos, pero que albergaba una chispa de humanidad dentro de su carcasa.

Si lográsemos que las máquinas tuvieran destellos de humanidad, Skynet nunca ganaría. ¿Lo hemos conseguido? Dyson murió, el chip se fundió, no hay rastro de ninguno de ellos. Ni del que destruí en la prensa, no hay restos de nada. Hemos ganado, pero no puedo creerlo.

Enciendo los faros del coche y estos iluminan la carretera. Gris y sucia. Solo hay desierto a nuestro alrededor y la promesa de una vida que no es la que pensé que iba a tener. Hace años fui Sarah, ahora soy la madre de John: esa es la leyenda. Una historia que olvidó quién era su padre, algo que yo nunca haré.

¿Y el futuro? Él me lo dijo, Kyle me lo explicó. El futuro no está establecido. No hay destino. Solo existe el que nosotros hacemos.

El viaje en el tiempo definitivo

En el año 1991 se estrenaron muchas películas que hoy son recordadas, como la muy divertida *¡Qué asco de vida!*, de Mel Brooks, la siempre impopular *Los inmortales II: El desafío*, la preciosa *La bella y la bestia*, la patria *El rey pasmado* o la aventurera *Robin Hood: príncipe de los ladrones.* Todos ellos títulos que han logrado pervivir con buena salud al paso del tiempo, pero que quedan totalmente eclipsados cuando aparece en el escenario *Terminator 2: Judgment Day*.

Terminator fue toda una sorpresa y su secuela, en España titulada *Terminator 2: El juicio final,* llegó a las pantallas de cine siete años después, supuso el regreso de Arnold Schwarzenegger al que es por derecho propio su personaje más conocido y popular. Volvía también Linda Hamilton como Sarah Connor y Earl Boen como el doctor Peter Silberman (también en *Terminator 3: La rebelión de las máquinas*), uniéndose al reparto el joven Edward Furlong en su primer papel para ser el líder de la resistencia humana contra Skynet, John Connor, y un casi desconocido Robert Patrick que encontró en el inhumano T-1000 su (efímero) salto a la fama.

James Cameron repetía como director y guionista, en este último punto junto a William Wisher, que estuvo también presente en la primera entrega. Este escritor no se ha prodigado mucho, pero entre sus trabajos se cuentan *Juez Dredd* (la versión con Sylvester Stallone de 1995), *El guerrero n.º 13* y *El exorcista: el comienzo*. El realizador lo tenía claro: había que crear una historia que bebiese directamente de la original; de hecho, la sigue prácticamente arco por arco, pero había que llevarlo todo un punto más allá, sorprender al espectador con un Terminator bondadoso, jugar con las dudas sobre quién es bueno o malo, además de hacer que Sarah Connor creciera como personaje hasta convertirse en todo un icono del cine de ciencia ficción.

Pero lo que más impactó en su época, lo que cambió en gran medida todo el cine de acción y ciencia ficción que estaba por venir, además de varios puntos

argumentales, fue su uso del ordenador para la creación de efectos especiales. Principalmente para el metamorfo T-1000, una idea que Cameron ya había tenido para *Terminator* pero que tuvo que dejar apartada por un tema presupuestario y tecnológico. Es complicado pensar cómo en 1984 se habría podido dar vida a un cíborg que cambia de forma y puede adoptar el aspecto de otros, al menos cómo habría podido hacerse según él tenía en la mente.

Cameron ya había experimentado con la tecnología para ello en *Abyss*, con lo que estaba preparado para afrontarlo. El resultado está a la vista de todos, y todavía hoy funciona perfectamente (y eso que han pasado décadas), gracias a no ceñirse solo a las capacidades digitales. Con buen saber hacer, los efectos especiales fueron tradicionales y computerizados según fueran necesarios, así, un T-1000 realizado por ordenador sale caminando de entre las llamas como si fuera un demonio del averno, mientras que una estatua de él congelado explota en pedazos como siempre se había hecho.

Es complicado, en unas pocas líneas, explicar qué supuso *Terminator 2: El juicio final* para la industria del cine, para el mundo del entretenimiento y para el universo de la ciencia ficción; lo más sencillo es decir que lo cambió todo.

> «James Cameron es una persona antes de que comience el rodaje y otra diferente después. Y a veces es irreconocible porque se pone en modo ... Como una máquina, hace click, y solo ve la película.»
>
> *Arnold Schwarzenegger*

Lo que se quedó fuera del montaje

A la hora de hacer una película el metraje rodado es siempre superior al mostrado en las salas de cine. En ocasiones lo que se corta son simples detalles menores que no afectan a la trama en absoluto, pero en otras son situaciones y hechos que bien podrían alterar de forma significativa el resto del relato.

En el caso de *Terminator 2: El juicio final* hay varios momentos clave que se quedaron fuera de la versión final, aunque algunos serían retomados años más tarde en la edición especial. En esta ocasión, se respetó en España a los actores de doblaje originales, si bien con varios años más encima, lo que se notaba en unas voces ligeramente más graves, pero igualmente algo de agradecer en vez de haberlo dejado en inglés o contar con nuevos intérpretes para esos segmentos.

Aunque podría hablarse de más, tanto recuperadas como descartadas del todo, he querido centrarme tan solo en tres momentos concretos que creo que realmente sí suponen una diferencia para el total del filme.

El regreso de Kyle Reese

Kyle Reese, el soldado que viajó en el tiempo, se enamoró de Sarah y falleció al final de la primera película, siendo ella la que liquida al imparable T-800. Pero esto no impidió que James Cameron quisiera volver a contar con él, aunque tan solo fuera para una escena, en parte por su amistad con el actor y por haber trabajado con él en varias producciones.

La escena presenta a Sarah Connor recluida en el Hospital Estatal Pescadero para criminales dementes, lo que consideran que es ella, y allí, entre delirios y ensoñaciones, ve al padre de su hijo con el mismo aspecto que en la anterior película. Él es la fuerza que necesita para seguir luchando, y un recordatorio para el público de que en realidad todo lo que estamos viendo es una historia de amor.

Sarah vs Sarah

El tramo final de *Terminator 2: El juicio final* se desarrolla en una acería, y allí es cuando John Connor estará frente a frente con dos versiones de su madre, interpretadas por Linda Hamilton y su hermana gemela, Leslie. Una es la real, la otra el T-1000 y de su decisión depende el futuro de toda la humanidad.

En el corte original estrenado en cines, él sencillamente lo sabe. La Sarah Connor que aparece pidiendo ayuda no es la verdadera, esa es la dura que aparece pistola en mano y le da la orden de que se agache. No duda y obedece al instante. En cambio, en la idea original, que puede verse en la versión extendida, no hay tal complicidad madre-hijo, ya que el T-1000 ha empezado a funcionar mal y John ve que su suplantación falla por la base. Literalmente, sus pies tienen el mismo aspecto que la reja metálica que tienen debajo.

Personalmente, aunque este cambio introduce más explicaciones y quizá da coherencia a un aspecto de la trama, me parece innecesario y creo que era mejor según se estrenó. Que el joven sea capaz de identificar de forma clara a su madre, sin necesidad de un apoyo visual, es una forma perfecta de expresar lo vinculados que están.

Un dato curioso:

Robert Patrick ha encarnado en dos ocasiones al T-1000. La primera en *Terminator 2: El juicio final* y la segunda en un breve cameo en *El último gran héroe*, también protagonizada por Arnold Schwarzenegger.

> «¡Hay muchas cosas que me encantaría poder hacer que el T-1000 sí puede! Me encantó esa parte de la actuación, el movimiento, era casi como un baile. Había una fluidez que lo imbuía todo, la forma en que recibía los golpes y la manera en que se movía, era algo grácil y hermoso. Era una especie de teatro kabuki.»
>
> *Robert Patrick*

El futuro que no llegamos a ver

Todos recordamos el cierre de la película, un único plano de la carretera, siempre hacia delante. Se puede entender que es lo que Sarah Connor ve mientras conduce su coche con su hijo John al lado, al menos de esa forma lo imagino y por eso lo he recreado así al comienzo de este apartado. Es un cierre perfecto, más tras el final del *Terminator* entendiendo porqué lloramos los humanos pero sin poder llegar a hacerlo.

Hubo otra posibilidad, más positiva pero menos poética. Una escena descartada, y así sigue, en la que una envejecida Sarah ve a su hijo de adulto (el actor Michael Edwards) jugando en un parque con su nieta. Hace un día precioso, todo son risas y diversión, la pesadilla terminó hace muchos años. Skynet nunca existió y lograron salvar la vida de millones de personas.

Este final, por suerte, no llegó a ser el elegido, dejando así la puerta abierta a otras secuelas que permitieron seguir expandiendo el universo originado por James Cameron.

La saga del cíborg asesino

Terminator abrió en 1984 las puertas a una saga mucho mayor, a pesar de que el proyecto presentado a productoras por James Cameron y Gale Anne Hurd era una historia cerrada. La idea de una guerra futura con soldados y máquinas que viajaban por el tiempo daba mucho de sí e iba a ser explotada en años venideros aunque fuera por manos de otros.

Así, en 2003 llegó *Terminator 3: La rebelión de las máquinas*, de nuevo con Arnold Schwarzenegger como cabeza de cartel. En esta ocasión John Connor, agotado y hastiado, sería interpretado por Nick Stahl junto con Claire Danes, que será Kate Brewster, su esposa en el futuro, y el añadido de Kristanna Loken como la T-X, una terminatrix que une lo mejor del modelo T-800 y del modelo T-1000 en su diseño.

El filme es entretenido, tiene ciertas dosis de humor, buenas peleas y, en general, es un producto que cumple a pesar de no estar a la altura de su predecesora, pero es que ninguna lo está. Plantea un punto muy interesante y que permite que la saga siga abierta por siempre, el concepto de que el Juicio Final es inevitable, solo puede ser retrasado.

Terminator: Salvation se estrenó seis años después, en 2009, es la única entrega fílmica de la franquicia que sucede en el futuro de la humanidad y también la única en la que no actúa el tío Arnold. Por primera vez el espectador conoce a John Connor (Christian Bale) en su camino hasta ser el líder que sabe que está destinado a ser, ve de forma clara cómo es ese destino de la humanidad que el propio John aclara que es distinto del que su madre le había contado, además de aprenderse más sobre Skynet y su intención de unir a humanos y máquinas en un solo ser. Esta idea no resultará ajena a los que conozcan los cómics basados en la saga, ya que en esencia es la misma idea que se vio muchos años antes en el personaje llamado Dudley, o I825.M.

En 2015 la propuesta fue *Terminator: Génesis*, que planteaba un cambio de registro de lo narrado al encontrarse Kyle Reese en su viaje al pasado con una Sarah Connor lista y preparada, que había sido criada por un T-800 que fue enviado para protegerla. Todo había cambiado, nada era según debía ser, y no se sabía el motivo.

Una idea que podría haber dado juego pero que cometió el error de ser planteada como una película conformada por tres partes, haciendo que al terminar la primera en realidad solo se hubiera visto el comienzo de la historia que se quería contar. Muchas preguntas permanecían abiertas y deja una sensación muy evidente de que a lo narrado le falta un buen trozo. Esto, y otros hechos, provocaron que la posible trilogía se quedara en nada.

El regreso de Linda Hamilton fue en 2019 en *Terminator: Destino oscuro*, que ejercía como secuela directa de *Terminator 2: El juicio final*, recuperando la esencia de esta y la primera entrega. Aquí se descubrirá qué ha sucedido con John Connor tras los hechos del filme de 1991, además de dar un giro muy necesario a la saga, al punto de que bien puede seguir creciendo y expandiendo el mito, o sencillamente cerrarse aquí de una forma muy digna.

> «Tenía un gran interés en el personaje; pensé que debía hacerlo porque notaba que este era el final de un largo viaje para mí. Sentí que se lo debía a Sarah Connor.»
>
> *Linda Hamilton*

Hay que mencionar también en este apartado otros dos productos, *T2 3-D: Battle Across Time* y *Las crónicas de Sarah Connor*. El primero es un pequeño corto de 1996 rodado para los parques de Universal Studios en el que los actores principales de la segunda película regresan en una historia en la que John Connor y un nuevo T-800 viajan al futuro para luchar con el temible T-1.000.000. El segundo es una serie televisiva estrenada en 2008 en la que Lena Headey encarna a Sarah Connor y Thomas Dekker a John Connor, quienes unen sus caminos al de Cameron Phillips (Summer Glau) sin saber al principio que es una Terminator enviada para ayudarles. Se saldó tan solo con dos temporadas que quedaron totalmente abiertas, ya que estaba en proyecto una tercera que serviría de cierre pero que fue tristemente cancelada antes de siquiera empezar a rodarse.

¿Un posible futuro?

Uno de los mayores problemas que esta saga plantea a parte del público, es poder seguir con lógica y coherencia la línea temporal que se plantea. No se puede, es imposible. Es así de sencillo. No hay una explicación lineal que ayude a entender qué sucede o cuándo sucede un futuro, un presente o un pasado; es más, según aclara Kyle Reese ya en la primera entrega, él no llega desde el futuro, lo hace desde un posible futuro.

Es cierto que *Terminator* y *Terminator 2: El juicio final* están conectadas de forma directa y entendible, pero a partir de ahí puede verse cada entrega de una forma o de otra: como secuela de las dos anteriores, que lo son todas, pero que no necesariamente suceden en la misma realidad o en la línea temporal de la que parten, pudiendo ser una desviación de esta e incluso precuelas de lo visto. Es decir, es tan canónica la historia narrada en *Terminator: Destino oscuro* como la de *Terminator 3: La rebelión de las máquinas*, solo que transcurren en tiempos alternativos, en realidades paralelas.

Esto es algo que al público generalista quizá le resulte extraño, no así al habitual de la ciencia ficción y los viajes cronales. También es una idea que si bien puede entenderse que está de fondo en las películas, ha sido más explorada en el universo expandido que se ha creado en el mundo del cómic, como, por ejemplo, en el recomendable *RoboCop versus Terminator* de Frank Miller y Walter Simonson.

La demanda de Harlan Ellison

Harlan Ellison es uno de esos nombres que todo amante de la ciencia ficción conoce y sus obras y creaciones han sido aplaudidas y reconocidas. Es autor del que seguramente sea el mejor episodio de la serie clásica de *Star Trek* y también de las bases de la mitología de Terminator, aunque no fue algo realizado de forma intencionada, o con su conocimiento.

Todo empieza con el inquietante relato *I Have No Mouth and I Must Scream* (o *No tengo boca. Y debo gritar*), una historia en la que un ordenador militar llamado AM tomó consciencia de su propia existencia y decide terminar con la vida humana, una idea que hace pensar rápidamente en Skynet y el futuro que James Cameron presenta en *Terminator*.

Pero en la saga del cíborg asesino también se encuentran visos de dos guiones que este hombre realizó para la serie *Rumbo a lo desconocido* (*The Outer Limits*, también traducida por *Más allá del límite*), que fueron «The Demon with a Glass Hand» y «Soldier», este último, además, basado libremente en su propio relato corto *Soldier from Tomorrow*. Publicado en 1957.

La queja en concreto proveniente de Harlan Ellison fue por este último, por «Soldier». Lejos de ser una coincidencia de situaciones, los parecidos son más que razonables y están ahí para cualquiera que vea ese episodio emitido en 1964. Esto provocó una acusación, muy lógica, que se saldó extrajudicialmente (nunca se llegó a los tribunales) a cambio de un importe económico y el reconocimiento del trabajo del escritor, aunque no fue algo del gusto de James Cameron, al punto de decir que Ellison era «un parásito que puede besarme el culo».

> «Solo que si coges los tres primeros minutos de mi capítulo "Soldier" y los tres primeros minutos de *Terminator*, no es que sean parecidos, es que son iguales.»
>
> *Harlan Ellison*

Arnold, James y la ciencia ficción

James Cameron y Arnold Schwarzenegger han disfrutado de una carrera larga, ecléctica, aplaudida y muy exitosa. Sin duda el haber trabajado juntos en *Terminator* y la amistad que surgió de ahí, hizo que durante años charlaran sobre una segunda parte (más por el actor que por el director, todo sea dicho), que fue capital para su gran salto a la fama.

Una parte importante en la trayectoria de ambos ha sido el género de la ciencia ficción, si bien la saga que nos ocupa es su título más recordado y aplaudido, ambos tienen en este campo producciones que son dignas de recordar.

En el caso de James Cameron pueden citarse *Aliens: el regreso*, *Abyss* (en ambas trabajó Michael Biehn, es decir, Kyle Reese), *Avatar* y *Ready Player One* o *Alita: Ángel de combate*; si nos centramos en Arnold Schwarzenegger, algunos de sus trabajos serían *Depredador*, *Desafío total*, *Junior* (sí, es ciencia ficción, aunque sea en tono de comedia total) o *El sexto día*, que estarían entre sus más conocidas.

Los dos artistas han sido un pilar realmente importante para la ciencia ficción, pero también para el cine en general, o al menos para la taquilla, ya sea colaborando juntos como en *Mentiras arriesgadas* o por separado, como en *Titanic* o *Poli de guardería* (un consejo: no veáis *Poli de guardería 2* protagonizada por Dolph Lundgren).

«Volveré», su frase más conocida

Siempre que pensamos en la frase «I´ll be back», o «Volveré» en España, nos viene a la mente la figura del T-800 entrando en la comisaría de policía en *Terminator*, una sentencia que se convirtió en la mejor que Arnold Schwarzenegger pronuncia en todo el filme (y tampoco tiene muchas, todo sea dicho). Ha sido usada por el actor en las diferentes entregas de *Terminator* además de en *Commando*, *Perseguido*, *Los gemelos golpean dos veces, El último gran héroe* y en *Los mercenarios 2* entre otras, a las que se podría añadir las veces que la usan otros personajes cuando conversan con él.

Es considerada una de las mejores 100 de toda la historia del cine. Como curiosidad se puede decir que hay otro viajero del tiempo el que la dijo, y mucho antes; en concreto, fue George Wells en *El tiempo en sus manos*. El científico está ante una de las chimeneas de los morlocks junto a Weena, se quita la chaqueta para meterse dentro rumbo a lo desconocido y en respuesta a una pregunta de ella le dice «I´ll be back»; entonces, la joven extiende su brazo izquierdo y le entrega una flor.

Es cierto que la popularidad de la misma viene gracias a la película de James Cameron, pero quién sabe si la idea de usarla le podría haber venido por el filme de George Pal.

Las mujeres de James Cameron

El cine de James Cameron es fácilmente reconocible, bien sea por su habitual uso de efectos especiales o por su narrativa, pero uno de los puntos más importantes en su filmografía es la importancia y protagonismo de mujeres fuertes, dando igual si son personajes propios o de otros. Veamos algunos ejemplos.

Lógicamente hay que mentar en primer lugar a Sarah Connor, magistralmente interpretada por Linda Hamilton en cuatro ocasiones: *Terminator*, *Terminator 2: El juicio final*, *Terminator Salvation* (solo la voz, no aparece físicamente) y *Terminator: Destino oscuro* (y el corto *T2 3-D: Battle Across Time*). Su camino es realmente extraordinario, pasa de ser una joven camarera superada por las circunstancias, lo que nos pasaría a todos de ser perseguidos por un Terminator, a una soldado entrenada capaz de enfrentarse a todo lo que sea necesario para finalmente caer en la amargura de haber perdido a su hijo y tener como única meta evitar un futuro que sabe horrible.

«Sarah Connor no era un icono de belleza. Era fuerte y estaba en problemas, era una madre terrible y se ganó el respeto de la audiencia gracias a su gran determinación.»
James Cameron

Un dato curioso:

James Cameron y Linda Hamilton estuvieron casados, dos años. Entre 1997 y 1999.

Igual de fuerte y temible es la teniente Helen Ripley de *Alien*, a la que James Cameron tomó en sus manos en *Aliens 2: El regreso*. Segunda entrega de una saga que se extendió por años, incluyendo en su universo a la franquicia *Depredador* (un guiño que pasó a más), y que encontró en Sigourney Weaver a su protagonista perfecta. Claro está que hablamos de una actriz reconocida, y muy querida, en cuya carrera hay grandes éxitos como *Los cazafantasmas*, *Gorilas en la niebla* o *Avatar*.

Bien distinta es Helen Tasker, a la que dio vida la talentosa Jamie Lee Curtis en *Mentiras arriesgadas*, compartiendo cartel con Arnold Schwarzenegger. Aquí la estrella de *La noche de Halloween* (y varias de sus secuelas) interpreta a una dulce, y algo ñoña, ama de casa que sin saberlo está casada con un agente secreto y de pronto se ve en medio de una trama en la que descubre un lado de sí misma que jamás pensó tener. La película es una comedia estupenda, con grandes momentos que dejan con ganas de más y que, por suerte, no tuvo una secuela a manos de otro director.

Termino este listado con Kate Winslet o Rose Dewitt Bukater en *Titanic*, que se basó parcialmente en la vida real de la artista Beatrice Wood. La actriz británica interpreta a una mujer de alta cuna que sirve a los deseos de su madre, hasta que conoce a un joven llamado Jack Dawson (un encantador Leonardo DiCaprio) que rompe su mundo y su forma de ver la vida. También logra darle la fuerza para ser la persona que desea ser, para dejar atrás lo que otros pensaban que era mejor y luchar por aquello que es realmente importante para ella.

Lo que hay al otro lado del espejo: las realidades paralelas

Desde que en 1961 apareció el cómic *El Flash de dos mundos*, una joya ideada por Gardner Fox, el concepto de las dimensiones múltiples entró de lleno en el mundo de la cultura pop. Aquí se descubrió que el primer Flash, Jay Garrick, y el segundo, Barry Allen, coexistían en el tiempo pero no en el espacio, ya que uno estaba en Tierra-1 y el otro en Tierra-2.

Es más, de hecho, se da una curiosa explicación y es que el propio Gardner Fox era real en esas historias. Un escritor que vivía en Tierra-1, donde habita el Flash de Barry Allen, que creaba sus guiones con ideas e historias que le llegaban en sueños, como si las partículas de Tierra-2 rompieran la brecha entre realidades para cruzar hasta su mente. Una explicación igual de válida que otras tantas.

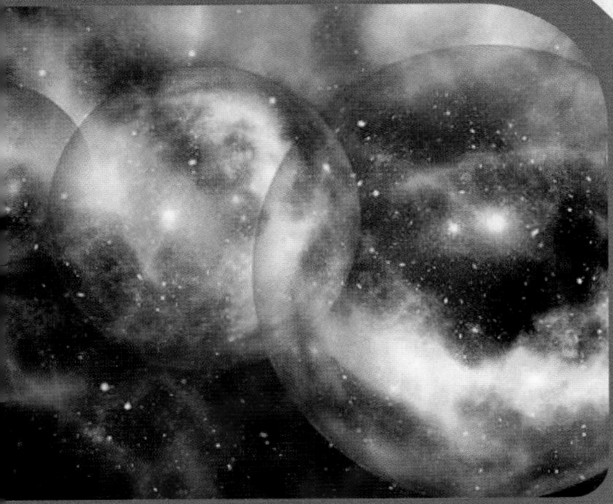

Esta no es, ni de lejos, la primera vez que este concepto aparece en la ficción y en los relatos. Muy posiblemente una de las obras más conocidas en que se narra el viaje a una realidad alterna apareció el siglo anterior, en 1871, *A través del espejo y lo que Alicia encontró allí*, segunda parte de *Las aventuras de Alicia en el país de las maravillas* de Lewis Carroll. En este caso, no hay una explicación más allá de, literalmente, el paso de la joven por un cristal reflectante, claro está que tampoco hace falta más.

Este es un pensamiento que ha estado muy unido a los viajes en el tiempo en el cine y a las posibles consecuencias de los mismos, las sagas *Regreso al futuro* o *Terminator* ahondan en ello, otro tanto en la literatura, los videojuegos e incluso en las figuras de acción. Sencillamente, es que esta idea, la existencia de universos similares al nuestro pero algo distintos, nos encanta y como muestra tenemos el relato *El ruido del trueno* de Ray Bradbury o La divertida *Planilandia, una novela de muchas dimensiones* de Edwin A. Abbott, que la publicó con el muy acertado pseudónimo de A. Square.

Ahora hay que viajar en el tiempo, lo que es ideal para este *Viajes en el tiempo: películas del pasado, presente y futuro*, hasta la mitad del siglo XX, cuando el joven físico

Hugh Everett plantea algo revolucionario: que cuando uno se adentra en la exploración de la mecánica cuántica, cada vez que tiene lugar un evento cuántico, el universo se parte o se divide. Sí, aparece todo un nuevo universo como consecuencia de las acciones pretéritas. Ha nacido la teoría conocida como interpretación de los universos múltiples o interpretación de los mundos múltiples (o hipótesis de los muchos mundos).

Algo que en el caso de DC Comics fue, es y será, muy aprovechado. No en vano algunos de sus mejores cruces sucedieron entre los héroes de diferentes realidades y su evento más conocido es *Crisis en Tierras Infinitas*. Una serie limitada de doce números que supuso, literalmente, un antes y un después en la vida de la editorial, y que fue adaptado (con muchas licencias) en televisión a través de The CW y sus diferentes series de héroes.

Por supuesto, uno de los teóricos más famosos fue el físico y filósofo Erwin Schrödinger y su conocido gato, que en realidad es más complejo de lo que suele indicarse. El experimento del gato de Schrödinger o paradoja de Schrödinger fue pensado en 1935 y su idea exacta era que en el interior de una caja sellada y opaca se encuentra un felino, junto a este una botellita con un gas venenoso y un dispositivo con una partícula radiactiva que tiene una probabilidad del 50% de consumirse en un tiempo dado; de suceder lo peor, el gato fallecerá pero en todo caso tiene la mitad de posibilidades a su favor y la mitad en contra.

Puede morir o no, quizá esté vivo, pero todo es producto de discusión hasta el momento en que lo comprobemos. Hasta ese instante todo es una incertidumbre, estando el pequeño en ambos estados a la vez, lo que se vuelve más complejo cuando pensamos que en realidad ambas cosas son igual de ciertas como falsas. Es decir, que en nuestro *continuum* el animal haya muerto, no significa que en otro no siga vivo, es más, quizá hasta haya obtenido poderes y se convierta en un súpergato. Todo es posible, como dejó muy claro *Fringe*.

Hay muchas y variadas teorías sobre la existencia de realidades paralelas, y el cómo estas influyen e interactúan entre ellas. Lo que sucede en una puede tener repercusiones en otra, e incluso ser la responsable de su creación. Pero, al menos por el momento, solo podemos viajar hasta ellas a través de la fantasía, de la magia del cine o en los sueños, que no necesitan ser ciertos para ser reales.

«Podría ser que la idea entera de múltiples universos sea engañosa. También que el descubrimiento de las leyes más fundamentales de la física vuelvan obsoletos los mundos paralelos en unos cuantos años o que con el multiverso la ciencia esté entrando en un camino sin retorno.»

Aurélien Barrau, Laboratorio de Física Subatómica y de Cosmología de Grenoble

1952 1979 1993 1998 1945 1972 1976 1995 1999 1965
1954 1978 1965 1980 1983 1977 1967 1952 1979

UN VIAJE AL FUTURO

«El futuro pertenece a quienes
creen en la belleza de sus sueños.»
Eleanor Roosevelt

Dr. Who y los Daleks

Recreando al Timelord

—¡Es más grande por dentro que por fuera! —exclamó Ian al atravesar sus puertas azules. Era tan solo la primera de las sorpresas que estaban por venir.

El viaje había sido rápido y, ansiosos de conocimiento, habían empezado a explorar. Caminaron por entre árboles secos, animales que habían perdido la vida hacía mucho y arena, arena que cubría todo por doquier.

El Dr. Who encabezaba la expedición por el extraño planeta, seguido de sus dos nietas, Susie y Bárbara, además del novio de esta, un joven apuesto llamado Ian. No hacía tanto que los cuatro habían entrado dentro de la sorprendente TARDIS, un ingenio inventado por el científico que permitía viajar por el tiempo y el espacio.

—Mira, abuelo, allí hay una ciudad —dijo la pequeña, mientras señalaba con el dedo al horizonte.

—¡Caramba! Entonces tendremos que ir hasta allí, quizá puedan ayudarnos —guiñó un ojo a la niña y empezó a caminar. Susan hizo lo mismo, arrastraba a Ian, que no estaba tan seguro de que fuera una buena idea.

Tras unos minutos, lograron alcanzar las grandes puertas metálicas que daban acceso a los edificios también metálicos. Si esto les resultó llamativo, no lo fue lo suficiente para impedir que quisieran seguir, pero no estaban preparados para lo que iban a descubrir dentro.

Los portones se abrieron y entraron. Llegaron hasta una sala con pantallas, planchas de hierro en el suelo y… y unas pequeñas formas también metálicas que se movían, hablaban, podían pensar, ¡estaban vivos!

Sin saberlo, el Dr. Who y sus acompañantes se habían encontrado por primera vez con los Daleks. Nada volvería a ser lo mismo.

Peter Cushing, ¿dónde te he visto?

Quizá lo primero que haya que mencionar sobre esta *Dr. Who y los Daleks*, y en Inglaterra como *Dr. Who and the Daleks,* de 1965 sea a su protagonista, el gran e

inmortal Peter Cushing. Uno de esos actores que los cinéfilos adoramos, que los amantes del cine de terror idolatramos y que los seguidores de la saga *Star Wars* aplaudimos.

Pero quizá, para el resto, sea tan solo uno más de esos habituales rostros de las pantallas que resulta familiar sin que se llegue realmente a situarlo. Esto es algo entendible, ya que estuvo en activo casi medio siglo (desde 1939 hasta 1986), con más de un centenar de películas, habiendo estado a las órdenes de directores tan conocidos como George Lucas, Terence Fisher o ese genio en muchos sentidos que era Roger Corman.

De entre los personajes más conocidos, ya sea en cine o televisión, a los que dio vida el intérprete se deben citar casi por obligación al doctor Van Helsing, y otros sabios similares, en el regreso del cine de terror clásico que supuso la recogida del testigo de Universal por parte de la Hammer; al gran detective por excelencia que es Sherlock Holmes, con el que se encontró por primera vez en 1959 y por última en 1984; por supuesto está también Grand Moff Tarkin en *La guerra de las galaxias*; y, finalmente, mi predilecto, que no es otro que el Dr. Anton Phibes.

La lista seguiría y daría para todo un libro, de hecho, así ha sido y podéis saber más sobre él leyendo *Peter Cushing: A Life in Film* de David Miller o *Peter Cushing: The Complete Memoirs*, entre otros tantos títulos.

«Creo que, desde que tengo memoria, siempre quise ser actor. (…) y me ponía el sombrero de mi madre y demás. Estoy seguro de que Freud tendría algo que decir al respecto.»
Peter Cushing

Al encuentro de Mister Dalek

El filme *Dr. Who y los Daleks* estrenado en 1965, se basa de forma directa en los episodios televisivos en los que se presentaron a los Daleks, los enemigos más temibles de todos los que uno pueda imaginar, pero todo ello adecuado a un formato fílmico accesible para los que no eran conocedores del personaje y que, así, pudiera captar a un público mucho mayor y claramente familiar.

La intención, muy evidente, era lograr que el producto pudiera ser llamativo fuera del Reino Unido donde ya triunfaba para, así, posteriormente explotar la serie original. Por este motivo se contó con Peter Cushing, quien ya gozaba de fama en ese momento, y se rodó totalmente a color, que era algo que en televisión todavía no era del todo corriente, ya que incluso los programas que sí lo eran dependían de televisores que en gran medida seguían siendo en blanco y negro, como sucedió con *Batman* protagonizada por Adam West y Burt Ward, genial producción de la que os hablo más en el libro *¡¡¡BATMAN!!! La inolvidable serie de los sesenta*.

Al igual que en la serie se dotó al protagonista de compañeros, en este caso dos nietas (en vez de una y su maestra), que parecen ser igual de mentalmente hábiles que él. De hecho, la primera vez que aparece en pantalla esta extraña familia los tres están leyendo, ellas dos libros sobre ciencia y él un cómic de Dan Dare, lo que no deja de ser algo irónico.

Un dato curioso:

La TARDIS mantiene en la película su habitual exterior de cabina de policía de color azul, pero en la adaptación a cómic cambia a verde.

El director Gordon Flemyng, habitual de la pequeña pantalla, y el guionista Milton Subotsky, más prolífico en su vertiente de productor, se basaron totalmente en el trabajo de Terry Nation, creador directo de los Daleks. Hicieron varios cambios de importancia, el más relevante fue que el protagonista dejó de ser un Timelord para pasar a ser humano y su TARDIS pasó a ser una máquina de su propia invención cuyo exterior coincidía totalmente con el visto en la serie. Pero más allá de esto, el resto no dejan de ser tan solo detalles, y el que conozca el producto original se encontrará con una traslación bastante fiel del mismo.

Así, el protagonista viajará por el tiempo y espacio hasta llegar a un planeta extraño en que se toparán con dos razas, los Daleks y los Thals, que en un origen eran la misma, habiendo un claro paralelismo con los Morlocks y los Eloi de *La máquina del tiempo*; unos son guerreros y otros pacifistas, quienes motivados por el Dr. Who terminarán lanzándose a la batalla para conservar su vida y su mundo. El mensaje es peliagudo, de eso no cabe duda.

Visto hoy hay que decir que sigue siendo un filme disfrutable y entretenido, aunque algo lento según los cánones actuales y en ocasiones la trama no termina de funcionar igual de bien que en la pequeña pantalla. No en vano hablamos de una historia que se pensó originalmente para ser emitida en siete capítulos y que se pasó a una película del metraje habitual de la época.

Los marcianos invaden la Tierra

Mi padre tenía una extensa videoteca y entre muchos títulos estaba *Los marcianos invaden la Tierra*, que vi en varias ocasiones y se quedó en mi subconsciente. Muchos años más tarde, cuando él ya había fallecido, empecé a interesarme por *Doctor Who* y fue en ese momento cuando el recuerdo subió hasta estar en primer plano, haciendo que mi mente viera imágenes de Daleks en una película que estaba muy borrosa.

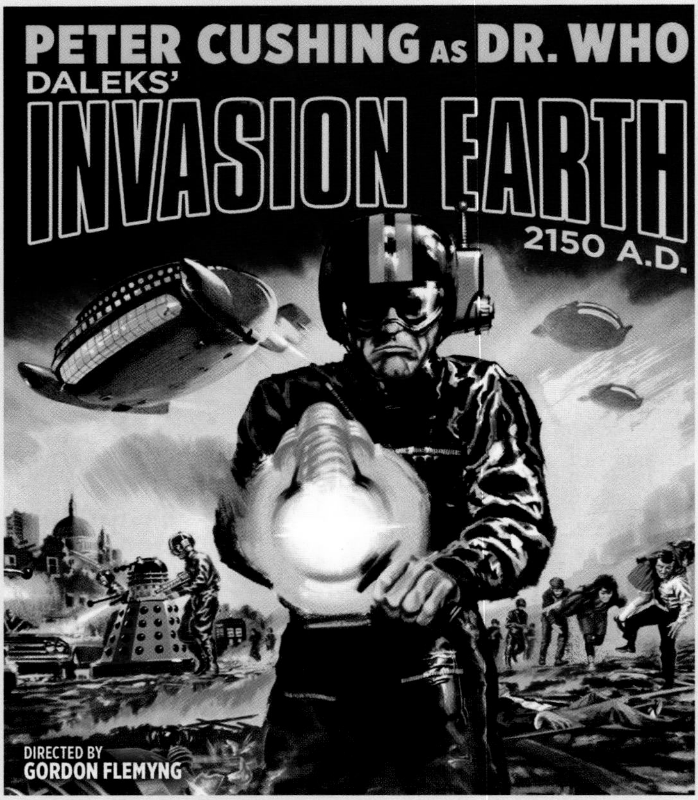

El motivo es que en España en un primer momento se conoció a *Daleks' Invasion Earth 2150 A.D.*, secuela directa de *Dr. Who y los Daleks*, con ese título que hoy parece extraño, pero que sin duda en su día fue una solución bastante funcional para traer un producto que era totalmente desconocido. Un apunte: no hay que confundir este filme con *Los monstruos invaden la tierra* de 1965, ya que en este caso, a pesar de la similitud de títulos, nos encontramos ante una película de Godzilla (*Kaijû daisensô*, en su título original).

Esta segunda parte de las aventuras del Dr. Who se estrenó en cines tan solo un año más tarde que la anterior, en 1966, y en la misma se mantuvieron el director y guionista de la precedente, con el añadido de la ayuda del escritor David Whitaker, habitual de *Doctor Who* en sus comienzos, además de Peter Cushing y la niña Roberta Tovey en sus papeles del Dr. Who y su nieta Susie; su hermana Bárbara es sustituida por una sobrina del científico, y la TARDIS que luce por dentro es bien diferente de como lo era antes.

En esta aventura les acompañará un cómico agente de policía que en ocasiones resulta más cansino que gracioso. Este representante de la ley está interpretado por Bernard Cribbins, actor que muchos años después será parte del canon de la serie televisiva como Wilfred Mott. Uno de los personajes más entrañables y queridos de toda la producción, con lo que de cierta forma el círculo se cerraba, uniendo a la gran y pequeña pantalla.

De nuevo, el argumento se basa en un serial de la época estrenado un par de años antes, *The Dalek Invasion of Earth*. Y, de nuevo, al igual que en la anterior, se mantiene un paralelismo muy cercano tanto en su trama como en su realización, con unos pocos cambios y ajustes pero en esencia siendo exactamente lo mismo. Además se da por hecho, por los diálogos entre la familia Who, que no han dejado de viajar por el espacio y el tiempo en ningún momento, siendo esta solo otra más de sus aventuras, sin que se llegue a saber nada más sobre el tema.

Si en el anterior filme la acción ocurría en un lejano planeta, que aquí se nombra como Skaro, en el que habitaban los Daleks, ahora la trama sucede en el nuestro pero en un lejano futuro, un porvenir apocalíptico y terrible, como no podía ser de otra forma. Claro está que, igual que en la anterior, al final todo terminará bien y el espectador podrá irse a su casa con una sonrisa en el rostro, sabiendo que el Dr. Who y su familia están ahí fuera.

Un dato curioso:

Se puede ver publicidad de los cereales Sugar Puffs en varios momentos del filme y los consumidores de los mismos podían participar en un sorteo para ganar... ¡un Dalek de verdad!

«Estas películas están entre mis favoritas porque me dieron popularidad entre los más pequeños. Decían que sus padres no querían encontrarse conmigo en un callejón oscuro, pero Doctor Who cambió eso. Después de todo, es uno de los papeles más heroicos y exitosos que puede interpretar un actor. Esa es una de las principales razones por las que la serie ha tenido una vida tan larga en televisión. Estoy muy agradecido por haber sido parte de una historia con tanto éxito.»

Peter Cushing

Doctor Who más allá del cine

Lo cierto es que aunque las dos películas no tuvieron un mal funcionamiento en cine, no fue el suficiente para realizar la que iba a ser la tercera y última entrega de estos filmes. Una postrera aventura que de nuevo enfrentaría al protagonista con los Daleks y que se basaría en el serial «The Chase», pero fue cancelado, al igual que un planeado programa de radio, que tampoco llegó a buen puerto.

Sí que tuvo otra oportunidad, en formato viñeta, en el cómic de 1996 titulado *Daleks Versus the Martians*, escrito por Alan Barnes y que ejerce como precuela a *Los marcianos invaden la Tierra*. También se ha podido ver, en cierta forma y muy breve-

mente, en el cómic *Doctor Who: Cuatro doctores*, que supone el encuentro entre las encarnaciones de Peter Capaldi, Matt Smith, David Tennant y John Hurt (12º, 11º, 10º y War Doctor, respectivamente).

En el universo de *Doctor Who* los filmes protagonizados por Peter Cushing existen como producciones que se hicieron basadas en la vida real del Doctor, llegando este y el actor a convertirse en buenos amigos en el proceso. De este modo, las historias apócrifas pasaron a ser parte de la mitología de la serie y una buena forma de reconocer y homenajear el trabajo de este gran actor británico.

Este apartado se va a cerrar yendo hasta el principio, hasta los orígenes mismos. Y es que, aunque no es un dato muy conocido de forma popular, Peter Cushing fue uno de los nombres que dentro de la BBC se plantearon para dar vida al personaje en sus comienzos. Esto es algo que se homenajea en la película *An Adventure in Space and Time*, cuando puede verse brevemente su foto en la mesa junto a la de otros candidatos que se ponderaban.

Doctor Who, la serie

Dado que he escrito en otros libros sobre esta franquicia y más extensamente en *Doctor Who, el loco de la cabina* y *Doctor Who, el loco de la cabina: The golden years,* lo mejor es que os remita directamente allí, pero igualmente os dejo con unas pocas líneas sobre esta producción, ya que este capítulo estaría incompleto sin hacerlo.

Doctor Who es una producción realmente longeva de televisión, aunque ha ido a trompicones, que comenzó su andadura en 1963 narrando las aventuras de un extraño hombre solo conocido por el título de Doctor, su nieta Susan y los dos profesores de esta, Ian y Barbara que, al contrario que los otros dos, eran humanos y fue concebida por Sydney Newman (también creador de *Los vengadores*).

Juntos viajarán por el tiempo y el espacio a bordo de la TARDIS, un prodigioso buque más grande por dentro que por fuera, se enfrentarán a peligros, conocerán personajes históricos y cada cierto tiempo el protagonista se regenerará cambiando por completo su cuerpo, sus acompañantes e incluso su personalidad, así que podría decirse que en realidad con cada Doctor todo empieza de nuevo.

> «A los cuarenta (años), creo que no había un solo libro de ciencia ficción que no me hubiera leído. Me encantan porque son una forma maravillosa, y segura, de decir cosas desagradables sobre nuestra propia sociedad. Había leído a H.G. Wells, por supuesto, y recordé su libro *La máquina del tiempo.* Eso me inspiró para fabular la máquina espacio-temporal de *Doctor Who.*»
>
> *Sydney Newman*

Hoy en día esta cabecera sigue en activo, tras un regreso en 2005 después de años en suspensión (aunque no en cancelación, según ha defendido siempre la BBC), actualizando el mito clásico y adecuándolo para las nuevas generaciones. Lo que ha sido todo un acierto, puesto que ha logrado cosechar una legión de seguidores que pocos productos pueden presumir de tener.

Hay que decir que el producto es muy británico, igual que *Los vengadores* o *El prisionero* (de las que ya hablé en mi primer libro *Los sesenta no pasan de moda*), y esto conlleva que no siempre sea del gusto del público mayoritario. Sucede exactamente lo mismo que con los Monty Python: o los adoras o los aborreces, no parece que haya un punto medio.

Un dato curioso:

En ocasiones se dice que Doctor Who es la serie más longeva de la televisión, aunque debido a su suspensión y a lo irregular de sus fechas de estreno, no es un dato cierto. Si nos atenemos a su continuidad en el tiempo, entonces sería *Days of Our Lives* que empezó a andar en 1965 y no ha parado desde entonces.

Y otras dos películas

Doctor Who no ha sido un producto que se prodigue mucho en el formato largometraje, aunque sí que pueden considerarse que algunos episodios especiales sean entendidos de esta forma, como el de celebración del quincuagésimo aniversario, «The Day of the Doctor», que llegó incluso a estrenarse en cine para disfrute de todos los que pudimos verlo.

Pero si nos atenemos a lo más técnico y específico, además de *Dr. Who y los Daleks* y *Los marcianos invaden la Tierra*, tan solo podríamos hablar de dos películas que entroncan directamente con esta longeva serie y su mitología.

Doctor Who

Doctor Who es un telefilme de 1996 que por un lado pretendía ser una actualización de la cabecera que llevaba parada desde 1989, y, por el otro, ser el pistoletazo de salida para una nueva época que contaría con Paul McGann como el Doctor, tras una breve aparición de su antecesor Sylvester McCoy como el personaje para servir de nexo de unión entre ambos productos.

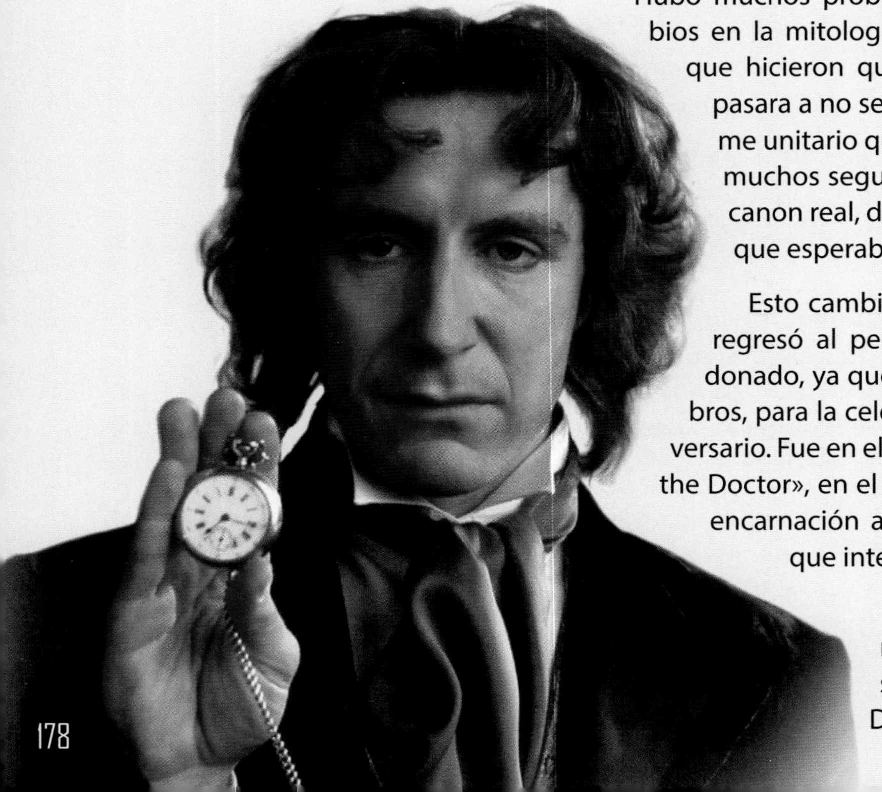

Hubo muchos problemas, intereses opuestos, cambios en la mitología tradicional y varios conflictos que hicieron que este posible primer episodio pasara a no serlo, quedándose como un telefilme unitario que no llegaría a más. Incluso para muchos seguidores de la serie ni estaba en el canon real, debido a lo diferente que era de lo que esperaban.

Esto cambió cuando en 2013 Paul McGann regresó al personaje que nunca había abandonado, ya que siguió dándole vida en audiolibros, para la celebración del quincuagésimo aniversario. Fue en el minisodio llamado «The Night of the Doctor», en el que se mostraba el paso de esta encarnación a la hasta entonces desconocida que interpretó John Hurt.

El producto de 1996 sirvió, al menos, para que entre finales del siglo XX y comienzos del XXI el Doctor no desapareciera y se viera que seguía habiendo un interés en sus aventuras. Aunque también fue un ejemplo de muchos de los males de aquella década y el mayor problema que tiene es, sencillamente, que era muy noventera.

An Adventure in Space and Time

De nuevo, viajamos hasta la celebración de los cincuenta años de vida de *Doctor Who*, en esta caso con una película televisiva de la mano de la BBC centrada en la primera etapa de la serie, la que protagonizó William Hartnell.

Un docudrama que bebe de la realidad, con algunas licencias, y que va firmado por Mark Gatiss, uno de los nombres más conocidos y asociados a la franquicia en su etapa actual, la que viene desde 2005, que rindió un precioso homenaje al primer Doctor y a su época, con un final precioso con el que es imposible no derramar lágrimas cada vez que se ve.

Para dar vida a William Hartnell se contó con David Bradley, quien posteriormente se meterá en el traje del primer Doctor dentro de la serie (tercer actor en hacerlo, el segundo fue Richard Hurndall); como Sydney Newman estuvo el magnífico Brian Cox; y entre varias sorpresas diseminadas por todo el metraje están el regreso de varios rostros y nombres fuertemente asociados con la serie.

Los más destacados serían William Russell, quien fue Ian Chesterton, que aquí interpreta al guardia que se ve en la BBC, y Carole Ann Ford, que daba vida a Susan, la joven nieta del Doctor. ¡E incluso se muestra el futuro! De verdad, ya que Sacha Dhawan será Waris Hussein en esta película, el primer director de la producción, y en el 2020 pasará a ser parte de la mitología de *Doctor Who* como una nueva versión del Master (o el Amo).

El planeta de los simios

La gran epopeya temporal

Taylor avanzó en su caballo, sentada tras él iba Nova, sin haber comprendido del todo lo que acababa de vivir pero sintiendo en el corazón, quizá en el alma, si es que la tenía, que este era el sitio en el que debía estar.

El sol se ponía, el mar llegaba lentamente hasta la playa, el soldado comprendía que ante él se abría una nueva vida. Podía ver en sus ojos la chispa de la humanidad que conoció. Solo esperaba que ardiera, él haría todo lo posible por ser la llama que empezara el fuego.

Atrás quedaba una pesadilla que era real, aunque prefería olvidarla. Simios que hablaban, persecuciones, la muerte de sus compañeros…

—Ahora, es el momento de seguir adelante —Giró lentamente su cabeza hacia atrás para lanzar una sonrisa a Nova, aunque sabía que ella no entendía sus palabras.

El caballo siguió trotando lentamente, no tenían prisa alguna y tampoco un destino fijo. Solo ir más allá, para encontrarse con… ¿qué? Quizá con su destino. No podía saberlo, igual que no lograba descrifrar la mirada del avieso Zaius.

Sumido en sus pensamientos pasó el tiempo, hasta que una gran sombra llegó a sus pies. Debía provocarla una gran construcción y guiado por la curiosidad levantó la mirada. Sus ojos se empañaron, su corazón se rompió, su alma gritó de terror.

Era la Estatua de la Libertad.

Rota y varada en la playa, igual que un leviatán perdido en la arena.

El símbolo de su país, de su tiempo, de su vida.

No era posible, no tenía sentido. ¿Acaso los simios la habían esculpido? No, eso sería una locura, sus rasgos eran humanos. Igual que los de la muñeca de la excavación arqueológica.

Entonces lo entendió. Bajó del caballo, dio unos pasos, cayó de rodillas en la arena de la playa.

—Estoy en casa, nunca me fui —dijo con voz queda mientras las lágrimas surcaban su rostro.

Un hito de la ciencia ficción

Pocas películas de viajes en el tiempo han significado tanto como la primera entrega de la larga saga que es *El planeta de los simios,* epopeya conocida en su país como *Planet of the Apes*. Todo comenzó en 1968 de la mano de Franklin J. Schaffner como una adaptación de una divertida novela satírica francesa de mismo nombre, *La planète des singes*, a partir de la que llegó una exitosa franquicia que se extendió por otros tantos filmes, diferentes continuidades, nuevas aventuras en formato viñetas, figuras de acción...

Sin atisbo alguno de duda, hablamos de un filme que marcó para siempre el género de la ciencia ficción y que, además, le dio un nuevo rumbo. Dejó claro que sí había un público mayoritario que deseaba poder acceder a historias de viajes en el tiempo, siempre que estas estuvieran cuidadas y contuvieran un mensaje. Exacto, salvando distancias y ciertas diferencias, esta producción logró lo mismo que *Terminator 2: El juicio final* más de dos décadas después.

Fue en la década de los sesenta del pasado siglo XX cuando llegó a la gran pantalla de una forma sencilla, directa y muy honrada, aunque no fue la primera obra de ciencia ficción en el panorama cinéfilo, ya que, como hemos visto, podemos encontrar otros productos previos como *El tiempo en sus manos*, que llevó la primigenia novela *La máquina del tiempo* al cine en 1960; el fotorrelato *El muelle* de Chris Marker de 1962; o *Dr. Who y los Daleks* de 1965.

Tomó la historia original y la adaptó en otro marco, algo motivado por el país de origen de la misma (Francia) y el lugar principal de destino de la película (Estados Unidos), se impregnó todo del clima político de la época y se jugó con elegancia en un terreno que todavía no era tan habitual para el espectador.

Un dato curioso:

En la serie Los Simpson se hace una parodia musical del filme, con Troy McClure como actor principal. Fue en el episodio «Un pez llamado Selma», de la séptima temporada.

Los nombres detrás de los simios

Lógicamente, en toda producción cinematográfica hay un gran número de nombres implicados, profesionales de todo tipo que hacen posible convertir lo que es un sueño en la mente de alguien en algo real y palpable que resulta accesible para un gran público: desde el contable que ajusta las cuentas al extra que pasa por la calle, aunque quizá por culpa del destino cruel (o de nosotros mismos), los que pasan a la inmortalidad son solo unos pocos.

Arthur P. Jacobs, el productor

Así que, sin más rodeos, pasemos a mentar a Arthur P. Jacobs. Este productor logró hacerse con los derechos desde un comienzo, dado que supo ver las amplias posibilidades que esta podía tener de ser adaptada. ¿Un relato político con una gran dosis de sátira y aventura de principio a fin? No podía fallar: era algo que, sin duda, sería un éxito.

Y lo fue, claro está. Aunque no todo resultó sencillo, sí logró convencer a la 20th Century Fox para que se arriesgara con su propuesta tras haberlo intentado en vano con su rival, la Warner Brothers. El triunfo de su primera producción, *Ella y sus maridos*, con la maravillosa Shirley MacLaine, jugó a su favor; tanto que, de hecho, la productora le encargó ponerse a trabajar en *Doctor Dolittle,* que dirigiría Richard Fleischer con Rex Harrison en base a las novelas de Hugh Lofting. Esta última fue la gran apuesta de la temporada de la empresa, una apuesta que no ganó, pero sí les tocó el premio gordo con *El planeta de los simios*.

El productor de títulos como *La sombra del zar amarillo* protagonizada por Gregory Peck y Anne Heywood, o *Las aventuras de Tom Sawyer*, de Don Taylor, quien también dirigiría *Huida del planeta de los simios*, había acertado de lleno siguiendo su instinto. Fue su afán y su buen ojo lo que hizo todo posible, y si bien tuvo que luchar para conseguirlo, pasó a la eternidad del cine gracias a ello y quedó por siempre ligado a esta franquicia, siendo también el productor de cada una de las películas de la saga que se realizaron hasta 1973, cuando con tan solo 51 años falleció, dejando tras de sí un legado que todavía hoy es reverenciado.

«Jamás en la vida haré una película que no pueda ver toda la familia.»
Arthur P. Jacobs

Franklin J. Schaffner y Michael Wilson, director y guionista

Pero si nada de esto fue posible sin Arthur P. Jacobs, tampoco lo habría sido sin el talento de Franklin J. Schaffner. Un director que contaba ya con una larga trayectoria profesional a sus espaldas, con una gran cantidad de títulos en televisión, como los conocidos programas *Playhouse 90* o *Los defensores*, y también en la gran pantalla, como *Mi doble en los alpes* y *El señor de la guerra*, tras las que llegarían otros títulos aplaudidos por el público y la crítica, como *Patton*, *Los niños del Brasil* y *Papillon*.

No obstante, no sería cierto decir que él fue la primera elección para el proyecto, nada más lejos, ya que cuando estuvo en manos de la Warner Brothers el nombre que se barajó fue el de Blake Edwards, que si bien hay que decir que era un realizador talentoso, con grandes películas como *El guateque*, *¿Victor o Victoria?* y, por supuesto, *La pantera rosa*, cuesta imaginar que fuera la persona idónea para sacarlo adelante.

Franklin J. Schaffner supo entender perfectamente el producto que tenía entre manos y las posibilidades del mismo, refiriéndose a este como «un filme político con cierta cantidad de sátira amarga y quizá algo de ciencia ficción». Debido a ello dotó a toda la producción de un gran realismo, evitó caer en exageraciones innecesarias o en situaciones cómicas, siendo algo fácil el caer en ellas por el simple hecho de encontrarnos ante una civilización regida por simios. Consiguió crear un filme con una gran dosis de reflexión y demostró el acierto que había tenido Charlton Heston al recomendarlo para el puesto, debido a su colaboración con él en *El señor de la guerra*.

Claro está, que por mucho que este realizador estuviera acertado, nada podría haberse hecho sin el guion que firmó Michael Wilson, otro veterano que llevaba desde 1941 en activo. Si bien al igual que con su compañero él no fue la primera opción (esa fue Rod Serling, tema del que se hablará más adelante), nadie dudaba que el hombre que logró dar forma a *Lawrence de Arabia*, basada en la vida y letras de Thomas Edward Lawrence, pudiera lograr dar con el tono adecuado para esta película.

Se sumaba a su talento, demostrado (aunque no siempre acreditado) en obras como *El gran delito* o *El espía de dos cabezas*, el haber trabajado anteriormente en otra adaptación de una novela de Pierre Boulle, la muy recomendable *El puente sobre el río Kwai*, una película de David Lean con William Holden y Alec Guinness (sí, Obi Wan Kenobi) como cabeza de cartel que debería ser de visión obligada.

Además de estos dos profesionales, debe mentarse a John T. Kelley, quien puso su granito de arena no acreditado en los diálogos y que principalmente siempre estuvo vinculado a la televisión con *El millonario*, *Doctor Kildare* y otros conocidos programas de los cincuenta y sesenta del siglo XX.

Charlton Heston, ¿o deberíamos decir George Taylor?

Toda película debe mucho a su actor principal, ya no solo porque en muchas ocasiones el éxito de esta dependa del mismo, sino además también por el hecho de que pueda llegar a introducir sus ideas y consejos en la producción, como fue el caso de Charlton Heston con el director asignado al proyecto. Hay que decir que la inclusión de este actor fue todo un acierto y sirvió para que el público acudiera a las salas en masa.

No en vano hablamos del momento de mayor popularidad del artista, quien ya había realizado algunos de sus grandes títulos como *Los diez mandamientos*, *Sed de mal*, *El tormento y el éxtasis*, o la eterna *Ben-Hur*, entre otras muchas películas, de una trayectoria que comenzó en 1941 y no terminó hasta dos años después de su fallecimiento (en 2010 se estrenó la última producción en la que participó *Genghis Khan: The Story of a Lifetime*).

Es imposible no pensar en *El planeta de los simios* sin hacerlo en él, y desde el propio guion se realizaron ciertos cambios respecto al personaje original para adecuarlo más a sus características y a una producción americana. Así, pues, si en la novela original el protagonista era un periodista, aquí pasa a ser un militar que está al mando de una misión espacial en busca de nuevos planetas en los que los humanos puedan llegar a vivir.

Lo encontrará en un lugar aterrador en el que sus congéneres son poco más que criaturas salvajes (aunque con una chispa dentro, que puede verse en la Nova de Linda Harrison), pero sin él saberlo serán los hijos de la Tierra que creía haber dejado atrás y a la que ha vuelto por un salto en el tiempo que solo se conocerá gracias a la icónica imagen de la Estatua de la Libertad que ya estaba presente en el guion de Rod Serling.

Su paso por este filme le dio su personaje más característico, y accedió volver a interpretarlo en la secuela *Regreso al planeta de los simios*, eso sí, a cambio de que este falleciera. También le valió un gran número de homenajes, incluyendo el cameo que tuvo en la versión de la película del 2001 que dirigió Tim Burton, caracterizado como un simio llamado Zaius (lo que, desde cierto punto de vista, no deja de ser irónico).

Un dato curioso: Entre 1998 y 2003 Charlton Heston fue presidente de la National Rifle Association (Asociación Nacional del Rifle), lo que le valió no pocos enemigos dentro de Hollywood.

«Creo que estamos haciendo una película que será más que una simple diversión (…) Es una película de entretenimiento y de mensaje.»
Charlton Heston

Roddy McDowall, ¡alabad al simio!

Roddy McDowall es el hombre simio por excelencia. Interpretó al bondadoso arqueólogo Cornelius, Aurelio en España, en *El planeta de los simios* y en su secuela, además de a su hijo César en otras e incluso participó en la serie televisiva como Galen. Pero esto es solo una fugaz visión de su larga y dilatada carrera, que empezó en 1938 y terminó en el 2001, a pesar de que él había fallecido tres años antes.

Dejó tras de sí más de 200 títulos y personajes, entre los que debo destacar, por gusto personal, haber sido el Sombrerero Loco en la serie de animación *Batman* y sus derivadas (curiosamente también fue la Liebre de Marzo en 1985 en el telefilme *Alicia en el país de las maravillas*), Proteus en *Gargoyles: Héroes mitológicos*, Mr. Stallwood en *El gato que vino del espacio*, Mr. Jelk en *La bruja novata* o el Bookworm en la estupenda serie *Batman* de 1966.

John Chambers, el gran maquillador

¿Conocéis *Star Trek*? ¿Y a Spock? Pues John Chambers fue el artífice de sus orejas, el responsable de lograr ese elemento tan característico del conocido vulcano y de todos sus hermanos de raza, un dato que no pillará de nuevas a los lectores de mi libro *Star Trek: el viaje de una generación*. Este artesano comenzó su camino como artista publicitario y diseñador de joyas pero cuya carrera cambiaría por completo tras la Segunda Guerra Mundial, cuando empezó a trabajar creando prótesis para veteranos de guerra, experiencia que le serviría para pasar al negocio del cine, en el que sorprendería al mundo con su maquillaje en *El planeta de los simios*.

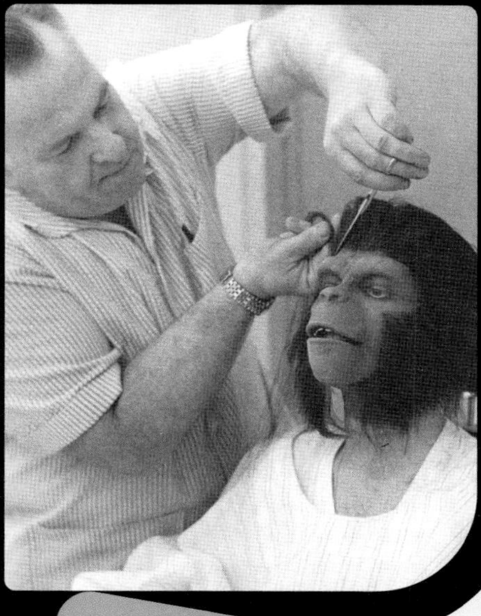

Su trabajo resultó adelantado para su época, viéndose obligado a dar clases a los miembros de su departamento para poder llevar adelante la película. En muchos sentidos fue un adelantado a su tiempo, tanto que le fue entregado un Oscar Honorífico en su momento, ya que por desgracia todavía no había un apartado específico para talentos como el suyo.

Otros de sus muchos trabajos que se pueden, y deben, destacar son *El fantasma del Paraíso*, del reputado director Brian De Palma; *La isla del Doctor Moreau*, del ya mentado Don Taylor, que protagonizaron Michael York y Burt Lancaster; o grandes series televisivas como *Misión: Imposible* y *Perdidos en el espacio*. Este buen saber hacer no pasó desapercibido para la CIA, agencia que le contrató a finales de la década de 1970 para crear equipos de disfraces para sus agentes, además de ser uno de los nombres que estuvo implicado en el rescate realizado por Tony Méndez de seis rehenes en Irán bajo la apariencia de estar realizando una película de ciencia ficción llamada *Argo*.

Un dato curioso:
En DC Comics hay un personaje que se llama igual que este maquillador, Johnny Chambers, el velocista conocido como Johnny Quick.

El otro maquillaje

Aunque ha sido el trabajo de John Chambers el que ha pasado a la historia, por méritos propios indiscutibles, hay que dejar claro que en realidad él no fue el primero en idear y crear un modelado para hacer a los simios. Ese honor recae sobre Ben Nye.

Fue en 1966 cuando se le pidió la realización de unas caracterizaciones de varios actores como los primates, a fin de que la 20th Century Fox comprobara si realmente quedarían bien en pantalla o si, por el contrario, parecerían ridículos. De este modo, podrían tomar una decisión.

Como sujetos de pruebas estuvieron Edward G. Robinson, James Brolin y Linda Harrison (actriz que después sería Nova) como el doctor Zaius, Cornelius y Zira, además de Charlton Heston dando vida ya a su personaje protagónico. El vídeo es fácilmente encontrable en Internet y resulta curioso. Además, tiene una parte inicial en la que se muestran artes conceptuales del filme que son una maravilla.

La planète des singes, el comienzo

La Planète mystérieuse (*El planeta misterioso*) fue el primer nombre que Pierre Boulle ponderó para su obra, y que por suerte para todos, y para la posteridad, cambió al mucho más pegadizo *La planète des singes* (*El planeta de los simios*). La novela se lanzó originalmente en 1963 en Francia, pasando a ser traducida rápidamente a otros idiomas debido al éxito de la misma, algo que iría a más tras su versión cinematográfica.

Aunque esto jugó a favor y en contra, ya que como ocurre en muchas ocasiones lo masivo del medio audiovisual relegó a un segundo plano una historia que no debería estarlo. Queda a nivel popular la idea mostrada en el filme, que, si bien en esencia tiene la misma idea, también realizó cambios importantes al respecto de la trama del escritor.

Su relato comienza también en el espacio, pero lo hace con una pareja de recién casados que en su viaje de luna de miel se topan con una botella y dentro de la misma hay un papel que cuenta una historia; empiezan a leer y se encuentran con las palabras de un periodista llamado Ulysse Mérou (Ulises en castellano) que en el año 2500 se embarcó en un viaje a través de las estrellas que le hizo llegar hasta el planeta llamado Soror.

No estaba solo, junto a él iban el profesor Antelle, su ayudante Arthur Levain y el chimpancé Hector, quienes quedan igual de sorprendidos con lo que se encuentran: un mundo en el que los simios son la especie dominante, en una réplica exacta de la Tierra. Hay edificios, coches, safaris...

Un dato curioso:

A pesar de su ambientación, Boulle no consideraba que hubiera escrito una novela de ciencia ficción, aunque finalmente aceptó que fuera vista como tal.

El protagonista, al igual que le sucederá a Taylor, será atrapado sin poder comunicarse, por motivos diferentes en cada medio, y con esfuerzo logrará darse a conocer. Aquí siendo respetado y obteniendo fama, pasando a ser invitado a fiestas y a ser un nombre respetado de esa sociedad. Pero nada es tan bello y, finalmente, tendrá que huir del planeta junto a su esposa Nova (en los primeros borradores fue Amia y después Stella) y su hijo, pudiendo llegar otra vez a la Tierra pero solo para descubrir que ahora esta también está gobernada por antropoides.

No contento con esto, el autor pasará a desvelar que la pareja inicial, el matrimonio de luna de miel, también es primate, dando una última bofetada en el rostro del lector, que queda sumido en una total angustia ante un destino que, en apariencia, es inevitable. Al menos, si se considera que tal relato es cierto, algo que queda sujeto a la interpretación de cada uno.

Si bien la esencia básica de ambas versiones, e incluso la de Tim Burton, es la misma, debe decirse que tras ser leída (algo que recomiendo encarecidamente) la novela original resulta mucho más aterradora y terrible que la vista en la gran pantalla, aunque quizá no tan icónica como contemplar a un hombre roto que ve el símbolo de su país varado en una playa igual de destruido que todo lo que él amaba.

«Primero necesito una idea general, un tema, casi siempre abstracto, y que me parezca viable ilustrar con aventuras.»

Pierre Boulle

Visionarios, de Rod Serling

Rod Serling es uno de los nombres clave de la televisión del siglo pasado, con un talento y un trabajo que todavía hoy es recordado y emulado. Como muestra de ello está la existencia de *Black Mirror*, que no es más que una versión actualizada de su *The Twilight Zone*. Y, precisamente, él fue el encargado de realizar el guion que debía adaptar la novela en un proyecto iniciático de la King Brothers Productions e intentó ser muy fiel a la misma, lo que provocó que fuera rechazado debido al alto presupuesto que conllevaría crear toda una civilización avanzada de simios.

Es cierto que parte de lo hecho sí llegó a usarse en la película de Franklin J. Schaffner, como el impactante final, pero otros conceptos se perdieron por el camino al decantarse por un mundo mucho más simplista, con pequeñas casas que parecen hechas de barro, además de simplificar otras para hacerlas más accesibles al público.

Y todo quedó así durante años, hasta que se cumplió medio siglo de vida desde el estreno del filme clásico. En ese momento fue cuando Boom! Studios y 20th Century Fox decidieron lanzar al mercado un cómic que se basara en el escrito de Rod Serling, lo mismo que en su momento DC Comics hizo con el tomo llamado *Batman: El episodio perdido*, que llevaba a las viñetas el guion nunca rodado de Harlan Ellison para la serie *Batman* de 1966 (con Dos Caras como villano).

En este caso, la historia revisada corrió a cargo de Dana Goul, el dibujante Chad Lewis y el portadista Paolo Rivera, siendo toda una delicia para los fans el poder ver por primera vez esta película según se había concebido, con un protagonista llamado Thomas o unos simios que beben directamente del maquillaje que realizó en su momento Ben Nye. Una joya que, tras décadas llegó a manos del público y que tan solo obtuvo buenas críticas.

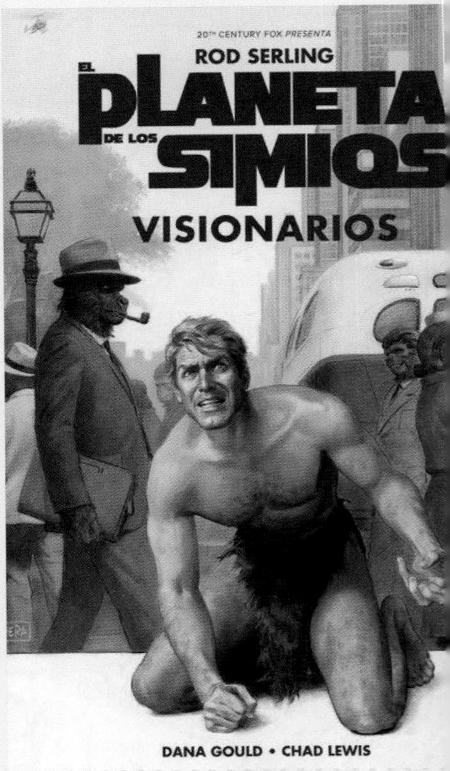

Hay que decir que *El planeta de los simios* ha sido trasladada en un gran número de ocasiones a las viñetas, tanto en adaptaciones como en historias originales, siendo las más conocidas las de Marvel Comics y Boom! Studios. No obstante, este universo no solo se ha expandido en el mundo de los tebeos, sino que también se han escrito más novelas (solo la primera es de Pierre Boulle), parodias de diferente tipo, ha llegado hasta el campo de los videojuegos e incluso a las figuras de acción, siendo una de las colecciones más recordadas de la desaparecida Mego Toys.

Un dato curioso:

Dos de las propuestas más llamativas en cómic, aunque muy lógicas, son las historias que cruzan a *El planeta de los simios* con *Tarzán* y con (King) *Kong*.

La saga sigue adelante

Cuando en Hollywood una película tiene éxito, rápidamente se ponen los engranajes a girar para que haya una segunda parte, o las que hagan falta. Hay que reconocer que la historia de *El planeta de los simios* empezaba y terminaba, pero ese universo seguía estando ahí y podría explotarse a la búsqueda de más dinero (en referencia directa a Mel Brooks). Y lo hicieron con un total de cinco entregas de la saga original más dos series de televisión.

En lo que se refiere a la gran pantalla se mantuvo en todo momento la idea de un viaje en el tiempo, que encaja bastante bien como un ciclo que se perpetúa hasta la eternidad, aportando cada una de ellas nuevos puntos a su propio universo, como los mutantes que adoran a un arma nuclear o la aparición de César, que será a la vez causa y consecuencia de la propia saga y su funesto destino.

Una de las mejores explicaciones de este hecho se da en el cómic *El planeta de los simios/Green Lantern*, que firman Robbie Thompson, Justin Jordan, Barnaby Bagenda y Alex Guimarães. Allí, se describe todo esto, de la siguiente forma:

> *Era una versión de la Tierra atrapada en un bucle temporal, aislada del resto del Hipertiempo. (…) El hombre destruyó su propia civilización y se vio reemplazado por simios inteligentes. Aquello terminó en la destrucción de la Tierra, pero no fue antes de que ellos mismos enviaran a algunos de los suyos atrás en el tiempo, para que el ciclo empezase de nuevo.*

Regresando a la saga cinematográfica original, esta está conformada por *El planeta de los simios* (1968), *Regreso al planeta de los simios* (1970), *Huida del planeta de los simios* (1971), *La rebelión de los simios* (1972) y *Batalla por el planeta de los simios* (1973), aunque bien distinto pudo ser todo esto.

Tras el éxito de la primera entrega se pidió a Pierre Boulle el desarrollo de una secuela, que él concibió como una rebelión humana liderada por Taylor que enfrentaría a los simios y a los humanos. Se titulaba a *Planet of the Men*, y aunque se puede decir que parecía un argumento interesante, las ideas de la 20th Century Fox iban por un camino bien distinto; al punto de que cuando el guion volvió a las manos del escritor apenas quedaba nada de lo que él había planteado.

El cierre cinematográfico no impidió que se siguiera adelante con la franquicia. Primero fue en 1974 con la serie sencillamente titulada *El planeta de los simios*, de

nuevo con Roddy McDowall como el simio principal (Galen), una trama similar a la original y una sola temporada, posteriormente compilada, en parte, en forma de diferentes telefilmes.

Al poco llegaría una nueva producción de la pequeña pantalla llamada *Retorno al Planeta de los Simios*, producción animada de tan solo un año más tarde, también con solo una tanda de episodios, una historia similar a la ya conocida y algunos puntos más cercanos a la novela. El director de la misma fue Doug Wildey, creador de *Las aventuras de Jonny Quest*, que prefirió beber tan solo de las dos primeras

No sería hasta mucho más tarde, en 2001, cuando Tim Burton intentara traer esta saga de vuelta con su propia versión, aunque no con el éxito esperado (fue bastante defenestrada y con razón). Para ello, habría que esperar otra década, hasta 2011, y el estreno de *El origen del planeta de los simios*, que fue todo un acierto, abrió las puertas a una nueva línea de películas (y del tiempo) y sí cumplió con lo esperado.

Un éxito que empezó con tan solo un hombre, Pierre Boulle, y una novela en 1968.

«Escribí, a mi manera, un guion para la secuela de *El planeta de los simios*. Se me pidió que tomara el final de la película, diferente al de mi libro, y a partir de ahí creé una historia.»
Pierre Boulle

El tiempo en sus manos

Comienza el viaje

Filby entró corriendo en la vieja casa de arquitectura georgiana, bajó las escaleras y llegó hasta el laboratorio de su amigo George. Era tarde, ya no estaba allí. Se fijó en las marcas del suelo, la puerta del jardín abierta y los restos de barro. Entonces entendió todo, sus miedos y sus esperanzas se habían cumplido. Esa máquina imposible, ese ingenio científico del que les había hablado en la cena era cierto.

—Lo ha logrado, todo era cierto —Sonreía mientras lo decía.

—¿Dónde está el señor? ¿Qué ha pasado?

La voz de la señora Higgins llegó desde detrás de él, acababa de entrar al estudio del que para ella era casi como un hijo.

Filby la miró con ternura y se lo explicó. «Allí estaba la esfinge morlock» empezó a decir, y siguió hablando sin que la anciana le interrumpiera una sola vez o dudara de sus palabras; los dos sabían que todo era cierto. El viaje en el tiempo era real y su querido amigo era el primero en transitarlo.

Dieron un último vistazo a la sala abarrotada de planos, experimentos e inventos pero que parecía terriblemente vacía sin el genio que estaba detrás de todo. Se dirigieron de nuevo hacia la vieja puerta de madera rojiza, la señora Higgins aguantó unas lágrimas como solo las amas de llave inglesas saben hacer y dejó tras de sí a Filby para que pudiera despedirse.

Este caminó despacio, no quería irse; en el momento en que saliera de la habitación no habría vuelta atrás. Esperó un minuto y sin poder evitarlo sonrió. Su mirada se dirigió al espacio que antes había ocupado la máquina del tiempo.

—Adiós, George.

Sus ojos se empañaron. Salió de allí y cerró la puerta. Todo era silencio, tan solo acompañado por el sonido de los muchos relojes que había en la casa.

Una película inmortal

A la hora de hablar de viajes en el tiempo, se pueden mentar y omitir muchas películas, más teniendo en cuenta la gran cantidad que se han realizado a lo largo de las décadas, pero no es este el caso. La obra que nos ocupa es una de las pocas que son totalmente imprescindibles, uno de esos títulos sin los que el género no existiría y que siempre aparece en los habituales listados de filmes que uno debe ver.

Los motivos para ello son muy variados. El primero de todos, y sin duda uno de los más importantes, es que es una adaptación de la novela *La máquina del tiempo,* de hecho en inglés ambas obras comparten título, *The Time Machine*, es también una de las primeras producciones realmente populares que se hicieron sobre el tema y,

aunque han pasado muchas décadas desde que se estrenó en cines en el año 1960, en 1968 en España, sigue siendo un título redondo de principio a fin.

El buen trabajo de George Pal como director se unió a un muy acertado guion de David Duncan, que hasta el momento sigue siendo el que mejor adapta en idea y esencia la novela clásica de H.G. Wells; se sumaron las estupendas interpretaciones de Rod Taylor como el viajero del tiempo y Alan Young como su fiel amigo David Filby (y su hijo, James Filby); se adornó con unos efectos sencillos y muy efectivos, el maquillaje de los morlocks y el diseño de la máquina del tiempo, y todo ello hizo de este filme una obra inolvidable.

Es más, es una película preciosa. Desde el minuto uno, con los títulos de crédito inundados de relojes, capta la atención del espectador y no la suelta hasta que llega el final, que solo deja con ganas de más y de saber cómo continúan las aventuras por el tiempo de este viajero que jamás regresó a casa. ¿Encontró lo que buscaba? ¿Perdió la vida en algún lugar peligroso? ¿Puede que haya salvado al mundo?

Nunca lo sabremos; queda todo por completo a la imaginación de cada uno, y quizá eso sea lo mejor de todo. ¿Quién no se ha preguntado qué tres libros se llevó George en su viaje de vuelta al futuro?

Si hay que buscar una explicación al porqué nos gustan los viajes en el tiempo, la respuesta es, sin un solo atisbo de duda, esta película.

«Descansa, procura tranquilizarte. Tienes todo el tiempo del mundo.»
David Filby (Alan Young)

El valor de la amistad

El tiempo en sus manos es una película llena de aventura y de amor, de cierta crítica social y de reflexión sobre qué camino está tomando la humanidad. Pero también es un relato sobre la verdadera amistad y la auténtica lealtad entre dos personas que se respetan y se admiran.

Esta parte está muy presente y es realmente importante, aunque en general suele quedar muy omitida en libros y artículos. Sin embargo, no hay más que ver el film para darse cuenta del cariño que se profesan George, el viajero del tiempo al que interpreta Rod Taylor, y el amable Filby, que cuenta con el rostro de Alan Young.

Un dato curioso:

Alan Young también aparecerá e cameo en *La máquina del tiemp* 2002 y será el narrador de la sión animada de 2015 dirigida Clyde Lucas.

Desde un primer momento esto queda claro, siendo este último el único de sus conocidos que parece creerle y preocuparse realmente por él, al punto de decirle que si la máquina que ha creado puede hacer lo que dice, lo mejor sería que la destruyera. Este amor será todavía más patente cuando viajando al futuro George se encuentre con el hijo de su amigo, interpretado por el mismo actor, y le cuente cómo siempre estuvo convencido de que volvería. E incluso más allá, pasados todavía más años, llegará a un parque erigido por este Filby Jr. en recuerdo de la amistad y cariño que su padre tenía por él, por George, su amigo perdido en el tiempo.

De igual forma, cuando al final del filme decide irse de nuevo a bordo de su máquina, algo que no cuenta pero que es evidente en su mirada, se despide de Filby padre al salir de su casa. Sabe que no se volverán a ver, o al menos eso piensa.

El tiempo es la cuarta dimensión, pero en esta historia la amistad es la primera.

«Cuando hablo del tiempo, caballeros, me refiero a la cuarta dimensión.»
George H. Wells (Rod Taylor)

La máquina y los morlocks, diseños inolvidables

El tiempo en sus manos es recordada por muchos motivos, pero hay dos que sobresalen por encima de todos los demás: los diseños de la máquina del tiempo y de los morlocks. Dos elementos que se han vuelto icónicos, que han sido homenajeados en multitud de ocasiones y sin los que la película no habría llegado a ser lo que es.

El ingenioso aparato manufacturado, según puede leerse en una placa, por H. George Wells, fue creado y diseñado en realidad por William Ferrari. Un elegante y precioso vehículo, con un gran panel circular trasero que gira, remaches dorados y de cristal, un toque de art nouveau y la preciosa llave de diamante que lo hace todo posible. Este elemento es uno de los más bellos y recordados de todo el filme, un alarde de ingenio y simplicidad steampunk que dota de un romanticismo intrínseco a toda la historia.

«Tenía partes de níquel, de marfil, otras que habían sido indudablemente limadas o aserradas de un cristal de roca. La máquina estaba casi completa, pero unas barras de cristal retorcido sin terminar estaban colocadas sobre un banco de carpintero, junto a algunos planos; cogí una de aquellas para examinarla mejor. Parecía ser de cuarzo.»
Descripción original del vehículo en la novela

Justo al otro lado, para dotar de horror a la trama, estarían los morlocks. Una raza que es hija directa de la humanidad, que representan lo peor a lo que puede llegar esta y que, en contra de lo que a veces se piensa, están muy lejos de ser salvajes. Son unas criaturas grandes y toscas, con la piel verdosa, colmillos y unos ojos aptos para ver en la oscuridad, con un fulgor rojo capaz de aterrar a cualquiera. Su apariencia visual fue obra del trabajo de William Tuttle y el propio George Pal. Tuttle es una figura legendaria en el mundo del maquillaje gracias a títulos tan conocidos y míticos como *La fuga de Logan*, *El jovencito Frankenstein* y *El planeta prohibido* o *El continente perdido (La Atlántida)* y *Las siete caras del Dr. Lao* junto a Pal, del que además de colaborador era amigo.

«También teníamos pelucas rubias para los eloi. Todos llevaban pelucas.»
William Tuttle

George Pal, un director ecléctico

La existencia de *El tiempo en sus manos* depende de muchos factores, pero el más importante de ellos fue su director, George Pal. Este hombre creía firmemente en el proyecto, al punto de que fue él quien se puso en contacto con la productora MGM y con Frank Wells, hijo del conocido escritor H. G. Wells, además de implicarse enormemente en todos los aspectos de la película para que esta fuera realmente fiel a la esencia de la obra original.

«Fue genial trabajar con George Pal.»
David Duncan

Pal es conocido por este trabajo, pero su carrera es mucho más larga y ecléctica, con un gran número de títulos de los que por simple cuestión de gusto personal destacaré dos que considero muy interesantes. La primera sería *Las siete caras del Dr. Lao*, un filme de 1964 que fue el último que dirigió en vida, basado en la novela de Charles G. Finney y en el que contó con Tony Randall como el misterioso protagonista, que con su circo desencadena un alud de magia y misticismo en un pequeño pueblo.

La segunda obra a mentar sería *Doc Savage, el hombre de bronce* de 1975, en la que fue guionista (junto a Joe Morheim) tan solo un lustro antes de su fallecimiento. Esta película lleva a la gran pantalla las aventuras del conocido personaje del mundo *pulp*, al que interpretará Ron Ely. Este actor, además, dio vida a Tarzán en la televisión, a un Superman, o Kal-El quizá sería más adecuado, retirado en la serie *Las aventuras de Superboy*, fue habitual de *La isla de la fantasía*, apareció en *La mujer maravilla*…

De regreso a George Pal, ya que el trabajo de Ron Ely daría para llenar muchas páginas, se debe mentar también su trabajo como productor, con títulos tan importantes como *Cuando los mundos chocan, La guerra de los mundos* o *Cuando ruge la marabunta*, y, por supuesto, su trabajo como artesano (y pionero) en la técnica de animación por *stop-motion*, sin la que es imposible entender su trabajo ni el cine de su época.

Un dato curioso:

Rod Taylor fue el protagonista de *El tiempo en sus manos*, pero en un primer momento George Pal consideró al talentoso y elegante David Niven como posible viajero cronal.

Más allá de *El tiempo en sus manos*, la historia continúa

El éxito de la película, y su largo recorrido al convertirse en un icono, provocó que durante un tiempo se especulara con la posibilidad de una segunda parte cinematográfica que nunca llegó a existir. En cambio, sí hubo algunas historias que se pueden considerar hijas directas de la primigenia, muchas, de hecho, pero hay tres que destacan por derecho propio por encima de todas las demás.

Time Machine: The Journey Back

Time Machine: The Journey Back es, en realidad, un interesante documental del año 1993, una producción dirigida por Clyde Lucas (también realizador de *The Avengers: The Journey Back*) con guion de Bunky Young y el mismísimo David Duncan, es decir, el escritor original de *El tiempo en sus manos*.

A lo largo de su metraje hay varias sorpresas, como la aparición de Michael J. Fox o de Bob Burns, pero la mayor de toda es el retorno a la película original con Rod Taylor y Alan Young retomando sus papeles de George y Filby. Así, en una breve escena de pocos minutos nos encontramos de nuevo con los queridos personajes, cuando Filby está en el laboratorio y entonces George regresa a bordo de su máquina. Los años han pasado, pero su amistad sigue estando ahí.

Una delicia, y un regalo, para los que somos fans de la película original, aunque con un sabor agridulce por lo que se deja entrever. No diré más, lo mejor es que lo descubráis vosotros mismos.

La máquina del tiempo

Durante mucho tiempo se especuló con la idea de hacer una nueva versión del clásico cinematográfico, no tan solo una revisión actualizada de la novela, pero no fue hasta el año 2002 que esta llegó a los cines. Su director fue Simon Wells, descendiente directo del novelista, conocido por su trabajo en el mundo de la animación, siendo el realizador detrás de clásicos inolvidables como *El príncipe de Egipto* o *Balto. La leyenda del perro esquimal*, siendo este último filme el único de acción real que ha dirigido.

La historia que firma John Logan (aplaudido por *Skyfall*, *El aviador* o *Rango*) tiene guiños claros a *El tiempo en sus manos* y bebe directamente del libro, aunque incluyó algunos cambios que no fueron del todo bien recibidos, como una evidente trama romántica y variaciones dentro de la mitología de los morlocks, que parecen inspirarse en *Morlock Night*, de KW Jeter.

El producto resultante es muy agradecido de ver y puede ser disfrutado sin problema, tanto por conocedores de la materia como por espectadores casuales. Cuenta con un trabajo de efectos especiales de Industrial Light & Magic y Stan Winston Studio, con Guy Pearce como el viajero del tiempo, llamado en esta ocasión Alexander Hartdegen; Mark Addy da vida a David Philby (que no Filby); Jeremy Irons interpreta al Über-Morlock (uno de los puntos más criticados); y Orlando Jones es la digital interfaz Vox que, personalmente, es de lo que más disfruto de este filme, junto con la preciosa banda sonora de Klaus Badelt.

The Time Machine II

George Pal no llegó a llevar a cabo una segunda parte de *El tiempo en sus manos*, pero lo que sí hizo fue escribir la historia que habría querido contar y publicarla en forma de novela. Se lanzó en 1981, un año después de su muerte, junto a Joe Morhaim (Morheim), con el que ya había trabajado en la película *Doc Savage, el hombre de bronce.*

La narración sale directamente del filme original, aunque va por caminos diferentes y más complejos que este, con varias referencias directas a la novela clásica y a la obra de H. G. Wells. Una aventura extraordinaria, como deben serlo todos los viajes en el tiempo, con un círculo que se abre y se cierra, dejando a la vez preguntas y respuestas para el lector.

La novela con la que empezó todo

De forma general y popular se suele decir, creer y ver leído en un gran número de artículos y libros, que *La máquina del tiempo* fue el libro primigenio en mostrar un vehículo cronal. Si bien es cierto que apareció en 1895, no lo es tanto que fuera el primero editado, ya que este honor recae en *El Anacronópete*, de Enrique Gaspar y

Rimbau, de unos pocos años antes, en 1887, pero que no ha logrado trascender tanto de forma histórica y popular, aunque sí va siendo cada vez más defendido en busca del lugar que debería tener, incluyendo su aparición dentro de la serie *El ministerio del tiempo*.

La novela fue una propuesta del editor de H. G. Wells, quien ya se había adentrado anteriormente en el tema, y fue publicada de forma seriada, como era tan habitual en aquella época. La historia está llena de la visión política y social del autor, referencias a su interés por la ciencia, como las teorías del biólogo Ray Lankester sobre la degeneración de las especies que claramente se observa al hablar de morlocks y elois, guiños (o robos, según se quiera entender) a relatos contemporáneos al suyo e incluso una ligera parte autobiográfica debida a los recuerdos de infancia de su autor.

Un dato curioso:

The Clock that Went Backward es un relato corto de Edward Page Mitchell publicado en 1881. Narra la historia de dos niños y un reloj que invierte el paso del tiempo.

La trama central es, en gran medida, la misma que se ve en *El tiempo en sus manos* y en posteriores adaptaciones, aunque con algunas diferencias. La primera sería la ausencia de nombre para el viajero del tiempo, que tampoco lo precisa, seguida de otras, como el tamaño de los eloi (aunque en el filme se observa que Rod Taylor es más alto que todos ellos) o su viaje hasta llegar a una Tierra al final de sus días, que poco a poco va muriendo hasta caer en el olvido.

Hay dos ediciones de *La máquina del tiempo,* la de Holt y la de Heineman (aceptada como la versión final), con tres semanas de diferencia entre una y otra en su publicación. Ya sea una versión u otra, la novela logró captar la atención de un público mayoritario y sobrevivir con mucho a la vida de su autor, en gran medida por lo atrayente e innovador de su concepto, su clara crítica social y una gran dosis de aventura, que la hace una lectura deliciosa.

Un siglo más tarde, en 1995, se publicó *Las naves del tiempo*, del reputado Stephen Baxter. Una de tantas secuelas sobre la historia original pero con una diferencia notable respecto a otras: esta es oficial y está escrito con el beneplácito de los herederos de H. G. Wells. La trama parte directamente de los eventos de su antecesora, siendo más compleja que esta y teniendo varias referencias a otras obras del autor.

Unas breves líneas sobre H. G. Wells

La máquina del tiempo no fue la primera vez que H. G. Wells se adentró en el género de los periplos cronales; ya lo había hecho en *The Chronic Argonauts*. Un relato corto del año 1888 que presenta a un científico que crea una máquina para viajar por el tiempo, donde se puede ver el caldo de cultivo de la que será su novela más popular.

Pero este autor no ha pasado a la posteridad tan solo por una obra, el inglés nacido en 1866 es considerado el padre de la ciencia ficción (título compartido con Julio Verne y Hugo Gernsback) por obras tan importantes como *La máquina del tiempo* (1895), *La isla del doctor Moreau* (1896), *El hombre invisible* (1897) o *La guerra de los mundos* (1897), todas ellas de reconocido prestigio, con un gran número de adaptaciones a radio, cine, televisión, cómic e incluso en musical.

Su literatura está cargada de una fuerte aventura que se aleja de las descripciones para pasar rápidamente al centro de la trama, con una evidente crítica social de su tiempo e incluso la capacidad de adelantarse por años a lo que era su futuro. No diremos que era un profeta como Nostradamus, pero sí que supo ver qué estaba por venir más allá de su época, como en *Ana Verónica* y la liberación femenina.

No solo se adentró en la novela, también trabajó en el campo del ensayo con títulos como *La conspiración abierta* o *El destino del homo sapiens*, además de adentrarse en el campo de la historia con *Breve historia del mundo* y *Esquema de la historia universal.*

«Para mí la tarde es el mejor momento del día,
casi siempre trabajo hasta las
ocho, cuando cenamos.
Si trabajo en algo que me interesa mucho,
estoy desde las nueve hasta pasada la
medianoche, pero mi trabajo depende
principalmente de la producción verpertina.»
H. G. Wells

Morlocks vs eloi, la pérdida de la humanidad

Los morlocks son la creación más conocida de *La máquina del tiempo*, llegando a dar su nombre a un colectivo mutante de Marvel Comics, pero en un principio su aparición en la novela es bastante velada. Están ahí, aunque no son realmente vistos; son una presencia ominosa que se ha eregido como la especie gobernante del aterrador futuro al que viaja el protagonista de la obra.

Viven bajo tierra, ocultos de la luz del sol, con un tamaño menor que los humanos y también menor fuerza, por lo que se puede intuir. Sus ojos y sus cuerpos se han habituado a la oscuridad, y dominan a los eloi sin que estos sean conscientes de ello en ningún momento, y de serlo tampoco es que les importara.

> «La impresión que recogí de ese ser fue, naturalmente, imperfecta; pero sé que era de un blanco desvaído, y, que tenía unos ojos grandes y extraños de un rojo grisáceo, y también unos cabellos muy rubios que le caían por la espada.»
>
> *Los morlocks, vistos por el viajero del tiempo.*

Por su parte, los eloi son todo lo opuesto a ellos. Viven con tranquilidad en la superficie, no tienen preocupación alguna, ya que tienen sus necesidades cubiertas, pasan el día de forma ociosa solo para terminar su vida siendo devorados por la otra raza ya que, por terrible que suene, no son más que cabezas de ganado.

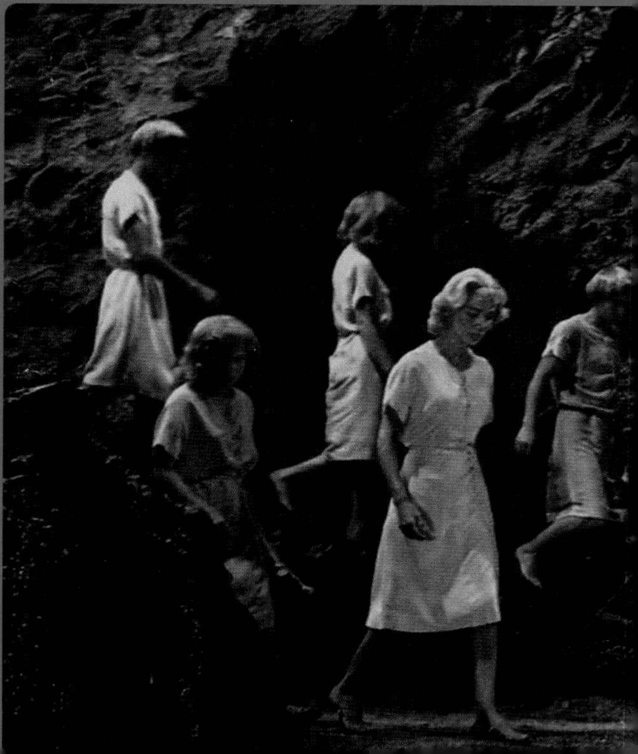

Es fácil sentir empatía y cierto amor por estos seres, por los eloi, pero la degeneración es total en ellos, al igual que en los morlocks. El primer contacto que el viajero del tiempo tiene con estos hombres y mujeres que casi parecen sacados de *El maravilloso mago de Oz*, es tener que rescatar a una de ellos, Weena, de morir ahogada en un río ante la total impasibilidad de sus compañeros.

H. G. Wells, a través de las palabras y vivencias del protagonista, especula que esta división de la humanidad en dos no es más que la evolución de la lucha de clases llevada a su punto máximo. Los morlocks provienen de los trabajadores, hundidos en la tierra día y noche para que en la superficie los ricos y adinerados puedan disfrutar de una vida de complacencia. Salvo que, en un momento dado, algo cambió y sin que estos fueran conscientes pasaron a ser el final de la cadena. No se convirtieron en esclavos, pasaron a ser directamente su comida.

En el mundo del año 802.701, no hay salvación.

Solo dolor y oscuridad.

La chispa de la humanidad se ha perdido para siempre…

…pero Weena dejó dos flores en el bolsillo del viajero del tiempo.

Los Teleñecos en Cuento de Navidad

Un clásico inmortal

La chimenea está apagada y cerca de las viejas cenizas hay tres figuras. Una es una niña prácticamente etérea. Otra es un hombre de mediana edad, de gran tamaño y con una barba frondosa. El tercero es un enigma silente.

«¿Habrá servido de algo? No parecía entender muy bien qué estaba pasando»

-dijo ella.

«Tendrá dudas, piensa que hablamos de toda una vida. O casi»

-respondió él.

Silencio.

«En la infancia todos deberíamos ser felices, él lo fue, pero creo que lo olvidó»

-dijo ella.

«El pasado desaparece salvo si lo recordamos en el presente. A veces duele»

-respondió él.

Silencio.

«Sigue siendo un niño. Sus ojos recuperaron una chispa. Pude notarlo»

-dijo ella.

«La lección está enseñada. Puede que su futuro no haya sido escrito»

-respondió él.

Silencio.

Recreando la Navidad

Los Teleñecos son la gran creación de Jim Henson, esos títeres que casi parecen tener vida propia y que han logrado ser adorados por niños y adultos de todo el mundo. Conocidos en su país de origen, y ya también internacionalmente, como Muppets, han tenido series de televisión, películas, dibujos animados e incluso cameos en producciones de otros, como la aparición de Gustavo en *Mr. Magorium y su tienda mágica*, y es que nada escapa al poder de la felpa y al carisma que destilan estos personajes.

Este filme fue el primero que se hizo coproducido por Walt Disney y no se podía haber escogido relato más adecuado, una historia bien conocida que ha sobrevivido al tiempo, que ha sido adaptada innumerables veces y que sigue atrayendo la atención de todo el que se acerca a ella. Muy seguramente el cuento escrito por Charles Dickens sea una de las mejores narrativas que jamás hayan existido, algo que el agente de Brian Henson, Bill Haber, pensaba, y así se lo hizo saber al decirle «*Cuento de Navidad* es la mayor historia de todos los tiempos, eso es lo que deberías hacer», y mientras el uno se lo pensaba, el otro ya había vendido el proyecto.

Fue su primera vez tras las cámaras en una película cinematográfica, aunque por ser quien era conocía perfectamente a los personajes, a la productora y la forma de funcionar que su padre tenía. Sus conocimientos avanzados por haber sido titiritero, voz de personajes y otros oficios, contaron a su favor, además de tener a su alcance el buen hacer del guionista Jerry Juhl, quien fallecería trece años después del estreno de *Los Teleñecos en Cuento de Navidad*, en 2005; también conocida como *Los Muppets en Cuento de Navidad* y en su país de origen por *The Muppet Christmas Carol*.

Este escritor era ya un habitual de la casa y había demostrado una y otra vez su talento, así que era la persona idónea para coger las legendarias letras de Charles Dickens y llevarlas a la pantalla. Personalmente, la considero la mejor adaptación que jamás se haya hecho del relato, con las lógicas licencias para adecuarlo a la idiosincrasia del estilo visual y narrativo de estos seres.

Todos los Teleñecos conocidos y populares estaban presentes, con sus voces habituales y sus operadores, como Steve Whitmire (marionetista de Gustavo tras el fallecimiento de Jim Henson) o Dave Goelz (para el siempre genial Gonzo) y, por supuesto, el gran y acertado añadido de Michael Caine como Ebenezer Scrooge. Uno de los muy pocos actores reales que hacen aparición en el filme, dotado de unas capacidades interpretativas magníficas que se funde totalmente con el personaje, al punto de que es realmente imposible ver dónde acaba uno y empieza el otro.

«Mi Scrooge es particularmente irredimible y más psicótico que la mayoría.»
Michael Caine

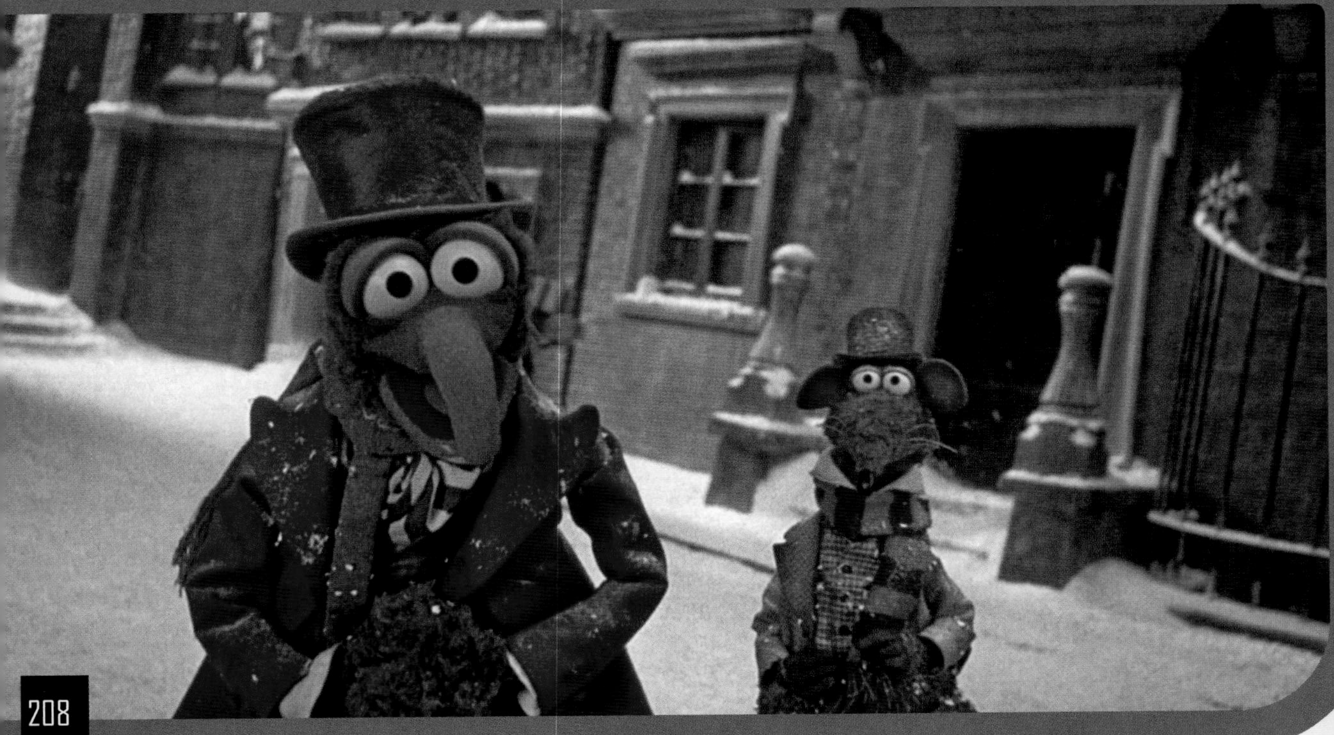

Su intención, con éxito claro, fue realizar su trabajo con toda la seriedad del mundo, como si estuviera encima de las tablas de un teatro y no rodeado de lo que (en esencia) eran marionetas. Y hay que decir que su visión y pasión como Scrooge habrían gustado incluso al mismísimo Charles Dickens.

Y, de hecho, este hace aparición en el filme; o, al menos, lo hace el gran Gonzo, ese entrañable y excéntrico «lo que sea» que cumple como narrador del cuento, además de afirmar que, en realidad, es Charles Dickens. Si bien conoce la historia al dedillo y sirve de guía al espectador, lo que hace que se respete todavía más la esencia del clásico, Rizzo la Rata no parece estar tan seguro de que sea quien dice ser. Pero no voy a ser yo el que le lleve la contraria a Charles Dickens, aunque se parezca mucho al gran Gonzo.

La producción se saldó, si bien no con un éxito tremendo, sí con una buena acogida y críticas favorecedoras. El paso de los años no ha hecho mella en la misma, algo que debe agradecerse al uso constante de títeres y efectos tradicionales, lo que, sumado al respeto y cariño que hay a la obra original, ha hecho que se convierta por derecho propio en una de las películas navideñas de muchos hogares.

Un dato curioso:

En España Michael Caine cuenta como actor de doblaje con el actor y director Carlos Revilla, el mismo que durante años tuvo Homer Simpson. Es más, si estáis atentos, podréis oír varias voces de *Los Simpson.*

Los fantasmas que pudieron ser y no fueron

En mi opinión, creo que uno de los mayores aciertos de *Los Teleñecos en Cuento de Navidad* es su recreación de los espíritus que van a visitar a Scrooge, intentando ser reflejo de las letras de Dickens en lugar de usar a personajes de su propia mitología, como sí sucede en *Una Navidad con Mickey*. Algo que de haber sucedido sería entendible, pero le habría restado empaque y personalidad al filme.

> «Vas a ser hechizado por Tres Espíritus», continuó el fantasma. El semblante de Scrooge se quedó casi tan desencajado, como el del fantasma. «¿Era eso la oportunidad y la esperanza que mencionaste, Jacob?», preguntó con voz quebrada. «Lo es».
>
> *Extracto de Cuento de Navidad*

Esto estuvo cerca de no ser así, ya que en un primer momento esa fue, precisamente, la intención. En concreto, los elegidos para tal misión eran Robin la Rana como el espíritu de las Navidades pasadas, la irascible señorita Peggy para las presentes y, finalmente, Animal para el fantasma de lo que está por llegar.

En ese primer momento lo que Henson y su equipo tenían en mente era una parodia, pero tras reflexionar sobre ello se dieron cuenta de que era mejor intentar respetar el espíritu y la esencia del clásico. Algo que cambió por completo su elección, y llevó a la decisión de que los fantasmas que visitan al protagonista salieran directamente de las páginas del libro.

In love memory of Jim Henson and Richard Hunt

La película *Los Teleñecos en Cuento de Navidad* está dedicada a la memoria de dos nombres: Jim Henson y Richard Hunt.

El primero no precisa presentación alguna, el americano que creó a los Teleñecos y que logró con su talento desarrollar auténticas obras maestras en el cine y la televisión, con *Cristal Oscuro* en uno de los primeros lugares por lo bello de su historia y de su visual. Un precioso relato de fantasía y magia en un lejano mundo al que llevó al espectador en colaboración con David Odell y Frank Oz, con unos diseños inolvidables y una larga estela que no se apaga.

Ellos dos son también nombres a tener en cuenta debido a su larga relación con estos personajes y su colaboración en otros grandes títulos de la cultura pop, como haber sido Yoda en el caso de Oz o firmar los guiones de las películas *Supergirl* y *Masters del universo* en el de Odell.

«En mis mejores días, tengo la sensación de que en cierta manera estoy canalizando a Jim. Gustavo y nosotros compartimos una visión dualista de la vida, en la que lo bueno y lo malo se equilibran. Gustavo busca la ecuanimidad de las cosas: ve lo mejor y lo peor de las personas, y las nutre más allá de eso sin criticarlas. Así era Jim, y también es la forma en la que he intentado hacer las cosas a lo largo de mi vida.»

Steve Whitmire

Richard Hunt es seguramente más desconocido, a pesar de que su carrera ha estado ligada a la labor de Jim Henson desde 1970 con la película televisiva *The Great Santa Claus Switch*. Ha pasado por diferentes tareas, como es habitual en The Jim Henson Company, siendo titiritero cuando era necesario, director de segmentos y voz en muchas ocasiones.

Entre los personajes más conocidos a los que dio vida están Scooter, Statler (uno de los dos ancianos refunfuñones), Janice, de la banda The Electric Mayhem y otros muchos, incluyendo Placido Flamingo en *Barrio Sésamo*.

Jerry Juhl, el guionista de los Teleñecos

De forma básica y bastante fiel *Los Teleñecos en Cuento de Navidad* sigue el relato de Charles Dickens, respetando totalmente su estilo e intenciones, con gran esmero en mantener las descripciones del maestro y la forma de ser de los personajes. Es imposible no temblar de miedo ante el silente ser que muestra las Navidades que han de venir, o no llorar cuando la silla del pequeño Tim (Tiny Tim) está vacía y su solitaria muleta apoyada en la pared.

Todo ello es obra de Jerry Juhl, quien se empapó de la historia original todo lo posible sin hacer prácticamente cambios en la misma, solo los básicos para adecuarla a los títeres y la forma de funcionar de estos. Tiene algunos momentos de humor, hay animales antropomorfos, aparece la rana Gustavo… pero más allá de eso, todo es puro Dickens.

En el caso del guionista hay que decir que, sin duda, fue la mejor elección posible, ya que era uno de los veteranos que junto a Jim Henson hizo de los Teleñecos lo que son. Ya estaba presente en la primigenia *Sam and Friends*, cabecera emitida entre 1955 y 1961, y desde entonces fue parte intrínseca del universo de estos seres, participando en todo lo que le era posible, al punto de que es complicado hablar de ellos y que no aparezca su nombre de forma casi automática.

Entre sus muchos y varios títulos con estos personajes, en distintas posiciones, ya que también fue productor y actor, se pueden citar como más conocidas por el público la serie sencillamente titulada *Los Teleñecos* (1976-1981) y esa locura que

fue *Los Fraguel* (1983-1987), o los filmes *La película de los Teleñecos* (1979), que contó con las apariciones de Mel Brooks, Bob Hope, James Coburn y Dom DeLuise, y la recreación del trabajo de Robert Louis Stevenson que fue *Los Teleñecos en la isla del tesoro* (1996), en la que participaron Tim Curry y Billy Connolly como Long John Silver y Billy Bones de forma respectiva.

De Henson a Disney

A finales de los años ochenta del siglo XX, en concreto en 1989, The Jim Henson Company y The Walt Disney Company comenzaron una serie de negociaciones con la firme intención de que la empresa del ratón adquiriera los personajes y la propiedad intelectual de los mismos, pero en su momento no se llegó a nada. Al menos sí hubo un interés mutuo que resultó en atracciones para los parques de atracciones, además de la coproducción en varias de las películas de los Teleñecos.

No fue hasta 2004, tras una venta fallida a EM.TV & Merchandising AG, que se llegaría a un acuerdo real, y tras el pago de 75 millones de dólares Walt Disney pasó a ser la propietaria de casi todo. Hubo algunas excepciones que se quedaron fuera, en algún caso por pertenecer ya en ese momento a otras productoras como Sony Pictures o por considerar la compañía madre que era mejor que ciertas creaciones se quedaran en casa.

Gracias a esto en 2011 se estrenó *Los Muppets* (término que ahora es propiedad de Disney, y por el que se ha desterrado para siempre el de Teleñecos), que si bien es divertida no termina de estar al nivel de las producciones anteriores, aunque logra mantener el tipo. Su director, James Bobin, repitió tres años después con *El tour de los Muppets*, que fue una decepción en muchos sentidos.

Mucho mejor, tanto en propuesta, calidad y puesta en escena, fue el show televisivo simplemente llamado *The Muppets*, en el que los conocidos personajes tra-

bajan en la televisión dentro del programa de la siempre explosiva señorita Peggy. Era un auténtico detrás de las cámaras del mundo de la pequeña pantalla, con sus tira y afloja, que por algún motivo inexplicable no gustó a gran parte del público, a pesar de que era totalmente fiel a la esencia de los Teleñecos (bastante más que los dos filmes recién mencionados).

Quizá ese fue el problema, que gran parte de los espectadores solo habían visto las creaciones de Jim Henson en su infancia, además de otros tantos que los consideran solo adecuados para esa edad, y los recuerdos han dejado de lado la mala uva y pullas que son tan característicos de estos personajes pero que de niños no se perciben. Al menos quedaron 17 estupendos episodios, los mismos que en esa joya audiovisual que es *El prisionero*.

Otras adaptaciones inolvidables

Desde que *Cuento de Navidad* se publicó por primera vez en 1843, por Chapman & Hall, fue aplaudido y querido por todos los lectores. No en vano podría decirse que las actuales celebraciones navideñas, según las concebimos, tienen más que ver con esta obra que con las tradiciones religiosas que, en teoría, se festejan.

Si bien no es esta la única vez que Charles Dickens se adentra en la época navideña, ni que toca ciertos temas, ya que hay más de un parecido con su relato *La historia de los duendes que secuestraron a un enterrador,* sí es la más popular, y debido a ello se ha llevado a otros medios infinidad de veces. Teatro, televisión, radio, cómics, nuevas narraciones, cine… a tal punto ha llegado la popularidad de estos productos que la historia y sus personajes son conocidos de sobra por personas que jamás han leído el original.

Podría decirse que nada,
ni nadie,
escapa a la magia de Scrooge y sus fantasmas.

Scrooge, or Marley´s Ghost

En 1901 aparece la que será la primera adaptación cinematográfica de todas, con una puesta en escena muy teatral, de la que ha sobrevivido solo una parte de sus 6 minutos con 20 segundos originales, pero siendo capaz de condensar todo lo que es relevante de la historia original. Fue producida por R. W. Pau y dirigida por Walter R. Booth, basándose de forma directa en la obra *Scrooge* de J. C. Buckstone.

Este título es también historia del cine debido a su uso de efectos especiales primigenios, disoluciones, la representación de un fantasma, pantalla dividida, dobles exposiciones e intertítulos.

La Navidad de Mickey

Estrenada en 1983 es una producción totalmente animada en la que Mickey Mouse y sus amigos viven *Cuento de Navidad* en sus propias carnes, o más bien el tío Gilito, que aquí más que nunca hace honor a su nombre original, es decir, Scrooge McDuck. Él es el auténtico protagonista del relato, con Donald haciendo de su querido sobrino y el ratón como Bob Cratchit.

De nuevo, la fidelidad al relato de Dickens es palpable, es un clásico tal que nadie se atreve a cambiarlo demasiado (y hacerlo, tampoco aportaría nada), pasado por el habitual filtro de la compañía, siendo, además, la última vez que Clarence Nash pondría voz a Donald antes de su fallecimiento en 1985 y la primera en que Alan Young lo haría con el tío Gilito.

Un dato curioso:

Alan Young es un viejo conocido de este libro, ya que es Filby (padre e hijo) en *El tiempo en sus manos.*

Los fantasmas atacan al jefe

Dirigida por Richard Donner esta es una de las películas más conocidas de Bill Murray, con permiso de *Los Cazafantasmas* 1 y 2, en la que el popular cómico interpreta a un ejecutivo de televisión que solo tiene interés en conseguir que su cadena sea la más vista, el cómo le da igual. Y su idea para esa Navidad será, precisamente, realizar en directo una versión de *Cuento de Navidad*.

A partir de aquí, empieza la fiesta. Recibirá la visita de tres fantasmas, viajará por su vida y deberá reflexionar sobre quién es y qué está haciendo. Una total revisión del clásico, pero algo modernizado y con toques de humor para el lucimiento de su protagonista.

Las letras de Charles Dickens

Una de las muy pocas y escasas tradiciones que tengo es leer cada año *Cuento de Navidad* en una de las dos ediciones inglesas que tengo, y cada año que lo hago me gusta más. Es imposible que no sea así, cuando se vuelve a este relato se descubre

algo nuevo, tiene otros matices, la crítica está bien presente pero también un toque positivo y, además, el personaje de Ebenezer Scrooge es maravilloso.

No es este el único gran nombre que salió de la pluma de Dickens, ya que fue muy prolífico en sus años de carrera. Otros inmortales que él creó serían Fagin (o Fajin), el judío en *Oliver Twist*, que tiene su mejor y más terrible momento cuando está esperando el cadalso, el propio Oliver Twist o David Copperfield en la obra de mismo nombre… Y, por supuesto, Londres. La propia ciudad y su época cobran vida en sus páginas, siendo totalmente imprescindibles y capitales para entender su obra, su historia y el mundo del que hacía crítica y sátira.

Y es que algo que caracteriza a las letras de Charles Dickens es precisamente el humor que impregna gran parte de sus libros, a veces de forma bastante cáustica, todo sea dicho, con una fuerte carga de crítica social que no escapa a los ojos de ningún lector. Firmemente opuesto a los problemas de clases existentes en la era victoriana, no dudó en atacarlos de forma férrea en sus escritos, logrando con ello algunas victorias y mejoras de calado, además de dar vida a seres que para otros eran poco más que animales a los que había que ignorar o tratar a palos.

Aunque no es una obra de Dickens debo recomendaros *Perillán*, de Terry Pratchett, quizá uno de sus libros menos conocidos pero igual de recomendable que otros más populares. Un volumen en el que el famoso creador del Mundodisco homenajea al narrador de *Cuento de Navidad* tanto en estilo, tema, guiños varios y la presencia de él mismo como uno de los personajes de la historia.

También la novela gráfica *Fagin, el judío*, una obra realizada por Will Eisner, uno de los genios del arte secuencial bien conocido por ser el padre de *The Spirit*, que homenajeó con su trabajo al del autor del pícaro hebreo. Una recreación de la conocida historia de Oliver Twist en la que el punto de vista cambia por completo, y que como todo lo que hacía Eisner es una lectura obligada.

«Jamás debemos avergonzarnos de nuestras lágrimas, son la lluvia que barre el polvo cegador que cubre nuestros corazones.»

Charles Dickens

El planeta de los simios/Green Lantern

Una mezcla estrafalaria

Siempre que hablo de *El planeta de los simios* lo hago desde una perspectiva bastante personal, ya que esta obra de ficción ha sido parte de mi vida desde que tengo uso de memoria.

Seguramente este es el motivo por el que he charlado varias veces de ello, bien en este *Viajes en el tiempo: películas del pasado, presente y futuro*, en docpastor.com o en mi canal de Youtube; además de que estamos ante un mito fundacional de la ciencia ficción contemporánea, tanto, que ha sido homenajeado gran cantidad de veces y todavía hoy se siguen escribiendo nuevas historias sobre ello.

Aquí es cuando podemos empezar a hablar de *El planeta de los simios/Green Lantern*, una miniserie que ECC Cómics ha recopilado en un solo tomo, y que aunque parezca sorprendente consigue atrapar al lector sin demasiado problema. Creo que nadie podría esperarse que la mezcla de los Green Lantern Corps y la película clásica de 1968 tuviera buen resultado, pero así es y esto es sin duda debido al respeto y homenaje de todos los autores implicados.

Desde el argumento de Robbie Thompson, escritor también de Los Skrull: Unidad familiar (que también os recomiendo), y el guion de Justin Jordan que se empapa totalmente del filme original, hasta llegar al dibujo y el color de Barnaby Bagenda y Álex Guimarães respectivamente, todo cumple a la perfección con lo esperado en un volumen que (seamos sinceros) es puro fan service.

Pero que nadie se confunda, esto no quiere decir que estemos ante una obra menor o de poca calidad. Nada más lejos, y es por ello que nos sorprenden con una historia que no se contenta con el simple cruce de franquicias y un enfrentamiento sin sentido alguno. Lo que aquí se narra respeta totalmente la esencia, cronologías y personajes de unos y otros, llegando al punto de unirlo en sus mitologías y vincularlo todo de una manera que es tan sencilla como efectiva.

Quizá algunos dirán que El planeta de los simios/Green Lantern es un placer culpable, uno de esos productos que no aportan nada nuevo y que son solo puro entretenimiento. Totalmente cierto, y qué poco importa cuando tenemos en las manos 160 páginas de respeto y diversión, y es que ya lo dijo Homer: ¡alabad al simio!

Los visitantes la lían: ¡En la Revolución Francesa!

Aunque llegan tarde

Los visitantes es una divertida película de 1993 protagonizada por Jean Reno y Christian Clavier en la que dan vida al conde Godofredo el audaz y su fiel siervo Del Cojón, el bribón, que por una serie de circunstancias viajan en el tiempo desde el medievo hasta los años noventa. Con esta sencilla base se planteó uno de los grandes éxitos del cine francés de su momento, el enredo y el equívoco estaban presentes a cada minuto del metraje y sus dos personajes destilaban carisma por todas partes.

Esto hizo que, por supuesto, en una segunda entrega repitieran ellos junto con su director, Jean-Marie Poiré, que también firma el guion que coescribe con el propio Clavier. En esta ocasión se llamó *Los visitantes regresan por el túnel del tiempo* y se estrenó un lustro después de la original. Pocos años después la hazaña cronal se repetía en *Dos colgados en Chicago-Los visitantes cruzan el charco*, que no era una tercera parte real, ya que se trataba de una revisión de la primera película pero adecuada al público estadounidense (no deja de ser curiosa de ver, pero muy por debajo de la original), y en pleno 2016 llegó la que sí es realmente la tercera entrega de la saga original…

¡¡¡*LOS VISITANTES LA LÍAN (EN LA REVOLUCIÓN FRANCESA)*!!!

De nuevo, contó con los mismos tres nombres para asegurar el respeto a la esencia y que la franquicia pudiera gozar de ese sabor tan característico de la misma, pero, por desgracia, por el camino alguien se olvidó de recordar que lo que tan bien funcionaba en los años noventa se presentaba anacrónico y fuera de lugar pasado su momento.

Que nadie me entienda mal y aclaremos que la película es divertida, se llegaron a oír auténticas carcajadas en el pase de prensa, cumple su propósito de hacer reír al espectador y cierra el círculo, convirtiendo al dúo de cintas originales en una trilogía, como todos sus seguidores queríamos. El problema es que lo hizo demasiado tarde y quizá era mejor no haber tocado nada si no era posible igualar, o mejorar, lo ya hecho hacía tanto tiempo.

Claro está que esto tiene un matiz y es el hecho de no pretender alcanzar un nuevo público, aunque se toma la medida de aclarar lo sucedido hasta el momento por si algún desconocedor de la trama está en la sala. Este punto es muy necesario para entender que esa desactualización del humor, gags recurrentes que hoy parecen tontos y un estilo algo caduco no es más que el intento de ir directo al corazón de los millones de espectadores que en su momento vieron la primera y segunda parte.

Dejando esto de lado, hay que reconocer que Jean Reno y Christian Clavier están enormes en sus respectivos papeles, volviéndose a meterse en dos trajes hechos a su medida y que conocen a la perfección. Esto es algo que se nota desde el primer minuto del filme, siendo a lo largo del mismo lo mejor en todo momento; y es que cuando uno está ante intérpretes de tal magnitud es seguro que no van a defraudar nunca.

Repite también el mundo que conocemos de ellos con sus tópicos y guiños, quizá cayendo en exceso en la autorreferencia y el homenaje al pasado. En algún momento esto resulta pesado cuando ciertos gags se convierten en recurrentes y algo cansinos sin necesidad de serlo, y haciendo que lo que era una gran chanza se convierta en ocasiones en un pilar de su humor. De nuevo, esa aclaración de que estamos ante un producto para ya iniciados y en todo momento es algo que está patente.

Los visitantes la lían (en la Revolución Francesa) es un producto para los que ya conocen el producto original. Si es vuestro caso, os reiréis mucho con Del Cojón y Godofredo por última vez (o no…).

Jodie Whittaker llega a la serie

Lo mejor que tiene *Doctor Who* es su constante cambio y evolución. Es una serie que muta de una temporada a otra y más todavía con la llegada de cada nueva encarnación. Ha sido así desde que William Hartnell dejó paso a Patrick Troughton, dando el pistoletazo de salida para uno de los elementos más característicos del serial: la regeneración.

Esto ha permitido que el paso de los años no sea un problema, logrando que el personaje siempre sea el mismo a pesar de ser totalmente distinto. En ocasiones con guiños de una versión a otra, e incluso aspectos de la personalidad que se ven en una y otra, como pasaba con el undécimo, que en algunos casos parecía una versión joven del primero.

La marcha de Peter Capaldi, duodécimo Doctor, fue una pena. Más teniendo en cuenta el poco espacio que le había dejado para crecer un Steven Moffat obsesionado con Clara, empeñado en relegar al protagonista a un segundo plano. Al menos hasta la que fue su tercera temporada en la cabecera, que cumple más bien de etapa de presentación y nos dejó con un agridulce sabor de boca al pensar en lo que podría haber sido.

Entonces llegó el momento de Chris Chibnall y con él también el de Jodie Whittaker, la primera mujer (de forma canónica) en interpretar al personaje, un soplo de aire fresco que empezaba a ser necesario. Su valía como actriz está fuera de dudas gracias a populares trabajos como *Broadchurch*, *Black Mirror* o la divertida *Supercañeras: El internado puede ser una fiesta*, que adapta por enésima vez las truculentas tiras cómicas de *St Trinian's School*, ideadas por Ronald Searle.

Cuando se anunció que venía una nueva regeneración y que el Doctor pasaría a ser mujer hubo algunas voces en contra, incluso varias que decían que eso era romper el espíritu de la serie y que no tenía sentido dentro de la mitología (o algo así, la memoria me falla). Y la verdad es que dejando de lado la tontería que es, también ponía en evidencia que poco o nada se había entendido qué es *Doctor Who* y lo extenso de su universo.

No es la primera vez que un Time Lord cambia y pasa a ser una Time Lady. ¡Demonios, ni siquiera es la segunda! Es algo que ya había sucedido en el pasado, y como ejemplo más directo encontramos que Missy fuera anteriormente el Master. Una acción muy bien llevada que dio al personaje una nueva vida (con una impresionante Michelle Gomez) y que para muchos era evidente que se trataba de una prueba.

La BBC estaba tentando, poniendo la miel en los labios, estaba lanzando su encuesta oculta sobre cómo reaccionaría el público a un Doctor encarnado por una mujer. Y a todos (o casi) nos encantó. Pero es que yendo más allá hay que recordar que no estamos ante un humano, que el nombre de Doctor es solo un nombre que él eligió, que es una serie de pura fantasía y en la que todo puede pasar.

¿De verdad es tan extraño que el protagonista sea un ella y no un él cuando es algo que se había visto anteriormente, comentado, hecho en la serie, aparecido en el universo expandido...? La magia de la regeneración, eso es todo. Y lo siento, pero tras ver que se destruye y reinicia el universo, todo lo demás debería sorprender poco.

Pero esas voces que se quejaban sin razón quedaron acalladas por la abrumadora cantidad de aplausos y gritos a favor de Jodie Whittaker tras un primer episodio (*The Woman Who Fell to Earth*) que logró el mejor estreno de la serie en esta década, mostrando las líneas básicas que guiarían a este Doctor (¿solo a mí me encanta que se monte un taller para hacer el destornillador sónico casero?) y con una gran interpretación por parte de ella.

Seré sincero del todo. Hacía mucho que no tenía tantas ganas de ver *Doctor Who* y que no disfrutaba tanto (pero tanto) un capítulo. Una nueva etapa. Adelante con ello.

Solo se puede decir…

RUN!

Star Trek. La ciudad al borde de la eternidad

La historia que nunca vimos

Cuando se trata de una saga que nos gusta, da igual si nos referimos a cómic, cine o la disciplina artística que sea, todos tenemos nuestros gustos personales, lo que conlleva que no siempre coincidamos con otros admiradores de la misma franquicia.

Aunque hay excepciones, claro está.

Nadie diría que la llegada de Spiderman no marcó un momento cumbre en el universo de las viñetas, que los Beatles no cambiaron para siempre el mundo de la música o que George Lucas no revolucionó la historia del cine con el estreno de *La guerra de las galaxias.*

Son situaciones que no dejan lugar a discusión, te pueden gustar más o menos, pero son hechos que no pueden negarse.

Lo mismo podría suceder con *Star Trek II: La ira de Khan,* que ha logrado convertirse en la película más aplaudida de *Star Trek*, en gran parte por las evidentes referencias literarias y el trabajo de Ricardo Montalbán, logrando volver a un personaje del pasado pero llevándolo a cotas de auténtic*a épica. Khan es un loco, un hombre obsesionado, es prácticamente el mismísimo diablo y por* siempre va a ser uno de los villanos inolvidables de la creación de Gene Roddenberry.

Igual de impactante es el episodio de la serie clásica, *La ciudad al borde de la eternidad*, un capítulo que contó con Joan Collins como invitada especial y que desde su primera emisión en 1967 no ha dejado indiferente a nadie. Esto es debido a que el guion lo firma el mismísimo Harlan Ellison, autor al que se deben títulos tan relevantes en la ciencia ficción como los cuentos *No tengo boca y debo gritar* y *Un muchacho y su perro*, entre otros muchos.

O no del todo.

Realmente lo que se emitió y lo que todos hemos visto es la versión remozada del original que él entregó, un relato que Roddenberry admitió que era muy bueno pero no para ser adaptado tal cual a televisión. Así que se hizo lo habitual en la industria: cortar y cambiar sin piedad, dejando para la imaginación colectiva el cómo podría haber sido de hacerse con fidelidad.

Esto se ha sabido, en parte, al haber publicado el autor su versión, aunque nunca se ha visto realmente, así que quedaba en la mente de cada uno el poner forma a sus palabras. Al menos hasta que, gracias a la editorial Drakul, se puede disfrutar en nuestras manos en una versión en cómic de lo que el guionista quiso hacer.

Este tomo viene firmado por los hermanos David y Scott Tipton, que tienen en sus manos la compleja tarea de hacer justicia a la historia ganadora de un premio Hugo. Para lograrlo han intentado respetar al máximo el texto original pero también la esencia del *Star Trek* más clásico, dejando que la fantasía de los años sesenta llegue intacta hasta nosotros. Y, cabe decir, que viendo las palabras de elogio del propio Ellison hacia los hermanos, estos han logrado su propósito.

Palabras que también hay para J. K. Woorward, el ilustrador detrás de todo y que consigue hacer que sintamos de nuevo con vida a un joven Leonard Nimoy dando la réplica a un igual de joven William Shatner, con un trabajo que es toda una carta de amor hacia la serie y sus personajes. Este profesional es muy posible que os resulte familiar, ya que no es la primera vez que hace sus pinitos dentro de la legendaria creación de Gene Roddenberry y se le ha podido ver en *Star Trek: The Next Generation/Doctor Who: Assimilation2*, entre otros títulos.

La mezcla de todo es sencillamente fantástica. El guion original, la adaptación, las ilustraciones, el amor y el respeto que destila a cada página es palpable, el homenaje a lo clásico con un producto que no cae en el error de dar nostalgia y prefiere apostar por la calidad.

La ciudad al borde de la eternidad de la editorial Drakul da algo que los seguidores de *Star Trek* hace mucho que queríamos: la auténtica ciudad al borde de la eternidad.

Terminator: Destino oscuro

El regreso de Sarah Connor

Uno de los recuerdos más claros que tengo de mi padre es de él sentado en el sofá viendo *Terminator 2: El juicio final*. Era un gran amante de la fantasía y la ciencia ficción, así que mi infancia y adolescencia estuvieron llenas de películas, cómics y novelas de estos géneros; desde *Regreso al Futuro* a *Cube* o *Simulacron-3*, y su adaptación a cine llamada *Nivel 13*, pasando por *El planeta de los simios* y la novela original en la que se inspira hasta llegar a *Matrix* o *El quinto elemento*, entre otros muchos títulos de todo tipo.

Pero esta obra de James Cameron siempre fue especial para él. Quizá era el tratamiento de personajes centrado en una madre que luchaba por su hijo, o puede que el ver a una máquina capaz de crecer y evolucionar, sin duda el gran avance de los efectos especiales era algo que estaba ahí, o, simplemente, es que le gustaba y ya está.

Pudo ver en la gran pantalla su secuela *Terminator 3: La rebelión de las máquinas*, con un Arnold Schwarzenegger que logró tener el mismo físico impresionante que en la anterior entrega (algo que siempre le sorprendió, y a todos. Era increíble) y una trama que si bien es entretenida no terminaba de estar al nivel de lo esperado. Las ausencias de Linda Hamilton (rechazó estar) y Edward Furlong (todos sabemos el motivo) como Sarah y John Connor se hacían notar, y si bien esta tercera entrega cumplía y divertía, no era lo que se estaba pidiendo.

Después la franquicia creció con una serie televisiva llamada *Terminator: Las crónicas de Sarah Connor*, que protagonizó Lena Headey, y dos películas más que seguían expandiendo el mito, *Terminator: Salvation* y *Terminator: Génesis*. Todos estos productos se los perdió, y en ocasiones pienso que es mejor así, ya que seguían sin ser esa continuación que se merecía *Terminator 2: El juicio final*. Sí, de nuevo cumplían, eran títulos entretenidos, todos ellos tenían buenos puntos a su favor y algunas ideas que se iban enlazando de un filme a otro conformando una de las sagas más populares del cine, pero seguían sin ser lo que todos ansiábamos.

No obstante, en 2019 deseé que mi padre siguiera vivo para poder ver esa película que llevábamos esperando desde 1991, desde el estreno de la segunda entrega. Ahora sí. La espera había merecido la pena, aunque por otro lado fuera muy larga, puede que demasiado.

Terminator: Destino oscuro fue la película que esta larga saga se merecía. Era el regreso de la esencia más pura de Terminator, de una aventura del espacio-tiempo que recordó en qué debía centrarse: en las personas, en sus vidas, en las consecuencias de la inevitable guerra del futuro, en cómo ese destino que no está escrito sigue afectando más allá de lo imaginable.

Tim Miller, al que debemos aplausos por *Deadpool*, unió su genio al de James Cameron y una pléyade de guionistas, entre los que se cuentan también David S. Goyer y Josh Friedman, para traer de vuelta la cronología que marcó una época y que provocó todas las secuelas. Y lo hicieron sabiendo dónde estaban y qué eran, ya que nadie podía igualar lo que fue en su momento *Terminator 2: El juicio final* y las repercusiones que tuvo (no en vano, a este filme debemos gran parte de lo que son hoy los *blockbusters*), pero sí se podía estar a su sombra de una forma muy digna.

No hubo grandes sorpresas y tampoco giros inesperados. Lo que sí se podía encontrar es un gran respeto por todo lo preexistente y por el espectador, más todavía por el que había sido fan de toda esta saga, ya que no dudaron en hacer uso de elementos que habían salido en varias de las películas y no se centraron tan solo en las dos primeras. Hay claros guiños y referencias a todo lo que se hizo después de 1991, pero abrazando totalmente la que fue la gran entrega de la saga.

Y, por encima de todo, destaca el esperado regreso de Sarah Connor, que casi eclipsó lo demás. De nuevo con Linda Hamilton, que se metió otra vez en su personaje más conocido, con más de sesenta años pero mostrándose más fuerte y dura que nunca. Una mujer que vio como su juventud se perdía, que tuvo que luchar contra una guerra que estaba por venir, contra un mundo que la creía loca, contra terribles máquinas del futuro y que sin poder evitarlo se perdió en la vorágine, casi dejando atrás su humanidad para salvar al que debía salvarlo todo, a su hijo John. ¿Pero quién salva a la salvadora? ¿Quién protegerá a la virgen María cuando el Diablo atraviese los infiernos del tiempo para ir a por ella? Ella era a la vez parte del pasado y del futuro, pero también de un presente que la necesitaba más que nunca aunque no lo supiera.

Por supuesto, no se puede levantar una película con un único personaje, por muy potente que sea este, y al lado estaban Natalia Reyes como Dani, quien al igual que le sucedió a Sarah Connor se veía envuelta en algo mayor que ella misma, Mackenzie Davis y Gabriel Luna como los viajeros del tiempo, que son parte de una lucha que parece eterna, y, por supuesto, el mismísimo Arnold Schwarzenegger, que solo estuvo ausente en la serie televisiva y la cuarta película fílmica.

Un buen equipo que se unió al creativo para conformar una nueva tercera parte, que ignoraba los hechos de las otras pero que se basaba en dos ideas muy claras de toda la saga: la primera es que todos los viajes en el tiempo alteran el tiempo (ya lo dijo Kyle Reese en la primera, él no venía del futuro, venía de un posible futuro) y la segunda es que el juicio final es inevitable (según se explicó en *Terminator 3: la rebelión de las máquinas*).

Puede que este fuera el final del camino, o igual tan solo la puerta hacia una nueva franquicia y que como dijo John Connor «El futuro no está establecido. No hay destino. Solo existe el que nosotros hacemos». *Terminator: Destino oscuro* no está al nivel de *Terminator 2: el juicio final*, ninguna puede estarlo, pero sí es la sucesora que esta merecía. Por fin llegó y, sin duda, a mi padre le hubiera encantado.

Regresar... ¡A las viñetas!

Las aventuras de Marty y Doc nunca terminan

Son muchos los productos que saltan de su medio de origen a otro bien distinto, en algunos casos, como sucedió con las Tortugas Ninja, casi eclipsando al original, ya que sus viñetas clásicas nunca fueron tan populares como la primera serie animada, las figuras de acción o las diversas películas. Claro está que este es un caso extraño, ya que por regla general lo que siempre suele quedar en segundo lugar es el universo expandido y no tanto el que dio comienzo a todo.

Se pueden citar, por ejemplo, las franquicias de *Star Wars* o *Star Trek*, que tienen una gran mitología que se ha ido expandiendo mucho más allá de la gran y pequeña pantalla a través de novelas y cómics, o *Terminator* cuya versión en el noveno arte es realmente recomendable y ha llegado a dar más de una idea a la saga en el cine.

El caso de *Regreso al futuro* podemos situarlo en este punto en concreto, ya que si bien sus tebeos nunca van a llegar al nivel de popularidad e iconicidad que las películas, sí mantienen una buena calidad, un gran respeto y, además, son totalmente canónicos, que es algo que no siempre puede lograrse. Este acierto viene dado en gran medida por Bob Gale, guionista de los filmes y uno de los responsables de los tomos que en España publica Norma Cómics.

El autor, junto al resto del equipo, estuvo dando vueltas a qué narrar, qué personajes, qué historias… todo ello teniendo en cuenta que al contrario que pasa con los superhéroes, Archie o Garfield, las historias originales están totalmente ancladas en varias fechas. Es decir, que Marty viaja desde 1985 a 1955, de allí al 2015 y finalmente recala en 1885. Y esto era algo que no podía modificarse.

Otro tanto sucedía respecto a quién debía protagonizar las historias. ¿La familia Brown-Clayton, como en los dibujos? ¿Los hijos de Marty McFly? ¿Perro rabioso Tannen? Muchas opciones pero solo una respuesta: debían ser ellos, los héroes de las películas. Y es que Gale tenía claro que si alguien quería leer los cómics de *Regreso al futuro*, sería por el simple y sencillo motivo de que le gustaban estas películas y querría encontrar su esencia, su mundo y su mitología.

Así que con mucho acierto la propuesta lo que hace es expandir el mito, viajar a otros momentos más allá de lo ya visto, además de aprovechar para rellenar algunos huecos y dudas argumentales que quedaban ligeramente en el aire en el cine. La idea funciona, muy bien, logrando dar con un producto que es a la vez entretenido y fiel; es más, en el caso del tomo *Regreso al futuro: historias nunca contadas y líneas temporales alternativas* podría decirse que estamos en toda regla ante una nueva secuela, casi podría haberse titulado *Regreso al futuro. Parte IV*.

No sé si Marty y Doc regresarán algún día al futuro en el cine (mentira, sabemos que jamás lo harán, y ojalá nadie quiera hacer un refrito), pero por suerte donde sí parece que han regresado para seguir viviendo aventuras es a las viñetas. Y ojalá sea, nunca mejor dicho, por mucho tiempo.

EL MOMENTO DE LA DESPEDIDA

Hasta luego, y gracias por el pescado

En la serie de novelas que es *La guía del autoestopista galáctico*, adaptada al cine con bastante fortuna y humor en la película de mismo nombre, los delfines abandonan la Tierra y al hacerlo dejan un mensaje tras ellos.

Hasta luego, y gracias por el pescado.

Desde el momento que la leí me enamoró y la he usado en varias ocasiones, tanto en redes sociales, en algún vídeo de mi canal de Youtube y en varios artículos. Creo que su sencillez es magnífica, dice muchas cosas y apenas necesita palabras para ello. Pero, claro, es que Douglas Adams era un genio.

Ahora, una vez más, recurro a ese parlamento para despedirme y desearos lo mejor, ha sido estupendo viajar con vosotros, crecer, aprender y, por supuesto, conoceros en firmas, presentaciones y otros tantos eventos.

En el prólogo Vito Vázquez ya comenta que este será, por el momento, mi último libro de divulgación, algo que ya adelanté en diferentes entrevistas, y es cierto. Creo que tras varios años dedicado en cuerpo y alma a ello, con libros sobre cine, series, cómic y cultura pop ha llegado el día en el que debo parar, al menos durante una elipsis, que será más o menos larga según las circunstancias.

Esto no quiere decir que no me puedan tentar para ponerme de nuevo a investigar y a escribir sobre ello, reconozco que me encantaría poder escribir una segunda parte de *La acción hecha figura* (que, lógicamente, no se titularía *De Spider-Man a G.I. Joe*) y de este *Viajes en el tiempo: películas del pasado, presente y futuro*, ya que muchas producciones he tenido que dejarlas en el tintero, no sin cierta esperanza de poder volver a ellas más adelante.

Pero, ahora mismo, en este instante, debo reconocer que estoy cansado (casi hastiado) y corro el peligro de seguir, de forzarme, de obligarme a permanecer y terminar, así, odiando algo que amo y ha marcado mi vida. No sería justo para nadie, ni para mí, ni para los editores, ni para los lectores, ni tampoco para los libros que pudiera escribir. El camino es incierto, igual que surcar las corrientes cronales, pero todo autor tiene que crecer y buscar nuevas tierras, hay que viajar hasta otros puertos y recorrer el océano para ver qué nos ofrece.

Y debo reconocer que se me ocurren pocas formas mejores de hacerlo que con un libro sobre viajes en el tiempo, un género que adoro y que me ha acompañado desde pequeño, con prólogo y epílogo de dos buenos amigos como son Vito Vázquez y Alfon Arranz, en un libro para Redbook Ediciones, quienes ya publicaron mi *Batman: Dentro de la batcueva*. Para mí, poder hacerlo así, es casi un regalo.

Durante un tiempo mis energías estarán centradas en la narrativa y no tanto en la divulgación, volveré al campo en el que ya buceé en *Frost, perrito de aventuras* y en *Guía para el viajero del tiempo*, o en la novela de fantasía *El hijo de la hechicera: Cruce de caminos*. El primero fue autoeditado, el segundo está entregado a su editorial mientras escribo esta despedida y el tercero va moviéndose, tocando puertas a la espera de que podáis descubrir a Candy, Leire y Robert Jack, sus tres protagonistas y sus fantásticas aventuras.

Me despediría de vosotros, pero citando a Dominic Toretto en *Fast & Furious 7* «Nunca es un adiós», así que volveré a la frase del principio y tan solo os diré…

… hasta luego, y gracias por el pescado.

Doc Pastor,

diciembre de 2020.

Barcelona.

EPÍLOGO,

de Alfon Arranz

Querido lector, una vez llegados a este punto, enhorabuena por tener tan buen gusto.

Te habrás dado cuenta de que en tus manos no tienes un libro más al uso en el que se analiza desde la mera crítica un compendio cinematográfico, sino un volumen que quieres releer de nuevo en cuanto acabe este humilde epílogo.

Doc Pastor, amante del buen cine, seguidor de la televisión más cautivadora y de las mejores novelas gráficas de la historia contemporánea, consigue sumergirte en una miscelánea de grandes hitos de la pantalla a través de un delicioso análisis que uno bien puede disfrutar en una tarde de sábado mientras se regodea pensando en las obras de Terry Gilliam, Jim Henson o Jean-Marie Poiré.

Para un auténtico mitómano del Batman de Adam West, resulta innegable la cultura pop como buenas gafas de lectura pictórica, ya sea con la hilarante interpretación de Tim Allen en *Héroes fuera de órbita*, y es que impacta ver a un Alan Rickman hacer de «Alien Rickman», o con la magistral puesta en escena del T-800 por parte de James Cameron.

Todos los capítulos de esta edición han sabido captar la esencia del cine como obra de ficción, siendo uno de los denominadores comunes el cambio e impacto que supusieron cada una de estas películas en el año de su estreno, amén de la construcción y el trasfondo del guion de cada una de las mismas.

Entre otras cosas, nuestro querido Doc hace referencia a algo importante, el qué hubiera pasado si ese estreno no hubiera funcionado, y es que eso, señoras y señores, es la clave del éxito de un buen largometraje, sea o no sea una gran historia, la taquilla y la «telanda» son las que mandan y una buena película bien puede verse arruinada en el ocaso de una nefasta campaña de marketing o por su escaso presupuesto, como ya pasó en su día con *Star Trek V: La última frontera* o con la reciente *Escuadrón suicida*.

Está claro que este volumen trata de lleno algo infinidad de veces representado en la ciencia ficción, los anhelados viajes en el tiempo. Es curioso como cada uno de estos filmes aborda a su manera el concepto y Doc Pastor se sale una vez más de los tópicos de títulos como *Regreso al futuro* y *La máquina del tiempo* y ofrece una muestra fresca y bien presentada a los lectores para paladear tal género, ya sea a través de un Van Damme bastante decente o del incombustible Will Smith de *Men in Black*.

En cuanto al autor de este libro tengo la suerte de conocerle hace más de una década y de seguir su trayectoria profesional. Doc es uno de esos escritores que no dejan indiferente a nadie, su sesgo, amable pero directo, es su firma personal de cara a la galería, perceptible en todas sus anteriores obras literarias.

Entrar en su despacho es como entrar al mágico mundo de «Marvelgreasewonka», cada figura, cada libro, cada merchandising, tan real y puro; cada detalle te invita a sumergirte, a querer saber más, es algo que siempre me ha pasado cuando me ha enseñado su «búnker» desde el cual piensa, analiza, crea y diseña.

Cada encuentro con mi amigo Pastor me ha sugerido investigar acerca de lo hablado, ya sea en un café o en unas buenas cañas; su vasto conocimiento de la cultura audiovisual y su inalterable positivismo ante la vida hacen que esos ratos realmente pasen volando.

Su forma de ver el día a día, la de un viejo rockero en el cuerpo de un joven autodidacta que ya desde adolescente aprendió a hacer buen periodismo, antes de cursarlo en la universidad, siendo un auténtico cronista de raza de aquellos hechos que conforman el ocio cultural, hace que tenga ese «punch», ese gancho con el lector, o con cualquiera que se cruce en su camino.

Y es que mi amigo Doc es el mismo Doctor Who, viajando por las distintas épocas, interconectando la máxima belleza de cada una de ellas y trayéndolas a nuestro presente, componiendo un estilo de vida con Johnny Cash de fondo sin dejar a la vez ese espíritu aventurero de Casanova que le ha hecho viajar por toda la geografía española en su cada vez más exitosa trayectoria profesional.

Con ese estilo único de escritura, con esa forma de hacerlo a la antigua usanza, con ese carácter divertido, Doc Pastor se ha hecho indispensable en las bibliotecas de todos aquellos que quieran tener una visión estereoscópica de lo que ha significado el buen entretenimiento cultural en las últimas décadas.

Los que tenemos la enorme suerte de conocerle seguiremos conversando con él, pasándolo en grande y conduciendo por esa carretera del saber que tan bien conseguida tiene, sustentada en ese frágil equilibrio que separa una delgada línea roja entre caer en lo superfluo o en lo pedante; en eso, mi amigo logra el equilibrio perfecto creando obras literarias para todos los públicos.

Al fin y al cabo, es un truco de magia.

Alfon Arranz es actor, presentador y colaborador en el programa literario de radio *El marcapáginas*, además de en los televisivos *Cuarto Milenio* y *La mesa del coronel.*

LA BIBLIOGRAFÍA DEL TIEMPO

Consultas en papel

Bréan, Simon, *De «la planète mystérieus» à La Planète des singes: une étude des manuscrits de Pierre Boulle, ReS Futurae: reveu d´etudes sur la science-fiction*, 2015.

Broderick, Damien. *The Time Machine Hypothesis: Extreme Science Meets Science Fiction (Science and Fiction)*, Springer publishing editor, 2019.

Campos, Juan, *Terminator. El cyborg asesino*, Midons Editorial, 2000.

Claremont, Chris y Byrne, John, *La Patrulla X* nºs 4 y 5, Planeta DeAgostini, 1985.

Cunningham, Lowell y Whigham, Rod, *Men in Black: Movie Adaptation*, Marvel Comics, 1997.

Cunningham, Lowell y Whigham, Rod, *Men In Black Retribution*, Marvel Comics, 1997.

Cunningham, Lowell y Carruthers, Sandy, *The Men in Black*, n.º 1, 2, 3, 4, 5 y 6, Aircel Comics/Malibu Comics, 1990-1991.

Díaz, Lorenzo F., *Terminator*, Alberto Santos Editor, 1998.

Dietz, Dan, *The Complete Book of 1990s Broadway Musicals*, Rowman & Littlefield Publishers, 2016.

Dunne, John Gregory, *El estudio, un año en el infierno de la FOX*, T&B Editores, 2006.

Ellison, Harlan; Tipton, Scott y David; Woodward, J.K., *Star Trek. La ciudad al borde de la eternidad*, Drakul Ediciones, 2016.

Gaines, Caseen, *We Don't Need Roads: The Making of the Back to the Future Trilogy*, Plume, 2015.

Hammond, John R., *H. G. Wells's The Time Machine: A Reference Guide,* Praeger Publishers Inc., 2004.

Handley, Rich, *Timeline Of The Planet Of The Apes: The Definitive Chronology: Volume 1,* Hasslein Books, 2009.

Hernández, Santi, *El planeta de los simios, ¿realidad o ficción?,* Midons Editor, 1999.

Hornsey, Ian S., *A history of beer and brewing*, RSC Publishing, 2003.

Howe, Sean, *Marvel Comics: La Historia jamás contada*, Panini Cómics, 2013.

Humphreys, Justin, *Interviews Too Shocking to Print!*, BearManor Media, 2016.

Inches, Alison, *Jim Henson's Designs and Doodles: A Muppet Sketchbook,* Abradale Books, 2003.

Klastorin, Michael y Atamaniuk, Randal, *Regreso al futuro: La historia visual definitiva,* Norma Editorial, 2015.

Neighbors, R. C. y Rankin, Sandy, *The Galaxy Is Rated G: Essays on Children's Science Fiction Film and Television*, McFarland & Co Inc., 2011.

Nichols, Art y Moy, Phil, *Men in Black: Far Cry*, Marvel Comics, 1997.

Parisi, Nicholas, *Rod Serling: His Life, Work, and Imagination*, University Press of Mississippi, 2018.

Parra, Miguel Ángel, *No es fácil ser verde. El universo de Jim Henson*, Diábolo Ediciones, 2015.

Pastor, Doc, *¡¡¡BATMAN!!! La inolvidable serie de los 60,* Doc Pastor Ediciones, 2017.

Pastor, Doc. *Doctor Who, el loco de la cabina*, Dolmen Editorial, 2014.

Pastor, Doc, *Doctor Who, el loco de la cabina: The Golden Years,* Dolmen Editorial, 2016.

Pastor, Doc, *Star Trek, el viaje de una generación*, Dolmen Editorial, 2016.

Semenza, Gregory M. Colón, *The History of British Literature on Film, 1895-2015,* Bloomsbury 3PL, 2015.

Sénder, Jöse, *Universos distópicos: El futuro sí está escrito,* Redbook ediciones, 2019.

Serling, Rod; Gould, Dana y Lewis, Chad, *El planeta de los Simios: Visionarios*, Panini Cómics, 2019.

Taro Holmes, Marc, *Designing Creatures and Characters: How to Build an Artist's Portfolio for Video Games, Film, Animation and More*, IMPACT Books, 2016.

Thomas, Roy y Lofficier, R.J.M. *Colección What If* n.º 45. *¿Y si Los 5 Fantásticos lucharan contra Doctor Muerte & Annihilus?*, Planeta DeAgostini, 1992

Thompson, Robbie; Jordan, Justin; Bagenda, Barnaby y Guimarães, Alex, *El planeta de los simios/Green Lantern,* Alex Editorial / ECC Cómics, 2019.

Weaver, Tom, *Return of the B Science Fiction and Horror Heroes: The Mutant Melding of Two Volumes of Classic Interviews,* McFarland & Co Inc, 1999.

Zajko, Vanda y Hoyle, Helena, *A Handbook to the Reception of Classical Mythology*, John Wiley & Sons, Inc., 2017.

Consultas en digital

http://itvwrestling.co.uk/

https://elpelicultista.com/

https://nerdsonearth.com/

https://cinemania.20minutos.es/

https://www.anglotopia.net/

http://cerealoffers.com/

https://elpais.com/

https://people.bfmtv.com/

https://www.aullidos.com/

https://www.bl.uk/learning/

https://hipertextual.com/

https://www.imdb.com/

https://www.espinof.com/

https://collider.com/

https://www.abc.es/

https://drwhointerviews.wordpress.com/

https://harlanellison.com/

http://www.jamescameronOnline.com/

https://www.hollywoodreporter.com/

https://www.rogerebert.com/

https://www.forbes.com/

https://www.theguardian.com/

https://bleedingcool.com/

https://www.elperiodico.com/es/

Consultas en audiovisual

Behind the Planet of the Apes (Kevin Burns, David Comtois, 1998).

Back in Time (Jason Aron, 2015).

Never Surrender: A Galaxy Quest Documentary (Jack Bennett, 2019).

Muppet Guys Talking: Secrets Behind the Show the Whole World Watched (Frank Oz, 2017).

Mutant vs. Machine: The Making of 'X-Men: Days of Future Past' (Gregg Temkin, Len Ciccotello, 2015).

Parallel Worlds, Parallel Lives (Louise Lockwood, 2007).

T2: Reprogramming The Terminator (Matthew Field, 2017).

Time Machine: The Journey Back (Clyde Lucas, 1993).

Nota: Igual que en todos mis libros, el material consultado es mucho mayor, pero me he limitado a incluir en este listado el que realmente ha servido a los fines de este escrito. Es decir, aquellos que tras revisar me han dado información que precisaba o un nuevo punto de pista.

Lógicamente, también se han visionado todas las películas que se mencionan, y algunas más, ya que no puedes escribir sobre algo si no lo tienes por la mano (o al menos no deberías hacerlo). Lo que, por otro lado, es algo maravilloso, ya que viajar hasta *El planeta de los simios* o en un *Jacuzzi al pasado*, es siempre un placer.

Hasta pronto, ¡pasadlo bien!

Cultura popular (música, cine, series, videojuegos, cómics)

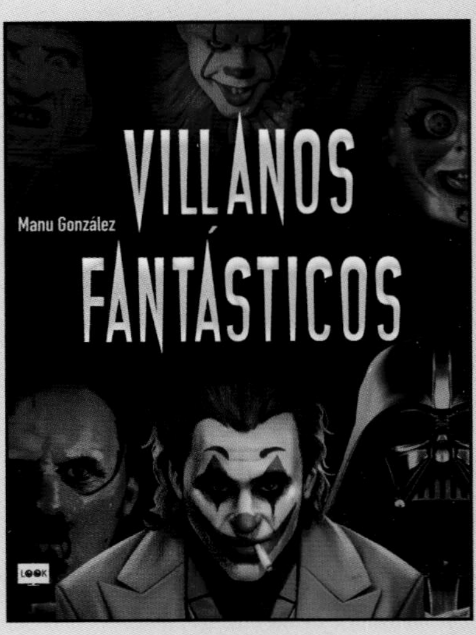

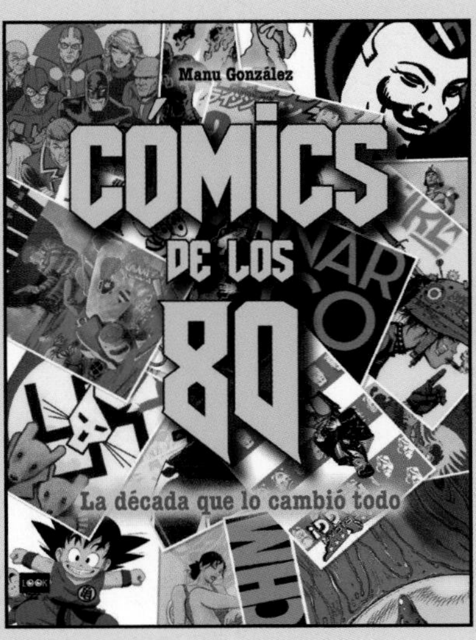

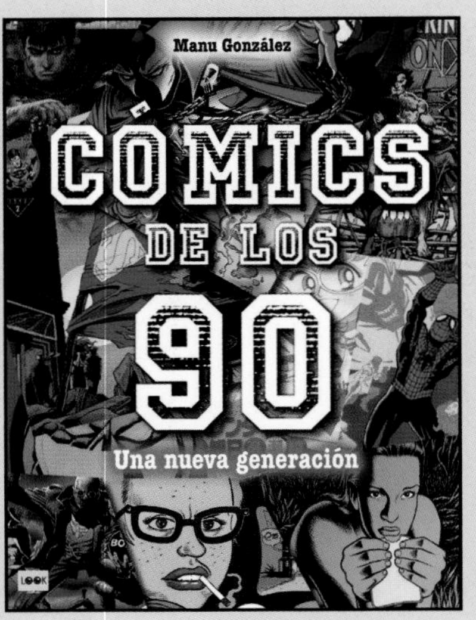

Cultura popular (música, cine, series, videojuegos, cómics)

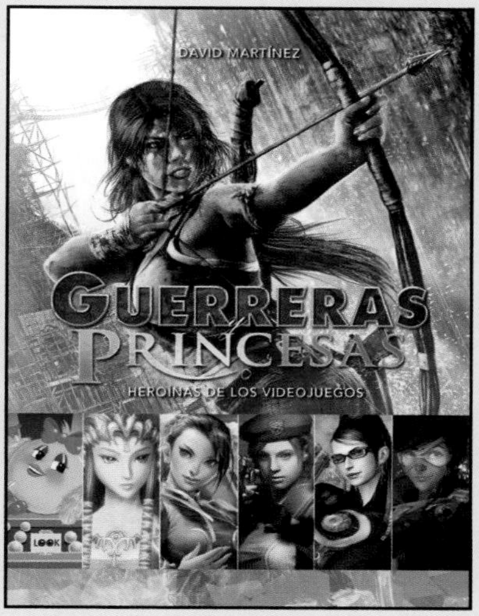

Cultura popular (música, cine, series, videojuegos, cómics)

Por el mismo autor
Doc Pastor